노 게임 노 라이프
NO GAME NO LIFE
7
게이머 남매들이 세계를 뒤집겠다는데요
카미야 유우 지음·일러스트 / 김완 옮김

—이어진 말에, 생각이 멈춰버렸다.

【속칭「무녀」의 목숨── 징수, 확인.
유희개시 조건 성립으로 간주한다.】

도망칠 곳도, 할 말도 잃어버린 소라는,
확신했다.
이것은——「언어공격」이다.
——서로 속이고, 배신하는 게임.
그러나 어째서——하필이면.
절대 배신할 리 없는 유일한 존재 시로에게.
——이렇게까지 궁지에 몰리고 있단 말인가——!

「지금 시로…… 18세 이상 소울……」

십조맹약

유일신의 자리를 손에 넣은 신 테토가 만든, 이 세계의 절대법칙.
지성 있는 【십육종족(익시드)】에게 일체의 전쟁을 금지한 맹약——이는 곧.

【제1조】 이 세계의 모든 살상, 전쟁, 약탈을 금한다.

【제2조】 다툼은 모두 게임의 승패로 해결한다.

【제3조】 게임은 상호가 대등하다고 판단한 것을 걸고 치른다.

【제4조】 '제3조'에 반하지 않는 한 게임의 내용 및 판돈은 어떤 것이든 좋다.

【제5조】 게임 내용은 도전을 받은 쪽에 결정권이 있다.

【제6조】 '맹약에 맹세코' 치러진 내기는 반드시 준수된다.

【제7조】 집단 간의 분쟁에서는 전권대리인을 세우기로 한다.

【제8조】 게임 중의 부정이 발각되면 패배로 간주한다.

【제9조】 이상을 신의 이름 아래 절대 변하지 않는 규칙으로 삼는다.

【제10조】 ——모두 사이좋게 플레이하세요.

CONTENTS 07

NOVEL ENGINE
노 게임 노 라이프
NO GAME NO LIFE
7
카미야 유우 지음 · 일러스트 / 김완 옮김

표지 · 본문 일러스트

카미야 유우

Theoretical Start

——상상해보라.

당신은 지금, 어떤 온라인 대전 FPS 게임을 하고 있다.

위치는, 디테일하게 만들어진 스테이지를 멀리 내다볼 수 있는 장소.

어중이떠중이들이 서로 총질을 해대는 참으로 아름다운 광경을 한눈에 내려다볼 수 있는 야트막한 언덕 위다.

인간이 쓰레기처럼 보이는구나, 라는 말이 저절로 나오는 당신의 손에는——『저격총』이 있다.

총기를 잘 모르는 분, 용법을 모르는 분도 부디 안심하시라.

말 그대로——『저격』을 하기 위한 『총』이니까.

저격(狙擊), 사전을 펼쳐보면 '먼 거리에서 겨냥하여 쏘는 행위' 라 나와 있으며.

난사하고, 『돌격』하기 위한 『총』이라면 『돌격총』이라 표기할 테니.

이것은 어떻게 생각해도 먼 거리에서 표적을 겨냥하여 쏘기 위한 총이다.

그렇다, 당신이 지금 내려다보는 어중이떠중이들을 일방적으로 저격하기 위한 총인 것이다——.

자아! 확인도 끝났으니 여유롭게 몸을 낮추고 총을 들어서!

자자! 스코프에 비친 대가리를 가볍게 20~30발쯤 뚫어보자!

그러면 순식간에 찢어질 듯한 뜨거운 박수갈채(팡파르)가 당신을 휩쌀 것이다!!

——『캠핑 나가죽어』 혹은 『비매너즐 늅늅』 등등등등…….

다종다양하면서도 꿈만 같은, 뜨겁고도 뜨거운 분노의 욕설난무(슈프레히코어)가.

——무슨 일이 일어났을까? 저격총으로, 저격을 했더니, 혼이 났다—— 이상이다.

무슨 말인지 모르겠나? 부조리하다고 생각하나?

우연이지만 완전히 똑같은 생각을 했던, 당시에는 순수(퓨어)하고 무구(이노센트)했던 소년은.

왜들 이러는겨……라고 숨이 끊어지듯 키보드에 처박혀 눈물을 흘렸다.

——그러나 유감스럽게도, 이 이야기에는 아무런 부조리도 없다.

그저 『정석』을 거역한 자가 있었고, 당연하다는 듯이 비난을 받았다—— 그뿐이다.

——모든 게임에는『정석』이 있다.

그것은 사양과 규칙 위에 논리적으로 최적화된『최선의 한 수』이다.

게임에서 절대불가침의 매너와도 같은—— 그것에.

——안이하게 거역하고, 경솔하게 도전하면 어떻게 될까? 그 해답이…… 이것이다.

과거 뜨거운 슈프레히코어에 눈물을 흘렸던 소년—— 이제는 청년이 된 그는.

오늘도 여전히 게임 내에서 총을 손에 들고 달리며…… 생각한다.

그렇구나. 농성을 해 철저히 기다리기만 하는 저격은 유효한 전술이구나.

하지만 누구나 그렇게 생각하고 농성 저격에만 나선다면—— 게임이 성립되지 않는 법이다.

축구에서 하염없이 아군끼리 공을 돌리더라도 규칙 위반은 아니지만.

체스에서 하염없이 적당한 수를 두며 도발하는 행위가 규칙 위반은 아니지만.

그러나 대인전인 이상 위반하면 빈축을 사는—— 그런 암묵적인 양해가 있는 것이다.

——모두가 득을 보려(즐기려) 하면 십중팔구 그렇게 되는…… 그런『정석』이.

여기에 안이하게 거역하면 조리돌림을 당해도, 욕을 먹어도 싸지 않겠는가——?!

예의, 예절, 이거 인간으로서 중요해. 시체쏘기 엄금.

……라느니 뭐라느니. 이러쿵저러쿵.

올바르게 자랐다면 수긍했을지도 모르는 그런——『정석(개똥논리)』.

하지만 어디에 내놓아도 부끄러울 교과서적 폐인(골방지기 니트 게이머)으로 쓸데없이 성장한 청년은.

——그럴 거면 왜 저격총을 넣었냐고.

툭 내뱉고 오늘도 여전히 저격총을 한 손에, 클레이모어며 센트리건을 깔아놓은 채.

비방중상(러브콜) 속에서 이리저리 거점을 바꾸며 씩씩하게 뛰어다니고, 웃는 얼굴로 농성저격을 계속했다.

그 과정에서, 이래서야 게임이 되겠느냐 운운하는 중급자의 『정석(어리광)』 따위 알 바 아니다.

——애초에 『정석』이란.

강자에게 이기고자 약자가 머리를 짜낸 수——『전략』이며, 그리고——!

——이때 청년이 펼쳐놓은 함정과 저격을 돌파하고 육박한 상급자(강자)의 나이프에……

…………어~ 뭐였더라? 맞아, 그리고! 『정석』이란!

모조리 파괴될 운명이라는 것이다!

바로 이렇게——

자신을 상대로 원 킬을 따낸 상대를 바라보고, 청년은 싸늘한 눈초리로 웃으며.

——『님 쩔어요 열라 멋져』라고 메시지를 타이핑했다.

■ ■ ■

——모든 게임에는 『정석』이 있다.

그것은 게임 형식과 규칙 속에서 논리적으로 최적화된 『최선의 한 수』다.

게임으로 모든 것이 결판나는 세계에서, 절대불가침의 상식에 가까운—— 그것에.

——안이하게 거역하고, 경솔하게 도전하면 어떻게 될까? 그 해답이…… 이것이다.

60여년 전—— 머지않아 『동부연합』이라 불리게 될 변경의 언덕에서.

조그만 금색여우 소녀는, 풀이 죽은 눈빛으로 하늘을 올려다보며 생각했다.

붉은 달을 배경처럼 띄운, 어둠을 쓸어놓은 하늘—— 그 끝.

하늘을 꿰뚫고 땅에 그림자를 드리운, 이 별 어디서도 우러러볼 수 있을 만큼 거대한 체스 피스.

그 정점에 계신 신은 6,000년도 더 전에, 『십조맹약』을 내걸고—— 부르짖었다 한다.

——세계는 바뀌었노라고.

그러나 소녀는 그 탁한 황금색 눈으로 생각했다.

——이 그짓말쟁이 좀 바라, 라고.

대전은 종결되고, 전쟁은 사라졌으며, 권리가 보장되었다.

이젠 폭력에 겁을 먹고 괴로워할 필요는 없어진 것이다.

——거짓말이었다.

거짓말이었다. 전부, 전부 새빨간 거짓말이었다——!

전쟁이 사라졌다면, 어째서 워비스트(우리)는 이런 내란(게임)을 계속하고 있지?!

권리가 보장된다면, 어째서 금색여우(우리)는 모든 것을 빼앗기고 있지?!

폭력에 겁먹고, 괴로워할 필요가 사라졌다면—— 어째서——

——어째서 나는 상처를 입고, 폭력에 겁을 먹고, 아픔에 괴로워하고 있느냐고.

피에 물든 누더기를 걸친 소녀는, 해답을 갈구하듯 눈물을 흘렸다.

꼬리와 귀의 형태, 뿔의 유무, 털 색깔의 차이로 무리를 이루며 서로를 조롱한다.

다른 종족에게 워비스트가 착취를 당하거나 말거나, 다른 부족이라면 『쌤통』이라고 기뻐한다.

그런 『정석』으로 워비스트가 『내란(게임)』을 계속한 지 이미 6,000

년 이상.

——이런 건 잘못됐다고. 워비스트끼리 으르렁거리지 말고 서로 돕자고.

어린——그렇기에 현명했던 소녀가, 그렇게 감성이 시키는 대로 상식(정석)에 이의를 제기하면.

'약자(게임 피스) 주제에 끼어들지 마라' —— 그렇게 시시한 악의에 짓밟혔다.

그렇게 이름도 없는 언덕 위에서, 생사여탈권마저 빼앗겨 피에 물든 채 쓰러졌던 소녀는.

희미해지는 의식으로, 거대한 게임 피스를 노려보며—— 마침내 이해했다.

——『십조맹약』에 이르기를, 허가 없이 빼앗지 마라, 침략하지 마라, 죽이지 마라.

그러나 그것은 약자를 지키기 위한 것도, 하물며 약함을 용서하기 위해서도 아니었다.

고개를 끄덕이게 만든 다음, 후려치고 빼앗고 범하고 죽이라는—— 그것뿐이었다.

강하면 살고, 약하면 죽는다. 이기면 모든 것을 얻고, 지면 모든 것을 잃는다.

옳든 그르든, 패배한 자에게는 입을 열 권리조차 주어지지 않는다.

그것이 싫다면—— 약자(게임 피스)가 아니라 강자(플레이어)가 되라고.

모략을 다하고 악랄을 기해, 타인의 권리를 마음대로 할 수 있는── 전권대리자(지배자)가 되라고.

──그렇다, 유일신인지 뭔지가 거창하게 내건 『십조맹약(규칙)』은.

그 손으로 누군가의 손을 잡기보다는── 후려치는 편에 득이 되도록 만들어졌다.

그 힘으로 약자의 방패가 되기보다는── 지배하는 편에 득이 되도록 만들어졌다.

그렇다. 『정석』── 이기(최선)를 추구한다면, 필경 서로가 서로를 지배하도록 만들어졌다.

그런 규칙을 내세우고 혼자 떠들어대는 말이── 세계가 바뀌었다고?

아무것도 바뀌지 않았어…… 서로 죽이고 빼앗기 위한 과정이 하나 늘어났을 뿐.

그 절망을, 소녀는 마침내 이해하고── 웃었다.

──애초에 『정석』이란 강자에게 이기기 위해 약자가 만들어낸── 『전략』이다.

그리고 그것은 모조리── 깨질 운명.

이 악랄하고 구역질이 나는, 필연이라는 『정석』조차도 예외는 아니니.

그렇다면.

소녀는 아픔에 비명을 질러대는 몸을 무시하고── 그 『정석』을.

————깨부수고 말겠노라고, 몸을 일으켰다.

이 악랄한 상식을 뒤엎는——『정석파괴』를 만들고 말겠노라고.

그러나 그 『정석파괴』 또한 파괴될 운명에 있으리라고——그러면 족하다고.

몇 번이라도, 무한 번이라도 깨뜨리고 깨진 『정석』의 끝에.

——있을 것이다.

그 손으로 누군가를 때리느니—— 손을 잡는 편이 득이 되는 『정석』이.

그 힘으로 약자를 지배하느니—— 방패가 되는 편이 득이 되는 『정석』이.

누구도 누구에게도 지배당하기만 하는 약자(게임 피스)가 아니며.

누구나 자기 자신의 전권대리자(플레이어)인 편이 득이 되는, 그런 『정석』이.

분명 있을 것이다——아니, 찾아내고 말리라.

——그리하여, 그날, 그 순간.

자신을 멸시하던 『정석』—— 그 필연을 초래한 재정자를 노려보고, 소녀는 결의했다.

안이하게 거역하고 패배하는 것이 『정석』이라면—— 교활하게 거역하자고.

속이고, 기만하고, 위협하고, 더욱 음습하게, 한결 비열하게, 어디까지고 악랄하게 철저하게!

——무슨 수를 써서라도 해내고 말리라고.

오만하게, 세계를 바꿨노라 으스대는 저 유일신(야바위꾼)마저도 할 수 없었던 일을.

세계를, 이 손으로, 자신들이—— 바꾸고 말겠노라고.

그렇게—— 황당무계한, 아이들만이 꿀 수 있는 터무니없는 꿈을 가슴에 안고.

옛날 옛적, 이름도 없는 언덕 위에서, 이름도 없는 신사 밑에서, 이름도 없는 금색여우 소녀는.

그 피스의 정상에 있는 존재가, 규칙상 인정한 모든 것을, 원하시는 대로 구사해서라도——

그렇게 비웃으며, 온갖 『정석』을 뒤집을 수를—— 다시 말해.

————전대미문의 『대 속임수』를 감행했다.

그리하여 6,200여 년간 이어졌던 내란을 송두리째 유린하는 ——『폭풍』이 생겨났다.

분노도 증오도 응어리도 굴레도, 모조리 휘감아올려 앗아가는 가차 없는 폭풍.

질리지도 않고 뺏고 빼앗기던 자들에게서, 다툴 여지조차 송두리째 빼앗는 폭풍이 지나간—— 그 자리에.

——한 『나라』가 태어났다.

소녀의 옛 몽상—— 황당무계한 이상의 일말을 체현한 나라.

겨우 반세기만에, 세계 유수의 대국으로 널리 알려지기에 이르는 그 나라의 이름은—— 동부연합.

……어렸던 금색여우는 이제 없다.

그녀는 『무녀』라 불리며, 모든 워비스트에게서 경외의 대상이 되었다.

그리고 그녀가 짜 놓은 어린 날의 『속임수』는 지금——

“자~아—— 그럼, 슬슬 게임을 시작해 볼까, 방해만 되는 하느님?”

한때 이름도 없는 금색여우가 쓰러졌던, 이름도 없는 언덕, 이름도 없는 신사.

지금은 동부연합, 수도 칸나가리—— 『미야시로』라는 이름으로 불리는 그 땅에서.

그 자리에 모인 모든 자들의 눈앞에서.

신이라 불렸던 『속임수』는—— 순수하고 방대한 ‘힘’ 을 휘감아올리고 있었다………….

■ ■ ■

『그대들의 허언, 똑똑히 들었노라. 하면 증명토록 하여라——허나.』

——그렇게, 무녀의 입술을 움직여 말을 자아낸 것은 무녀가 아니었다.

그것은 무녀를, 아니, 수도 칸나가리를—— 바다마저도 넘어서.

동부연합은 고사하고, 에르키아마저도 에워싸려 하는 힘의 폭풍, 그 원천이었다.

어린 날의 무녀가 자신의 몸에 깃들였던 속임수——『신수(神髓)』.

이제는 꼭두각시가 된 무녀의 몸을 통해, 그 의지를 통솔하는 자가 고했다.

『불가피한 죽음이 기다리는 정명(定命)의 존재여. 그리도 죽음을 서두르는 우매한 바람을 이해할 수 없도다.』

올드데우스를 자신의 몸에 깃들인 무녀는, 안개가 낀 의식으로, 눈앞에 도열한 자들의 모습을 보았다.

죽음을 서두른다——고 말하는 『신』을 상대로 승부(게임)에 임하려는—— 일곱 개의 그림자를.

"점호!! 1번, 소라 동정남 18세! 삶을 서두른다고 멋있게 대답해주마!"

능글맞게 입꼬리를 비틀어 올리며, 흑발의 젊은 이마니티(남자)——소라는 외쳤다.

소용돌이치는 신위(神威)에, 그저 바람이 짜증난다는 듯 손으로 얼굴을 가리며 웃고만 있다.

"올드데우스(하느님)랑 노는 거잖아? 이런 기회를 놓치면 게이머 실격이지."

“……2번, 시로 11세…… 다음 기회, 기다릴 만큼, 한가하지…… 않아…….”

그의 여동생 시로는—— 체념한 것인지 긴 백발을 흐트러지도록 내버려둔 채 눈을 흘기며 말을 받았다.

“네, 네에에?! 사, 3번, 스테파니 도라는 죽고싶지않아요결단코절대로——.”

귀중한 상식 담당자인—— 이마니티 소녀 스테프가 눈물을 머금고 비통하게 외쳤지만.

“4번, 소라 님과 시로 님의 노예인 불초 지브릴. 그런 것보다도 저만 『정명』이 아니온지라 홀로 떨려나간 상심에 훌쩍훌쩍 『천격(눈물)』을 떨굴 것 같아—— 정정해 이 자식아, 라고 명령하겠습니다♡”

플뤼겔 소녀 지브릴이 무서운 웃음으로 가로막고 신에게 명령했다.

“5버언~ 공기라고 정평이 난 플럼은요오, 분위기 파악하고 흐름에 맡길게요오…….”

이어서 이름을 댄 것은 담피르 소녀—— 아니, 소년 플럼.

행복과는 인연이 먼 미소녀 같은 얼굴에 체념으로부터 오는 메마른 웃음을 맺고 대답한다. 그리고——

“……? 유, 6번, 요? 이즈나—— 헤윽.”

당황한 워비스트 소녀 하츠세 이즈나가 말을 맞추려 하다——

그녀의 얼굴을 누르고 나타난 초로의 워비스트 사내, 하츠세 이노와 함께 무릎을 꿇었다.

"부디 안심하시옵소서, 무녀님."

올드데우스가 아니라, 봉인되고 만 무녀에게 머리를 조아리고, 고한다.

"전혀 신용할 수 없는 작자들이오나—— 그렇기에 맡겨주시옵소서."

"어, 그 잘난 척하는 하느님, 꼭, 두들——이겨줄 거다, 요!"

무마하려는 할아버지의 몸짓을 흉내 낸 이즈나가 전의를 드러내며 말했다.

——이상, 일곱.

긴장감과는 무관한, 기대할 만한 요소 따위 전무한.

저마다 커다란 짐을 짊어진, 나이도 종족도 성별도 제각각인 이 자들이.

'신' 에게 도전한다는 무모한 계획에 나서려 하는, 사랑스러운 바보들이었다.

유일신이 정한 질서(규칙) 위에 성립된 절대적 정의, 『정석』을—— 뒤집기 위해.

——단순한 게임 피스(Prayer)가 아니라, 대등한 상대(Player)로서.

그 사실에 사랑스러움마저 느끼고, 무녀는 의식 속에서 쓴웃음을 지었다.

그러나 동시에 생각했다—— 지금의 그녀로서는 이해할 수 없는 존재들이리라고.

『——하면 맹세하라. 그대들의 언어로서, 이 시시한 유희에서 그대들의 죽음을 인(認)하라.』

담담히, 자신들의 파멸에 이르는 맹세를 스스로 선언하라고 종용하는 올드데우스. 그러나——

"아, 그 전에 한 가지만 말해도 될까?"

그렇게 맥 빠지는, 분위기에 어울리지 않을 만큼 느긋한 어조로 소라가 말했다.

"댁의 이름을 아직 못 들었는데 말입죠?"

『——알아 어찌하겠다는 것이냐, 저변의 존재여.』

"어? 앞으로 탈탈 털어 밟아버릴 상대의 이름 정도는 기억해 두는 게 최소한의 예의 아냐?"

——충격으로 대기가 삐걱거렸다.

그 자리의 모든 이들—— 플뤼겔인 지브릴조차 움츠러들 만한 위압감.

『십조맹약』이 없었다면 그것만으로도 이 자리의 모든 이가 소멸했을 위압감.

그 사실에—— 무녀는 실소했다. 이 몸에 『신수』를 깃들인 지 이미 반세기 이상.

그녀가 이렇게까지 '언짢음' 을 드러냈던 일이 있었을까——

심지어.

"……어? 저기—— 내가 뭐 특별히 화나게 할 소리 했어?"

숨을 쉬는 것과 마찬가지인지, 도발했다는 자각조차 없는—— 시시껄렁한 이마니티의 가벼운 어조라니.

"……빠야, 괜찮, 아…… 특별한, 소리…… 하나도, 안 했어."

"그, 그치이?! 난 딱히 그러려던 게——."

아연실색하는 소라에게 엄지를 척 세운 시로가 웃으며 대답했다.

"……빠야…… 숨만, 쉬어도…… 사람, 빡치게…… 하니까."

"과, 과연 마스터! 신을 '분노사' 시키려 하시다니, 이 무슨 심모원려——!!"

"신에게조차 도움닫기해서 주먹질을 날릴 사람이란 걸 증명하셨네요…… 훌륭해요."

"그냐앙 게임 그만두고 언어의 폭력으로 신을 죽이는 건 어때요오? 소라 님이라면 가능할 것 같은데에."

"……소라, 진짜 쩐다, 요……."

"망할 원숭이…… 네놈, 한순간이라도 심각해졌다간 죽는 병이라도 앓는 게냐……?"

안개가 낀 의식 속에서, 화기애애한 그들의 모습에 몰래 웃음을 흘렸다.

이제는 맹세의 말도 없이 게임 보드를 만들어내기 시작한 신의 시선 중 하나를 타고.

미야시로—— 그곳에서 펼쳐진 칸나가리(수도)의 마천루, 그리고 동부연합의 수많은 섬에 세워진 뭇 도시…….

생애를 들여 구축했던 조국을 내려다보며—— 생각한다.

——그 옛날, 이름도 없는 금색여우 소녀는 꿈을 꾸었다.

끝없이 『정석』을 파괴해나가—— 그 너머를 추구하고 만들어낸 나라.

——그러나 그곳에 이제 옛날의 소녀는 없다.

어른이 되고 만 소녀, 무녀는 그날…… 깨닫고 말았다.

——『정석파괴』에는…… 명확한 끝이 있었다.

철저히 연구했던 게임이, 틱택토에 이르러 선수필승으로 귀결되듯.

약자(게임 피스)가 아무리 발버둥을 치더라도 결코 보드 위에서는 뛰쳐나갈 수 없음을.

—— '도전하는 자(Player)' 와 '기도하는 자(Prayer)'.

이 세계는 어디까지 가더라도 강자(Player)가 약자(Prayer)를 게임 피스로 삼아 놀이에 열중하는 게임 보드이며.

그 『정석』만은—— 뒤집을 수 없다.

다름 아닌 어린 시절의 소녀가 행했던 『속임수』가 그 사실을 증명해버리고 말았다.

그렇게 체념과 실망을 얻은 무녀. 그러나————

——시점을 내려보니 미야시로의 정원으로 의식이 돌아왔다.

그곳에는 과거의 소녀조차 몽상하지 못했던 광경이 있었다.

이마니티, 플뤼겔, 담피르, 워비스트——.

고대에는 무력으로 서로를 죽여댔으며, 지금도 다른 수단(게임)으로 뺏고 빼앗기며 서로를 증오하는 자들.

힘도 수명도, 존재 방식조차도 다른 종족의 대표들이 한자리에 모여 웃고 있다.

하물며 전원이, 의도는 다를지언정, 목적은 하나——

'올드데우스에 도전한다' 는, 제정신으로는 생각할 수 없는 어리석은 행위 아래 화기애애하게…….

"——아나, 정말, 괜찮나?"

분노했기 때문인지, 혹은 창조의 위업에 집중했기 때문인지,

한순간 신의 지배가 느슨해진 몸은 무녀의 의식에 따라 그 물음을 입에 담고 있었다.

"——내 과오, 그때 저질러삔 잘못—— 고치줄라나?"

그렇게 말하며 무녀는 천천히 하늘로 손을 내밀었다.

하얀 팔이 부드럽게 뒤집어지자 손바닥에는 찬란히 빛나는 『폰』이 떠 있었다.

그것은 의심할 나위 없는 『종의 피스』—— 워비스트의 피스였다.

'그날의 잘못' 을 고친다—— 그날로부터 계속 쌓여왔던 업보를 청산한다.

그렇게 하지 않고서는 자신은 그들과 함께 화기애애하게 웃을 자격이 없다.

그러나 그것이 가능하다면, 그때야말로——

"그라믄…… 동부연합은—— 워비스트는, 느그들하고 같이 걸어갈란다."

——라고, 갈등과 고뇌를 이어나가던 무녀에게…… 그러나.

“흠…… 무녀님이 뭘 착각해서 심각해졌는지 솔직히 난 도통 모르겠지만.”

심각해지면 죽는 병 의혹을 산 사내는── 위풍당당하게.

“고쳐달라고 한다면 우선 우리한테 심각하게 구는 착각부터 고쳐주도록 할까?!”

삼라만상 그 자체인 올드데우스에게 도전하는 몸으로서── ‘심각함 거부’를 외쳤다.

무녀의 고민도 갈등도 모르면서── 혹은 알면서 그러는 것인지.

그야말로 어린아이와도 같은 눈에, 그저 기대만을 담은 남매(두 사람)는.

“우린 운 좋게도! 이 멤버로 올드데우스(하느님)와 게임을 할 기회를 얻었닷!!”

“……그리, 고…… 게임 할, 거면…… 당연, 시로네, 이긴다…… 따라서──.”

“당연히! 지그읏히 자연스럽게 필연적으로! 동부연합도 올드데우스도 기타 등등 잡다한 것들도 한꺼번에 에르키아(우리) 연방 차지!! 그 이상도 이하도 없다── 이해하기 쉽지?”

──어른들은 어려운 생각을 하는구나아~ 하고 감개무량하게 말하는 아이들의 얼굴로.

무녀의 눈에는 더 이상 비치지 않게 된 것을── 또렷이 비추는 눈으로.

강렬한 의지—— 그저 신이 난 빛(의지)을 깃들인 두 쌍의 눈은 말했다.

"진짜 같잖게도, 어디까지 진심이 될 수 있을지 멍청함을 겨루는 승부잖아?"

"……그러, 니까…… 시로네…… 지는, 거…… 있을 수 없어……."

"제일가는 멍청이를 결정하는 놀이—— '멍청함 승부' 에선 신에게야말로 질 수가 없지."

——그저 그뿐이라고, 단순한『놀이(게임)』이라고.

강자(플레이어)도, 약자(게임 피스)도, 그저 서로 도전하고, 도전을 받는—— 결과론일 뿐이라고.

'도전하는 자(Player)' 도, '기도하는 자(Prayer)' 도, 그저—— 자기가 어떻게 존재하고 싶은가라고.

철저히 연구했던 게임이, 틱택토에 이르러 선수필승으로 귀결된다면.

이번에는—— 누가 선수를 차지하느냐 하는 게임이 시작될 뿐이라고.

단순명쾌한 논리(무기) 하나로 무녀의 약아빠진 절망을 일축하더니.

끝없는 끝을 구가하는 자, 한자리에 모인 자들에게도 일제히 열기가 전파되는 것을 보고.

무녀 또한 우스워져서, 문득 생각했다.

소라와 시로의 눈에 비치고 있을—— '단순한 세계' 가 보이지 않았던 어린 시절.

이 두 사람이 말하듯, 정말로 세계 따위 그 정도로 단순한 것이고.

——그저 자신들이(모두가) 복잡하게 만들었을 뿐이라고 한다면——?

"————아나, 부탁한데이."

쓴웃음과 함께 툭 떨어진 그 말에, 신에게 도전하는 어리석은 자들은 저마다 웃음을 지었다.

원하시는 대로, 기대하시는 대로 단순하고도 간단한.

누가 제일가는 멍청이인지를 결정하는, 그런 알기 쉬운——

"자아———— 게임을 시작하자——!!"

무녀가 워비스트의 피스를 위로 던지고, 그와 동시에—— 소라는 즐겁게 외쳤다.

머리 위로 높이, 높이—— 아득한 천공에서 소용돌이치는 올드데우스에게 닿으라고 쏘아올린 피스에.

일동 또한, 좁은 정원을 찢어버릴 듯이 팔을 들어——

울려 퍼진 것은 『십조맹약』 아래 반드시 준수되는 게임을 시작하는 맹세의 외침.

세계는 바뀌었다고, 그렇게 떠벌리던 유일신(거짓말쟁이)이 정한 규칙에 따른 선언을 신호로.

그 자리에 꿈틀거리며 가득 찼던 신력이 터져나왔다.

해일처럼 밀려들어 미친 듯이 날뛰는 힘에 희롱당하는 의식 속에서, 무녀는—— 생각했다.

——세계는 하나도 바뀌지 않았다.

그렇게 생각했던 어린 시절의 소녀가, 그렇다면 이 손으로 바꿔보겠노라고 바랐던 꿈.

어른이 되어 어느 샌가 깨어버린 꿈에, 다시 한 번 빠져들며 무녀는 생각했다.

——이 게임에. 올드데우스에게. 그녀에게. 이기고, 증명한다면.

멀고 먼 옛날, 대전 종결의 날, 맹약을 내세웠던 그의 말은 거짓이 아니었다고.

바꿀 수 있는, 바뀔 수 있는 세계로—— 분명히 바뀌었다노라고——!!

——그러니.

'……지금은 아직, 사과하지 않을 거래이………… 자칭 유일신…….'

——댁이 그냥 거짓말쟁이인지, 단순히 내가 머리가 나빴는지.

그 해답이 나왔을 때, 아주 조금—— 사과해주겠다고.

한껏 거짓말쟁이라 불렀던 것을…… 그래, 『미안타』라고 살짝 혀라도 내밀어주면서——

그런 기대와 비아냥거림을 남긴 채, 무녀의 의식은 빛 저 너머로 흘러나갔다.

■ ■ ■

——그 현상을 세계의 모든 것들이 목격했다.

극동의 바다에 뜬 섬에서 태어난 『힘』에 의한—— '재창조'.

눈 깜짝할 사이에 일어난 그것은 불가사의하게도 별의 뒷면에서조차 목격되었다.

일그러진 별이, 그 비명을 천지에 전하지 않을 수 없었던 것처럼——

——밤의 어둠은 부서지고, 낮의 빛은 찢어졌다.

불손하고, 부당하고, 부조리한 힘이 별마저 통째로 뒤흔들어놓았다.

힘은 파도(파동)로, 파도(파동)는 형체(물질)로 바뀌어, 개념이 정의되고 현출되었다.

우주개벽의 규모, 천지창조의 복사와도 같은 위업에—— 하늘에, 대지가 태어났다.

허공에 생겨난 대지는 줄을 잇고 맴을 돌아, 이윽고 한 줄기의 나선이 되어.

소용돌이를 이루고, 탑을 짓고, 달까지도 닿을── 하늘의 구름다리가 되었다.

──무슨 일이 일어났는지 이해할 수는 없어도, 본능적으로 떨기에는 충분했다.

──불행하게 이해할 수 있었던 자들도 이성이 무릎을 꿇고 전율하도록 강요했다.

이렇듯 이치에 어긋난 이 『기적』을 구사할 수 있는 존재가 무엇인지.

피에, 영혼에, 존재에 새겨진, 유구를 거듭하고도 흐려질 줄 모르는── 공포(기억)가 대답해주었다.

과거 하늘을 만들고 땅을 부수었던, 삼라만상을 정의하는 존재에 대한── 두려움(기억)이 말해주었다.

그렇기에 그날, 그 현상을 목격한 모든 이들은.

그것 외에는 할 수도 없었고, 더 할 일도 없었다── 다시 말해서.

'아아…… 신이시여' 라고 기도하는 것 말고는── 아무것도…….

■ ■ ■

──한편. 세계의 끝, 거대한 체스 피스 꼭대기에서는.

진짜 '신' —— 이 세상 전체를 다스리는 유일신(테토)이——

"흐칭! 에칫, 훌쩍…… 나 아니거든~? 오늘은 참 많이도 부르네."

휴지로 가득 찬 쓰레기통을 끌어안은 채 불그레해진 코를 풀고 있었다…….

신에게는 필요도 없는 연출까지 가미해 흘리는 것은 콧물과 —— 푸념이었다.

"……거짓말쟁이 거짓말쟁이 연호하는 것도 모자라서 헛소문까지, 너무하지 않아?"

불만스레 발을 파닥거린 테토가 쳐다본 것은—— 하늘에 생겨난 새로운 땅이었다.

동부연합으로부터 에르키아 전토를 뒤덮는 규모로 펼쳐진, 천공의 대륙.

그것은 한 올드데우스가 한순간에 짜맞춘 광대한 게임 보드였으나——

"——하하☆ 좀 의외네. 너 상당히 화려한 걸 좋아했구나?"

그렇게, 올드데우스라고 해도 힘을 너무 화려하게 쓴다고 테토가 투덜거린 중얼거림에—— 아니.

【묻노라. 작금의 형세는 그대의 작위인가? ——『성배(星杯)(수니아스타)』의 보유자여.】

부름에, 허공에서 울려 퍼진 목소리가 대답했다.

유일신(테토)에게 말을 걸다니, 올드데우스의 힘으로도 곤란하기 그지없는 일이지만——

"나는 누구의 편도 아니야——란 소릴 몇 번이나 해야 알아듣는 거람…… 흐칭!"

'유일신이(내가)' 이야기할 때는 좀 호응해줘♪ ——라고.

불손하게 강요한 테토는, 이내 표표한 미소를 지으며 다시 휴지 한 장을 쓰레기통에 넣었다.

【——거짓이로다. 존재들을 이계로부터 불러낸 것은 그대일진저. 그대의 참전 의향을 개시하라.】

이 세계(게임)가 올드데우스에 의한 종의 피스 쟁탈전, 유일신에 대한 도전권을 얻는 싸움이라면.

유일신 자신의 '참전'에 어떤 의미가 있는가—— 그렇게 묻는 목소리에.

테토는 그저 헤죽 웃었다.

——모략 따위는 일절 없으며. 굳이 말하자면 기대가 있을 뿐이라고——.

"그 착각 때문에 게임을 망쳐버리고 있는 너희가 울상을 짓는 낯짝을 보고 싶다는 '의미'는 어떨까나☆"

치기 어린 대답과는 달리 그것은 테토의 거짓 없는 본심——기대였으나.

허공에서 울려 퍼진 올드데우스의 목소리는 그저 담담히 이어졌다.

【——그러한 수렴이 존재한다면 『수니아스타』가 이미 알았을 터.】

"…… '내 낯짝을 보고 싶다면 미래를 봐라' ……라고 알아듣기 쉽게 말하면 안 돼……?"

그렇게 쓴웃음을 지으며, 테토는 손바닥을 허공으로 내밀었다.

"이건 자랑이지만, 나는 너희하곤 달라서── 취향이 고상하거든."

그 손에 떠오른 것은 유일신의 상징.

"미래시(未來視)(스포일러)는 하지 않기로 결심할 만큼──♪"

──『수니아스타』.

절대지배권의 개념장치인 그것은── '전능한 힘'이 담긴 그릇이다.

이 우주에 존재하는 힘 따위, 그릇에서 어쩌다 흘러 떨어진 파편에 불과할 정도로.

이를 마음대로 하는 자(테토)에게는 애초에 시간도 형이상학적 인과율조차도── 이제는 무의미하다.

창조도 파괴도, 과거도 미래도, 관측도 확정마저도 자기 마음인 것이다.

올드데우스가 울상을 짓는 미래를 보는 것도──만드는 것조차도 쉽지만──.

"그런 치트 쓰면 뭐가 재밌어? 미래를 봐서 뭐 좋은 일이라도 있었어?"

──『수니아스타』를 가진 테토만큼은 아니라도.

올드데우스라면 어느 정도의 미래는 보이지 않느냐고 비아냥거리듯 웃으면서.

"——난 과거밖에 보지 않아."

한마디 중얼거린 뒤, 쓰레기통을 없애고 꺼낸 것은 한 권의 책과 한 자루의 깃털 펜.

신이 모으고 썼으며 편찬한…… 아직까지 백지가 대부분을 차지하는 그 책은.

"그러니까 이 게임의 결과를—— 다음 내용을 쓰고 싶어서 근질거린단 말씀."

전지(全知)이기를 거부한 신이 기대하는 미래.

신조차도 모르는 신화를 기록할—— 아직까지 존재하지 않는 이야기다.

…………….

끝까지 진의를 가늠하려는 듯한 그 침묵에, 테토는 쓴웃음을 흘렸다.

'그녀' 가 테토의 말을 곧이곧대로 받아들일 리가 없다.

——그 『신수』가 곧이곧대로 받아들이도록 허락할 리 없다.

【——그러한 '허언' 때문에 불렀는가.】

"아~ 응. 놀린 거랑 도발한 건 어디까지나 덤. 으. 로☆ 본론은 있지——."

그렇게 테토는 쓴웃음과 함께 백지 페이지를 가리키며.

"네 이름, 『수니아스타』조차 모르는데, 좀 가르쳐줄래? 여기다 쓸 수가 없어서——."

——전지를 거부하기 때문인지.

본론조차 도발이었다는 자각도 없이 웃는 테토에게——

————뚜둑.

공간이 일그러지는 듯 귀에 거슬리는 소리를 남기고, 교신이 끊어져버렸다.

"……우와아~…… 선을 뽑아버렸잖아…… 게임에서 이래도 돼?"

테토는 한숨을 쉬면서 손에 든 책에 깃털 펜을 놀렸다.

한쪽에는 세계 따위 단순하며 어린아이라도 알 수 있을 만한 것이라 생각하는 자가 있으며.

한쪽에는 세계는 복잡기괴하며 영원히 알 수 없기에 무의미하다고 생각하는 자가 있으며.

한쪽에는 세계는 아무것도 바뀌지 않았으며 바뀔 리도 없다고 생각하는 자가 있으며.

한쪽에는 세계는 계속 바뀌고 지금 이 순간에도 바뀌려 한다고 생각하는 자가 있다.

——과거도 현재도. 그것은 인간이었으며 기계였으며 짐승이었으며—— 신이었으며…….

과연 그중 어느 것이 진실일지, 혹은——.

테토는 고개를 숙이고 모든 것들의 물음에 대답하고자.

누구나 의심하는 사실에, 거짓은 없다고 호소하듯—— 홀로 생각했다.

——멀고 먼 그날, 세계는 정말로 바뀌었어.

유희의 신(내가)이 『수니아스타』를 얻어서, 분명── 내 손으로, 바꿨다구.

이 하늘과 땅을 게임 보드로, 법칙을 규칙으로, 분명히…… 바꿨다구.

하지만 하늘과 땅을 바꾸어도 바뀌지 않는, 바꾸어서는 안 되는 것이 있어.

이 세계에서 살아가는 자(게임 플레이어)까지는 바꿀 수 없어. 내가 바꿔서는 안 돼.

옛 신화(두 사람)의 의지가, 나를, 『수니아스타』를 낳고, 세계를── 바꿨듯이.

이 세계에서 살아가는 자들(플레이어)이 바뀌기를 바라야 하는 거야.

“──바꿔줄 거지?! ‘모든 것’을 뒤엎고 여기까지 와줄 거지?!”

새로운 신화(그들)의 의지가, 이번에는 플레이어(모든 것을)까지 바꾸리라.

그것은 분명── 강요나 다를 바 없는, 민폐인, 가차 없는.

모든 것을 질질 끌고 다니며 휘저어대는, 끔찍하게도 못된 아이 같은 방법이며──

모두가── **바뀌지 않을 수 없을 때까지 몰아붙일** 것이다.

──그때야말로.

간신히, 이 보드 위의 세계(게임)는…… 진정한 의미로, 시작된다.

분명, 천지개벽 이후 최고로 재미난 게임이 드디어── **시작되었다**고.

과거형으로 기술할 순간을 기대하며, 테토는 주저앉아 책상다리를 했다.

"……너도 다음번에 만날 때는 이름으로 부를 수 있기를 기대할게."

——이 세계에서 유일하게.

눈앞에서 세계를 일그러뜨리는 자——무녀에게 깃든 『신수』를 아는 테토는.

"다른 녀석도 아니고…… 마음이 있는(그아이) 기계를 만든 네가, 그런 표정을 하고——."

……그러나 이어질 말은 꾹 삼키고, 억지로…… 웃음을 지어 보였다.

하늘과 땅을 뒤흔들고 구축된 거대한 게임 보드의, 그 안쪽 깊숙한 곳.

가장 새로운 신화에 이르는 인물들의 일거수일투족을 놓치지 않겠노라, 그저 주시하며——

——어떤 대전(게임)도, 관전할 때는 응원하는 법.

좋아하는 플레이어를 응원하는 것도 좋지만, 뜻밖의 다크호스도 버리기 어렵다.

누구를 응원할까——생각하던 유일신은. 그러나 이내 고개를 들고.

마치, 자신의 손으로 만들어낸 세계의 본질을 체현하는 듯——

"모~두 파이팅♪ 대충 다 응원할게~ 아하하☆"

……분위기에 휩쓸린 것 같은, 무책임하기 그지없는 성원을 보냈다.

■ ■ ■

————눈을 뜨라.

잠기운에 날아와 박힌 그 말에, 소라는 눈을 떴다.

지면에서 떼어내듯 몸을 일으키고, 꿈에서 덜 깬 눈을 이리저리 돌리다——

……훗.

소라는 스스로 생각하기에도 멋들어진 상황 판단력이라고 자화자찬하며 웃었다.

주위를 흐느적 둘러본, 단 한 번의 동작으로 밝혀낸—— 두 가지 문제.

중대성에서 우선순위까지 설정한 소라는 냉정하기 그지없는 머리로 그것들을 순서에 따라 생각했다.

——『첫 번째 문제』는, 중대한 문제.

소라 머릿속 300명 위원회 공식 미소녀 랭킹의 변동—— 다시 말해.

그가 돌린 시선 너머에—— '어마무지 예쁜 여자애가 있었던 건' 에 대해서였다.

그것은 허공에 뜬, 자신의 키만 한 먹통에 앉아 팔로 턱을 괴고 있는—— 어린 소녀.

동부연합과는 양식이 다른—— 그러나 동양풍의 우아한 옷차림, 손에는 낡은 붓.

날개나 베일처럼 펼쳐진 무수한 두루마리를 등에 지고, 강철색 눈으로 이쪽을 싸늘하게 내려다본다—— 아니.

그 어떤 것에도 관심이 없는 눈은 만든 것을 방불케 해, 이곳이 아닌 어딘가를 공허하게 좇고 있다.

마치 인형 같은—— 그러나 신이 깃든 그 미모에 소라는 반쯤 강제적으로 눈길을 빼앗겼다.

미녀라면 질릴 만큼 구경했던 소라에게, 그것은 참으로 중대한 문제였다.

……여자 경험도 없는 놈 주제에 뭔 헛소리를 하느냐는 꾸지람은 지당——하지만!!

이 세계(디스보드)에 온 이후 만난 여자라고는 하나같이—— 적정한 수준을 몰랐다.

아이돌과 나란히 세워놓으면 공개처형을 확정할 수 있는 공주님에, 톱 모델도 열등감에 빠져버릴 천사에, 로리 속성에 눈을 뜬다면 체포밖에 답이 없는 범죄조장 짐승귀 소녀—— 등등 이놈이고 저놈이고 다 이 모양이다.

여전히 애인 없는 경력을 경신 중인 몸!

그러나 쓸데없이 여자에 익숙해지기만 한 작금, 이제 와서 단순한 미녀에 당황할 소라가 아니다.

——그렇게 생각했던 시기가 제게도 있었죠~ 하고, 의무적으로 중얼거리고.

눈앞의 소녀를, 당 위원회 부동의 『1등(시로)』 다음으로라도 랭크인——시키려다가.

이어지는 문제와 연관이 있음을 깨닫고, 소라는 일단 그쪽을 생각해보기로 했다.

그렇다고는 하지만, 『두 번째 문제』는 사실 별로 큰 문제도 아니다.

그냥 입 밖으로 꺼내버리면 해결될 정도의 일이었다—— 그것은 곧.

"……어~……? 여긴 어디고, 얘는 누구고, 난 여기서 뭘 하는 거지?"

이처럼—— '그런 기억이 전혀 없다(해답)' 는 건에 대해서였다.

………………….

——문제의 우선순위를 잘못 잡았다고 소라는 이를 갈며 맹렬히 반성했다.

반대잖아——! 이쪽을 먼저 생각하지 보통은!!

뭐가 멋들어진 상황 판단력이냐 멍청아, 이래서는——

잠정 2등 아가씨의 이름을 모르니, 순위에 올릴 수도 없는 노릇이잖아아————!!

"…………웅……빠야……? ……여기, 어디야……?"

그리고 하늘을 우러러 맹렬한 반성에 빠졌던 소라는 졸린 눈을 비비는 1등 아가씨(시로)의 중얼거림에.

——흠.

조용히 목소리를 흘린 다음, 새삼 주위를 둘러보았다.

마찬가지로 땅에 엎드린 채 의식을 잃은 일동이 하나하나 눈을 뜨기 시작한다.

지브릴, 스테프, 플럼, 이즈나, 이노——.

그러나 모두가 하나같이 곤혹스러운 얼굴로 주위를 둘러보는 모습에—— 소라는 인식을 새로이 했다.

보아하니 『두 번째 문제』는 누구에게 물어봐도 해결이 안 될 것 같다.

모두 기억이 없는 모양이니—— 그러나…….

"——웅~…… 뭐, 잘 모르겠지만 문제없겠지."

절박한 문제가 아니라는 점에는 변함이 없다고, 소라는 헤실헤실 대꾸했다.

시로의 손을 잡아 일으키고, 눈앞의 『잠정 2등 아가씨』를 쳐다보았다.

——그것이 누구인지는 몰라도, 무엇인지는 명백했다.

처음으로 지브릴과 만났을 때의, 대구경 화포를 눈앞에 들이댄 듯한 무기질적인 죽음의 공포.

그러나 눈앞에 떠 있는 그녀(그것)에게는—— '그런 것조차도 없었다'.

용오름이나 해일 같은 것과 직면하면 인간은 이렇게 될 거라고 소라는 생각했다.

여기에는 절망도, 죽음의 공포도 없다. 그저 망연자실과——『체념』이 있을 뿐이다.

저항할 생각조차 용납되지 않는, 자연(세계)의 한 호흡을 체현한 존재감이 명확하게 대답해주었다.

——이것이 『신』이라고.

십육종족(익시드)의 정점, 삼라만상의 현현, 위계서열 제1위—— 올드데우스라고.

——그러나, 그렇다면 문제는 간단하지 않은가. 소라는 거창하게 말했다.

"여기가 어디냐고? 게임 속이다!! 뭘 하고 있느냐고? 게임 중이다!! 이상!"

이곳이 어디인가, 기억에 있는 장소였다. —— 그렇다, 과거형이다.

동부연합, 미야시로의 정원—— 그러나 지금 그곳에는 일곱 개의 문이 아무렇게나 서 있다.

그리고 올려다보면 머리 위에는 하늘을 뒤덮을 것 같은 거대한 대지가 떠 있다.

——오케이. 그런 게임을 시작한 기억은, 없다.

그러나 올드데우스에게 도전하고자 에르키아를 떠났을 때까지의 기억은, 있다.

그렇다면 올드데우스와 게임을 시작했고, 조건으로 『기억박탈』이 있었느냐 하면—— 어찌됐든 문제는 없다.

“마, 마스터를 얕잡아본 적은 없사오나, 지금만큼 두려움을 느꼈던 적 또한——.”

“……올드데우스를 앞에 두고도 용케도 태연하네요오……. 그 심장 어디서 파나요오?”

태풍에 신이 난 어린아이 같은 소라에게 부드럽게 에두른 매도가 쏟아졌으나—— 쓴웃음.

절망도 공포도 넘어선, 인간의 몸으로는 이해조차 불가능한 초월적 존재——!

오오, 이 얼마나 가공할 노릇인가……!!

——그러나 바로 그 ‘인간의 몸’ 인 소라에게는 요컨대—— 아무것도 느껴지지 않았던 것이다.

용오름이나 해일, 자연재해에 직면했을 때 지구 출신 현대인이 무엇을 할까?

핸드폰을 꺼내 인증샷을 찍고 인터넷에 올려야지. 예의상 말이야.

그렇게 잠정 2등 아가씨, 추정 하느님의 로우앵글 샷을 노리려고 슬금슬금 접근하는 소라에게——

이제까지 한 마디도 하지 않고, 그 무엇도 비추지 않는 눈으로 그저 붓을 놀리기만 하던 올드데우스(소녀)는.

담담하게, 무감정하게, 무기질적으로, 그저 ‘확인’ 하듯이 고했다.

【유희 개시 조건 ‘하나’ . 도전자들의 과거 24시간 분량 기억—— 징수, 확인.】

——추측을 긍정하는 말에 소라와 시로만은 나란히, 대담하게 웃었다.

그저 허공에 떠 있을 뿐인데도 지브릴조차 낯빛을 잃는——신(그것)을 상대로.

이 규격을 벗어난 존재—— 올드데우스에게, 자신들은 게임으로 도전했던 것이라고.

그 『스타트 칩』이 다시 말해 24시간 분량의 기억—— 지금의 상황이다.

상대하기에 부족함이 없다고 기대에 가슴이 부풀어오른 소라. 그러나——

【'둘'. 숙주—— 속칭 『무녀』의 목숨—— 징수, 확인. 유희 개시 조건 성립으로 간주한다.】

——이어진 말에, 생각이 멈추었다.

"——뭐엇……?! 무, 무녀님이이——?!"

그 지나치리만치 압도적인 존재감에 가려졌던 것.

허공에 뜬 올드데우스의 바로 아래…… 백목으로 만든 계단에 누운 어떤 실루엣을 알아보고.

이노는 비명을 지르고 땅을 부술 듯이 박차 달려갔으며, 이즈나도 그 뒤를 따랐다.

힘없이 움직이지 않는 무녀를 둘이서 안아 일으키며 말을 걸지만…….

——워비스트의 오감이라면 달려가기 전에 이미 알아차렸을 것이다.

무녀의 몸에 호흡이 있다면, 맥동이 있다면—— 알아차렸을 것이다.

그러므로 그것은, 올드데우스의 말대로——『목숨』을 징수당한.

——틀림없는…… 무녀의……『주검』이었다.

————어떻게, 된 거야.

등줄기를 떨던 이노와 이즈나를 보며, 소라는 혼란에 빠지려 하는 생각을 열심히 다스렸다.

——진정해라. 기억이라면 몰라도, 무녀의 목숨이『스타트 칩』이라고?

그런 조건이 통용될 리가 없다…… 그렇다면 무녀 자신이 바랐을까?——아니면——

【하면…… 그대들이 바랐던『*스고로쿠(게임)』—— 이것으로 개시로 간주하고『규정(규칙)』을 게시하노라.】

그러나 동요하는 일동에게는—— 아니, 이 세상 그 어떤 것에도 관심도 없다는 듯.

어디까지나 무기질적으로, 눈에서 싸늘한 광채를 뿜어내며, 올드데우스(소녀)는 담담하게 말했다—— 아니.

* 스고로쿠(双六): 일본의 전통적 보드게임. 그림 위에 그려진 칸을 따라, 주사위를 굴려 나온 숫자만큼 나아가 누가 먼저 골인하는가를 겨룬다.

01: 7명에게는 자신의 『질량존재시간』을 배율분할한 열 개의 『주사위』가 주어진다.

02: 주사위 보유자는 보유한 모든 주사위를 굴려 눈의 수만큼 칸을 나아갈 수 있다.

03: 주사위는 굴린 후에 랜덤하게 눈이 확정되며, 그 후 사용된 것 중 『하나』를 잃는다.

04: 『동행』의 경우, 선언 후 동행자는 대표자 한 사람의 주사위 눈 수만큼 전진할 수 있다.

05: 두 명을 넘는 동행에서는 사용된 주사위에서 『총 동행자 수×수반자』만큼의 주사위가 사라진다.

06: 플레이어는 게임이 시작될 때 각각 50개의【과제】를 작성할 권리를 가진다.

07:【과제】는 칸에 멈춘 주사위 보유자에게 어떠한 지시도 강요할 수 있다.

08: 주사위 보유자는【과제】를 달성하거나 또는 72시간이 경과할 때까지 칸을 이동할 수 없다.

09:【과제】를 달성하면 주사위 보유자는 주사위를 출제자에게서 하나 빼앗을 수 있지만, 달성하지 못하면 하나를 빼앗긴다.

10: 각【과제】는 팻말에 기술되며 무순으로 보드 위의 칸에 배치된다.

11: 【과제】는 그 내용에 따라 해당 칸의 환경을 변화시킬 수 있다.

12: 단, 아래를 포함한 【과제】는 모두 무효로 간주된다.

> 12a: 【과제】의 대상자를 특정한 사람으로 한정하는 문언
> 12b: 출제자 이외에는 달성이 불가능하거나 어느 플레이어에게도 불가능한 지시
> 12c: 주사위 보유자에 대한, 주사위의 눈에 따르지 않고 진퇴를 지정하는 문언
> 12d: 인류어 이외의 언어로 표기된 문언

13: 마지막 칸(골인 지점)에 도달한 주사위 보유자를 『승자』로 삼으며, 게임을 종료한다.

14: 해당 올드데우스는 『승자』에게 그 권리 및 범위 전체의 요구 이행 의무를 진다.

15: 모든 플레이어의 주사위 상실 혹은 사망을 『속행불능』으로 간주해 게임을 종료한다.

16: 해당 올드데우스는 『속행불능』 시 선두를 제외한 참가자 전원의 모든 것을 징수할 권리를 가진다.

00a: 게임 보드는 현실의 모조판이지만, 그곳에서 일어나는 현상은 죽음을 포함해 모두 현실이다.

00b: ──주사위 보유자 중 한 명, 기억을 징수당하지 않은 『배신자』가 있다.

——그렇게, 서슴지 않고……『규칙』이란 것을.

소라를 포함한 전원의 뇌에, 가차 없이 직접—— 그저 흘려넣었다.

——어떻게, 된 거야?

———본격적으로 뭐가 어떻게 된 거야? ……이거언——!!

"……횡포 부리지 말고 입으로 설명하라고…… 하느님씩이나 되는 분이 그렇게 귀찮아?"

농담조로 떠드는 소라. 그러나 그 얼굴은 감출 수도 없는 조바심에 물들어 있었다.

소라만이 아니라, 머릿속에 흘러든 규칙을 순식간에 이해할 수 있었던 자는 모두, 하나같이.

곤혹과 의심, 조바심에 사로잡혀 서로의 얼굴과—— 서로의 가슴께를 보고 있었다.

그렇다, 가슴께—— 어느 사이엔가 일동의 가슴께에 떠오른, 열 개의 하얀 정육면체를.

——그렇구만. 올드데우스(이자식) 말대로 이건……『스고로쿠』인 모양이야.

머리 위에 펼쳐진 저 나선형(말판) 대지에서, 이 하얀 입방체(주사위)를 굴려 칸을 이동해 나간다.

주사위는 굴릴 때마다 하나씩 줄고, 골인한 사람의 승리——

란 말이지.

하지만 이래선——

——어떻게 한들——

———플레이어끼리 서로 죽이는 게임밖에 안 되잖아——!!

【……말이란 본디 창조의 수.】

그러나 그런 소라의 내심을 아는지 모르는지—— 혹은 아무래도 상관이 없는지.

올드데우스(소녀)는 소라의 농담 섞인 말에—— 결코 변함없는, 싸늘한 시선으로 대꾸했다.

발밑에 굴러다니는 돌멩이라도 내려다보듯 무관심하고 무기질적인 눈동자. 그러나——

【신의 언어는 그대들과 같은 저변의 존재에게는 과분함을 알라.】

소라와 시로의 모습을 똑바로 바라보며.

두 사람을, 혹은 그 안에 있는 무언가를—— '누군가' 를 꿰뚫어보는 듯.

"————?"

한순간 보였던 그 눈빛을 소라는…… 어디선가 본 기억이 있었다.

초월종—— 올드데우스에게는 별로 어울리지 않는, 기억에 있는 그 눈. 그러나——

【그대 또한 자신의 언어가 가진 무게를 알라—— 그럴 지혜가 있다면.】

한순간에 지워져버렸다. 올드데우스는 손에 든 붓으로, 그저 하늘을 가리키며.

【종단에서 기다리겠노라. 정명의 존재가 정해진 목숨을 헛되이 허비하며 땅을 기어—— 올라오도록.】

그 선고를 끝으로, 올드데우스는 무녀의 주검과 함께 모습을 감추었다.

마치 몽환이거나, 처음부터 존재조차 하지 않았던 것처럼…… 순식간에.

남은 것은 소라를 비롯한 일곱 사람과, 일곱 개의 문, 그리고——

——침묵이었다.

곤혹, 의혹, 혹은 분노, 초조함이 그 자리에 앙금처럼 고였다.

서로를 가늠하려는 듯한 시선이 교차하는 가운데, 소라는 손톱을 깨물며, 다시 자문했다.

——어떻게 된 거야……!!

"…………빠야."

등 뒤에서 들려온 시로의 목소리—— 그러나 대답할 여유도 없어.

소라는 비지땀을 흘리며 규칙을 꼼꼼히 살폈다—— 몇 번이나, 몇 번이나 몇 번이나…….

규칙에 위화감은 많지만, 처음부터 이상하잖아——!

"……빠야…… 저기…… 빠야, 응……?"

이 게임, 타인의 주사위를 빼앗지 않고서는 원리적으로 골인이 불가능하다.

한 사람이 50개의 과제를 작성할 수 있다면, 전체 칸은 『350』 플러스 『마지막 칸』이 된다.

그러나 굴릴 때마다 주사위가 줄어든다면, 6이 연달아 나와도 ── 『324』가 한계다.

하물며 이래서는 '죄수의 딜레마'나 다름없다── 주사위를 서로 빼앗는 것 말고 다른 결말은 없다.

그렇다, 10분할된 타인의 『목숨(주사위)』을 빼앗지 않고선 골인할 수 없다.

──그렇다면 애초에!

"……………………빠야, 이 이상, 시로, 무시…… 대답, 안 할…… 거면──."

──이건 『올드데우스가 상대인 게임』이잖아── 그런데!

왜 올드데우스가 '게임 마스터' 가 되고──

플레이어끼리 서로 죽이게 하는 그딴 전개가──

"……시로…… 팬티 내리, 고…… 스커트, 걷을 거야."

"어이쿠뭐라굽쇼아네오빠여기있습니다요대답했습니다요오?!"

──그 어떤 위기보다도 우선시해야 할 긴급사태에 대응하느라── 다시 말해.

여동생의 정조를 보호하는 일에, 소라는 모든 생각을 강제종료(셧다운)시키고 충격파조차 일으킬 속도로 돌아봐──

"―――――――――――――――――――――아?"

그리고 시로의 손에 팬티가 내려간 스테프와.

중력에 따라 스커트가 떨어져내리는―― 그 틈새의 한순간이 낳은 기적 앞에.

망설이지도 않고 뇌내 × 버튼을 눌러,

소라는 지금의 광경을

마음 깊이 새겼다

"하――하아아아아아?! 무무, 무, 갑자기 무슨 짓이에요오?!"

한순간 뒤늦게 울려 퍼지는 비명, 당황해 스커트를 붙들고 속옷을 다시 입는 스테프를 내버려둔 채.

순간적 도원향을 보여주었던 위인(여동생)은 무표정하게 말했다.

"……시로, 거라고…… 안, 했어……."

"……아아, 그렇구나아~ 오빠가 깜빡 속았네요. 아하하~ 이~ 녀석~♪"

상황도 잊고 기분이 좋아진 소라에게 전방위에서 바늘 같은 시선이 꽂혔다―― 그러나.

――『떠올린다』 커맨드를 뇌내 연타해.

도원향을 반복 재생하는, 전에 없던 현자 타임에 잠긴 소라는 알아차린 기색도 없이.

"스테프여…… 마침내 노출 성향을 감추지 않기로 했군요. 아니― 전혀 상관없답니다."

"네에에에?! 머, 멋대로 사람 뒤에 몰래 다가와선 벗겨버린 거잖아요?!"

"마음을 숨길 필요는 없답니다. 『십조맹약』에 따라 무의식적으로라도 허가 및 동의 없이는 팬티를 벗기지 못합니다…… 따라서 그것은 당신이 바란 일이라는 뜻———."

연꽃을 화사하게 피운 부처의 목소리로, 겸사겸사 수인까지 맺은 소라는.

——문득, 동작을 멈추었다.

……잠깐.

————잠깐잠깐잠깐잠깐!! ……아니.

"…………왜 스테프가 여기 있어?"

"이런 짓을 저질러놓고 『왜 있냐』니, 이젠 사람 괴롭히기로 작정을 했나요?!"

눈물을 머금은 주장을 무시하고 소라는 자신에게 날아드는 시선을 순서대로 돌아보았다.

시로, 지브릴, 이즈나, 이노—— 그리고 플럼…………

————.

"……빠야, 진정, 했어……?"

"……어~ 시로. 설마 오빠가 알아차리는 게—— 늦었냐?"

그렇게 자조의 웃음을 흘리는 소라를 웃음으로 맞아준 시로에게는 어떤 조바심도 보이지 않았다.

게임을 밝혀내는—— 자신(소라)의 담당 분야에서 한발 뒤처졌다고 좌절해버리는 소라에게, 시로는.

"……시로, 도…… 상황…… 모르, 겠……지만……."

오빠의 담당 분야에서는 자신이 걱정할 게—— 전혀 없다고.

"…… '평소의' …… 빠야, 라면…… 괜찮, 으니까……."

그렇게 말하며 손을 꼭 잡아주는 시로의 감촉에 소라는 진지하게…… 반성했다.

——바보라는 자각은 있었다. 오히려 자랑스럽기까지 했다.

그뿐이랴, 바보스러움으로는 타의 추종을 불허한다는 긍지마저 있었다.

그런 자신이. 상황이 상황이라고는 해도—— 대체 왜 정신이 나가서——.

——열라 심각하게 생각했던 걸까, 하고.

그렇다—— 겨우 받아들일 수 있었던 상황에 쓴웃음을 지으며, 소라는 스테프를 돌아보고.

"어~…… 물을 것도 없을 것 같지만, 너 규칙은 이해——."

"——못하겠어요! 죄송하게 됐네요!"

아직 경계를 늦추지 않는 스테프가 스커트를 붙잡으며 외쳤다.

신뢰와 실적의 바보 모습, 그러나 지금은 그것이 든든해 소라는 웃음을 지으며 말했다.

"요컨대『스고로쿠』야. 주사위를 굴려서, 머리 위의 저 위를 나아가, 골까지 가는."

"흠흠."

"그리고 이 주사위. 이건 굴릴 때마다 하나씩 줄어."

"네네."

그리고 소라는 가슴께에 떠오른 하얀 정육면체…… 민무늬 주사위 하나를 집었다.

굴린 후에 랜덤하게 숫자가 떠오른다는 그 주사위는——

"이건? 나이—— 다시 말해 『목숨』인 거야."

"————————————————————네에?"

얼어붙은 스테프. 그러나 소라는 헤실헤실 평소처럼 말했다.

"0이 되면 사망. 영면 승천 타계 임종——이라고. 여기까진 됐어?"

"……어, 저기요? 됐다고 하면 안 될 것 같은데요?! 네? 죽는 거예요?!"

규칙에서 말한 『질량존재시간』은—— 정확하게는 '소멸' 일 것이다.

간단히 말해서 수명을 건 게임인 셈이지만, 『수명』이라고 했다간 수명이 없는(지브릴) 놈이 문제가 될 테니.

아무튼 존재했던 시간—— 다시 말해 나이가 『0』이 되면 어떻게 되느냐—— 눈치 채셨으리라.

"그리고 주사위 열 개로는 절대로 골인할 수 없어. 그러니까 주사위를 늘릴 수밖에."

골인까지, 마지막 칸을 포함하면 『351』칸.

그러나 이래서는 아무리 발버둥을 쳐도 『324』—— 골인하지 못한다.

"그러니까——【과제】를 써서 남의 주사위를 뺏는 거야—— 이젠 이해했어?"

——요컨대 이 게임은.

"타인의 『목숨(주사위)』을 빼앗아서—— 간접적으로 죽여야만 골인할 수 있다는 말씀."

소라가 요약한 규칙에, 서로를 가늠하려던 일동의 눈빛이 날카로워졌다.

올드데우스의 게임——인데도.

다른 플레이어를 짓밟지(죽이지) 않고서는 승산이 없다. ——그러나.

"——이게 무슨, 장난인가요—— 그런 걸 누가 인정해요!!"

"그치? 아무도 죽고 싶지 않겠지~. 나도 죽기 싫거든~. 그래서—— 이렇게 할 거야."

사태를 파악하고 분노해 외치는 스테프. 그러나 소라는 여전히 웃는 얼굴로 말했다.

"모두가 【과제】를 공란으로 기입하고, 한 사람에게 모두의 주사위를 아홉 개씩 모아."

—— '주사위의 양도' 를 금지하는 규칙은, 존재하지 않았다. 그렇다면——.

"이로써 주사위 『64개 보유자』가 탄! 생!! 한 번 굴렸을 때의 최대치는 『384』—— 잘하면 한 방에 골인할 수도 있단 말씀! 아무도 0이 되지 않고 아무도 죽지 않지롱~ ……반해도 돼."

"——지, 지금 처음으로 진짜 반해도 될 것 같았어요……."

그렇게 참으로 즉물적으로, 진짜 감동하는 모습을 보이는 스테프. 그러나——

"하, 하오나 마스터…… 『배신자』를 밝혀내지 않고선 그것도 불가능한 것이……."

그렇다, 설마 소라(마스터)가 알아차리지 못했을 리가 없다고.

조심스레 지브릴이 묻는 것은—— 의심암귀의 정체였다.

00b: ——주사위 보유자 중 한 명, 기억을 징수당하지 않은 『배신자』가 있다.

일부러 『게임 전의 기억을 소거한다』를 조건으로 걸고 시작된 게임.

그것은 곧 『배신자』만이 아는 '무언가가 있다' 는 의미.

그것을—— 아무도 자백하지 않는 이상…… 그 의도는 명백하다.

모두를 속이고, 자신이 이기도록 무언가를 꾸민—— 문자 그대로 『배신자』다.

누구에게 주사위를 몰아주냐고? ——아니, 그 이전의 문제다.

무녀의 목숨이 『스타트 칩』이라는, 모두가 인정했을 리가 없는 상황부터가 이미 있을 수 없는 것이다.

그렇다면 전원을 함정에 빠뜨린 『배신자』의 기억에 따라서는 승리 조건조차 바뀔 수 있다……!!

——라는 '화려한 헛스윙' 을, 소라도 생각했으나——

"아~ 그거 말이지. 딱히 문제는 없어."

웃으며 일축해버리는 소라에게 지브릴만이 아니라 이노도 이즈나도 플럼도—— 아니.

시로조차도, 의아해하며 눈살을 찡그리는 가운데, 소라는 혼자 쓴웃음을 지었다.

——그래, 배신자가 있단 말이지.

이제는 고색창연해진, 힘을 합치지 않으면 이길 수 없는데 힘을 합칠 수 없다, 같은 시나리오?

누가 배신자인지 속내를 캐내고 의심암귀에 빠지기 시작해 서로의 믿음을 배신하고—— 모두가 고우 투 자멸, 이라.

그런 모 마피아 게임 같은 초 시리어스 전개, 패턴이나 다를 바 없는 『정석』을 기대하셨나?

그렇다면 아~주 유감스럽지만.

평소의 분위기를 되찾은 소라는 비웃었다—— 그런 전개야말로 있을 수 없다고.

이 멤버로 참가한 시점에서, 그런 패턴(정석)은—— 제일 먼저 제외되는 것이다.

하물며 태어나서 이제까지 이딴 삶밖에 몰랐던 소라는 여기에 코웃음을 쳤다.

패턴(정석) 따위 알 게 뭐야—— 누가 배신자냐고?

———— '누구면 뭐 어때?'

"뭐, 다 귀찮으니까 『배신자』는—— 나라고 치자♪"

그렇게, 아주 멋진…… 미소로. 소라는 대충대충, 모든 것을 잘라버렸다.

…………….

……………바다보다도 깊은·침묵.

하지만 이 어이없음, 곤혹, 의구심의 침묵을 『불복』이라 해석한 소라는.

"어라? 이 멤버로 게임을 하는데 내가 배신하지 않을 거라고 생각했어?! 그, 그럼 근거를……."

——지금부터 생각할 테니 잠깐만 기다려봐.

나중에 갖다 붙인 억지 논리를 쥐어짜내겠다고 당당하게 선언한 자칭 배신자는——

"다시 말해 『배신자』란, 전원을 제치고 자기만 이기려고 수를 쓴 놈, 이잖아?"

그러더니 단숨에, 늘어선 얼굴들을 순서대로 둘러보며 손가락으로 가리켰다.

"그럼 우선 이즈나는 『무죄』. 서로 속이고 제치는 게임에서 나랑 시로를 이길 수는 없으니까."

——움찔, 이즈나의 귀가 움직였다. 눈이 동그랗게 뜨인다.

"영감도 『무죄』. 무녀님의 목숨까지 팔아서 우릴 제칠 배짱이 있을 리 없지."

——쩍, 안경에 금이 가고 얼굴은 울룩불룩 혈관으로 덮였다.

"플럼도 『무죄』. 우리한테 철저하게 깨진 주제에 그런 위험을 무릅쓸 리 없지."

——스읔, 플럼의 눈이 날카롭게 올라가고 입가가 살짝 일그러졌다.

"지브릴도 『무죄』. 나랑 시로가 '자백해' 라고 한 마디 하면 끝. 하물며 마스터이신 이 몸을 제치려 하다니 그런 황송한 짓을 생각할 리가~ 없지~이?"

——흠칫, 지브릴의 눈이 크게 뜨이더니 이어서 얼굴이 험악한 웃음으로 일그러졌다.

"그리고 넌 논외, 제외, 일고의 가치도 없음! 증명 종료!!"

"저기요오?! 저만 너무 대충대충 아녜요?!"

"그리고 마지막으로 나랑 시로는 '2인 1조' —— 이상, 다들 수긍하셨으려나?"

"…………아……."

——그리고 오빠의 의도를 깨달았는지, 시로도 살짝 웃었다.

그렇다…… 이것은 『게임』이다.

기억의 유무 따위 전혀 상관없이, 단언할 수 있는 것은 무수히 많다—— 예를 들면.

소라 동정남 18세. 다른 사람도 아닌 네가—— 정당한 수를 쓸 리가 없지, 라든가.

모든 것이 게임으로 결판나는——『보드 위의 세계(이세계)』는.

테토 녀석이 요란한 연출로 소라와 시로가 꿈꾸던 이상향이라고까지 지껄였던—— 이 세계는.

모 거짓말쟁이 게임 같은 심각한 전개보다는, 이쪽이 훨씬 잘 어울린다든가.

그리고 그야말로——

——농성(정석) 스나이퍼(무시)가 뭐가 나빠, 라든가.

"그런고로! 올드데우스가 상대인 게임인데도 플레이어끼리 서로 죽이는 모순은 해결! 이게 협력 게임—— '서로 신뢰하면 이기는 게임' 이라고 증명된 셈이지! 안심하고 【과제】를 무기입 투표한 다음 나한테 주사위를—— 어, 아니지. 좀 더 정중하게 말해야겠다."

그리고 과장된 무대 배우 같은 몸짓을 그만두고—— 오오…….

그야말로 신조차 사랑할 만한 미소와 멋진 목소리로.

"내가 이길 수 있게 협조해, 네놈들의 『목숨(주사위)』을 전부 내놓거라, 노예들아. 신뢰의 증거로♡"

……그렇게 선언한 소라에게 등을 돌리고, 한 사람 한 사람, 【과제】를 기입하고자.

각자 격리된, 문 너머의 방으로 향해 걸어나가고.

그리고 나왔을 때—— 소라는 표표히 태평하게 웃었다.

이 게임은 참으로 단순하다. 배신자 따위—— 누가 됐든 상관없는 것이다.

——다름 아닌 이 멤버라면—— 어차피.

————모두가 배신할 거라고, 진심으로 믿을 수 있잖아?

Closed Circle

제1장 역술형식(逆述形式)

——올드데우스와의 게임이 시작된 지 7시간이 지나려 한다.

그리고 현재, 소라는 야음에 덮인 골목을 달리고 있었다——.

——콘크리트 담장에 네모꼴로 잘려나간 밤하늘에 별은 없다.

딱딱한 아스팔트를 두드리는 것은 후둑후둑 떨어지는 가랑비와 거친 발소리.

손에 든 것은 권총 한 자루, 눈에 비친 것은 밀려드는 그림자——『적』뿐이었다.

『————체에에엣!』

혀를 한 번 찬다. 적을 조준하고, 기계적 사고로 방아쇠를 당긴다.

격철이 뇌관을 때리고 탄피 내의 작약이 반응해, 폭굉—— 충격에 손이 떨린다.

고체가 초음속의 기체로 변해 총신 내의 모든 것을 밀어내고 가속시켜——

——총구에서 토해낸 납덩어리는 대기를 찢고. 섬광은 어둠

을 터뜨렸다.

1000분의 1초도 안 되는 프로세스 속에 한밤의 어둠을 질주하는 흉기로 변한—— 납과 빛은.

무시무시한 속도로 밀려드는 그림자—— 섬광에 드러난 조그만 워비스트의 몸을 엄습했다.

——그렇다, 『몸』이다…… 『머리』는 노리지 않는다.

이런 정체 모를 게임의, 짝퉁 권총이 가진 위력 따위 신용할 수 없다. 아니, 그것이 소라가 아는 원래 세계의 권총이라도, 인간의 몸에서 가장 단단한 두개골에서는 침투각이 엇나가면 탄환이 뼈에서 미끄러진다.

하물며 『적』은 인간이 아닌 존재…… 워비스트에, 그 이상의 괴물들이다.

노려야 할 곳은 턱과 두 가슴을 잇는 세모꼴. 어디에 맞아도 전투력을 빼앗을 수 있으며 중심부에 이르면 치명적인 장기 파괴를 바랄 수 있는—— 냉철하면서도 합리적인 살해를 요구한 사격에 의해 뛰쳐나간 탄환은, 과연.

조그만 워비스트(적)를 찢어발기고, 육박한 속도 그대로 노면에 미끄러뜨려—— 시체로 바꾸었다.

——죽였다. 그렇다, 죽인 것이다.

이 게임은 실로 단순하다. 소라는 어둡게 웃었다.

——누가 배신자인지 모른다면, 딱히 누구든 상관없다.

배신할 리가 없는 사람——여동생을 제외하고…… 전원을

죽여버리면 그만이다.

배신이 의심되는 모든 것을 배제한다── 참으로 심플한 그 해답이, 이 게임의 시나리오(정석).

그렇다, 단순한 게임이라고 소라는 몸을 숨기고 쓴웃음을 지었다.

단순──그러나 베리 하드를 가볍게 넘어서는, 초고난도(지옥불) 게임이다.

그도 그럴 것이 『적』은 제대로 맞붙었다간 도저히 상대할 수 없는 괴물들뿐.

그래도 질 수는 없다고── 오기로 여기까지 살아남았다.

소라는 주위에 시선을 돌리고 경계하며 상황을 정리했다.

──동부연합과의 게임에서 봤던, 도쿄 비슷한── 그러나 어딘가 다른 풍경.

그런 맵에서 건물의 고저차, 복잡한 뒷골목, 곳곳에 설치된 오브젝트──.

무수한 지리적 우위(어드밴티지)를 구사해 대형 워비스트, 흡혈귀, 소형 워비스트 셋은 해치웠다.

모두 암습이었으며── 아군을 가장해 등을 쏘고, 거짓말로 유인해 저격했다.

시로에게 『더러워』 소리를 연발로 들으면서도 수단을 가리지 않고 여기까지 살아남았다── 그러나.

──천사를 자칭하는 그 무자비한 괴물.

그놈만은── 어떻게 할 수 있으리란 생각이 전혀 들지 않았다.

탄식하고 뒷골목에서 숨을 죽인 채 귀를 기울인다── 여기까지가 정리된 상황이었다.

여러 개의 발소리가 멀리서 천천히, 포위하며 다가온다.

『하다못해 여동생과 합류할 수 있다면…… 아니, 이 상황에선 그것도 힘들겠군.』

절망적인 대사── 그러나 이럴 때 이런 대사는 당연히 플래그다.

황당함 반 기대 반으로 생각하는 소라의 귀가 뒷골목을 밟는 발소리를 포착했다.

──생각보다도 빠르게 총을 겨눈 곳에 있던 것.

붉은 머리 소녀의 모습에── 소라의 의지와는 달리 조준이 흔들렸다.

소녀는 수상하다. 수상하달까, 이젠 수상하지 않은 점을 찾기가 힘들다.

그러나 그런 소라의 생각 따윈 아랑곳 않고 술술 말이 흘러나왔다.

『너, 이 포위망 속에서 어떻게…… 아니, 말은 나중에 하자. 여동생도 같이 있어? 대책은 찾았──』

『네…… 찾았답니다.』

──소리는 없이, 그저 충격만이 전해졌다.

한 박자 늦게 이해했다. 붉은 머리 소녀의 등 뒤에서 날아온 탄환이 복부를 뚫은 모양이었다.

『처음부터 이러면 되는 거였어요……. 그렇죠, 배신자님?』

『──아니야…… 그건, 블러프……──!』

의도와는 다르게 몸은 움직이지 않고, 뿌옇게 흐려져가는 시야는 자신을 꿰뚫은 마탄의 사수를 보았으며──

헐떡였다. 발포로 붉게 물든 총구의, 살짝 붉은색을 띤 빛이 초연을 피우는 자를 비추었다.

하얀, 소녀…… 이 절망적인 게임에서, 함께 살아남을 대책을 찾기 위해.

붉은 머리 소녀와 동행시켰던── 여동생이었다.

……멍하니, 입을 벌리고 사고가 멈춘 소라를 방치한 채.

『당신처럼── 모두를 죽이고 다닌 사람이 배신자가 아니면 누구라는 거예요?!』

격앙하는 외침에, "아니야"……

그렇게 이야기하려던 입에서는 말 대신 핏덩어리가 넘쳐나, 쏟아졌다.

『그……건, 그때는…… 그렇게 안 하면, 너를, 동생을 지킬 수가 없──』

──그 순간, 하늘의 계시처럼 소라는 이해하기에 이르렀다.

붉은 머리 소녀, 이놈이 배신하리란 것은 상정 범위 내였다.

그러나 여동생이── 배신할 리 없었던 자가, 배신했다…… 그렇다면 해답은──

『네놈……이구나……. 진짜 배신자──『가짜』는…… 처음부터어……!!』

그렇게—— 죽어가는 오빠를, 조롱하는 눈으로 쳐다보는—— 무언가에게,

『내 여동생의 모습으로, 얼굴로…… 그렇게 쓰레기를 보듯 쳐다보지 마아아아————!!』

통곡이 어린 외침에 붉은 머리 소녀가 숨을 흠칫 들이마셨지만—— 이미 늦었다.

다시 뒷골목을 섬광이 비추었다—— 가차 없이, 두 발, 세 발.

이미 반쯤 시커멓게 짓이겨진 시야에 붉은 머리 소녀가 땅에 쓰러지는 모습이 보였다.

『……거짓말, 이죠…… 당신, 만은…… 믿고——』

——있었는데, 라고 입술은 멈추고, 거무스름해진 눈동자가 빛을 되찾는 일은 더 이상 없었다.

하얀 소녀—— 여동생의 모습을 한 배신자(무언가)가 천천히, 이쪽으로 다가왔다.

딱딱하고 싸늘한 아스팔트를 두드리는 신발 소리, 밀려드는 죽음에, 소라는 마침내—— 단언했다.

——아. 이거 망게임이다.

앞을 읽을 수 없는 전개, 그것까진 좋다 이거야. 하지만 초전개, 넌 안 돼.

여동생(이놈)이 배신자(가짜)라는 플래그가 언제, 어디 있었지?

애초에 그 대사는 뭐야—— '당신만은 믿고 있었는데'?

그런 건 일찍 말하라고. 회수 직전의 복선은 복선이 아냐!

『내가…… 뭘, 잘못했던 걸까. 무엇을……뭘 위해서, 여기, 까지…….』

망게임 인증 후에도 이어지는 마무리 대사. 그러나 소라는 살짝 빡치면서도 동의했다.

——아아, 정말 뭣 때문에 아등바등 노력했던 걸까, 하고.

단 하나…… '여동생을 위해', 이 지옥불 난이도를 견뎌내며 여기까지 왔는데.

그러나 그 단 하나가 허상이었다면, 자신의 노력은, 고생은.

이제까지 쌓아왔던 책략은, 전술은, 전략은—— 대체 무엇을 위해서였어——?!

『……바이바이, 빠야…….』

단 한 발. 충격이 전해지고, 그러나 끝은 하염없이 찾아오지 않은 채—— 하얀 소녀의 마지막 목소리가.

어둠 속에 무기질적으로…… 툭 떨어져—— 울려 퍼졌다.

"……빠야…… 동정남인 채 죽는, 거…… 어떤, 기분?"

…………….

————야, 잠깐.

아니아니, 진짜 좀 잠깐?

"야 시로, 너 그 대사는 아니지! 오빠야가 수인어 모른다고 되는 대로 떠드는 거지!! 너무심한소리하지마라깜빡울어버리면어떻게책임지려고그래?!"

——그리하여, 검은머리 청년은 의식을 잃고.

그 화면을 바라보며, 컨트롤러를 손에 든 소라는 견디지 못하고 눈물을 흘리며 외쳤다.

■ ■ ■

——각설하고, 이젠 말할 것도 없겠지만.

화면에 비친 것은 소라도 시로도 아니거니와 당연히 스테프도 아니다.

물론 올드데우스의 게임——『스고로쿠』와도 털끝만한 관계조차 없다.

——개막 일발, 소라가 화려하게 『배신자』 선언을 날린 후.

전원의 주사위를 요구했던 소라. 하지만 【과제】를 다 적고 문에서 나온 모두는.

당연하다는 듯. 아니, 지극히 당연하게——『그 싸움 받아들였다』고.

각자의 언어와 감정에 따라 내뱉었으며, 각자 멋대로 주사위를 굴려, 멋대로 나아가기 시작했다.

마찬가지로 당연하게 주사위를 굴려 『62』칸을 향해 나아가던 소라 일행—— 그러나.

한 칸을 전진하고, 두 번째 칸에 들어선 시점에서 하늘을 올려다보고, 가장 가까운 민가를 발견하고.

——『아, 이거 불가능 게임이다』……라고.

서로 고개를 끄덕인 다음, 모든 것을 상쾌하게 잊고, 민가에 틀어박혀—— 현실(게임)도피를 결심했다.

……이리하여 첫 패배를 만끽했던 『　　(공백)』의 이야기(인생)는 이렇게 완결.

소라와 시로의 다음 이야기(인생)를 기대해주세요.

【끝】

——이리하여 인생에 종지부를 찍고, 후기에 돌입한 두 사람.

첫 주사위 굴림에서 주사위가 8개로—— 나이가 10분의 2 줄어 팔다리가 짧아진 남매는.

그러나 올드데우스의 게임 따위 이제는 전전생의 기억이라는 양 망각의 저편.

틀어박힌 민가에서 동부연합의 『가정용 게임기』를 발견했다.

——그곳에 게임은? 『있다』.

——하지 않을 이유는? 『없다』.

숙고 0초, 두 사람은 말없이 게임기를 기동하고, 상쾌하게 현실도피를 개시했다.

수인어를 모르는 소라—— 잠정 14.4세는 자막표시를 ON으로 했다.

소라의 다리 사이를 베개 삼아 태블릿 PC를 만지작거리는 시로—— 잠정 8.8세가 읽어준다.

애드립도 넣어가며, 표현도 풍부하게 모든 캐릭터의 대사를 번역해주는 여동생의 생각지도 못한 연기력에—— 왜 평소에도 이러게 또리방하게 말하지 못할까 심원한 의문에 사로잡히기를 두 시간 남짓—— 그러나.

마침내 컨트롤러를 내팽개친 소라는 패키지를 붙잡고 신음을 흘렸다.

"동부연합에도 '좀비 게임' 이 있다고 기대하고 봤더니……

완전 망게임.”

제목은 『리빙 오어 데드 3 ~침묵의 대가~』……라나. 시로 말로는.

이것의 속편——번외편(스핀오프)이 『러브 오어 라벳』—— 이즈나와 했던 게임이라고 한다.

그 죽여주는 센스에 기대를 걸고 플레이해봤더니 이 꼬락서니였다.

설정은 이렇다—— 죽은 자를 소생시키는 엘프의 대규모 마법실험이, 뭐, 패턴대로 초 실패.

폭주한 마법은 움직이는 시체(리빙 데드)를 낳고~ 세계로 확산되어~ 였으며.

산 자인 척하는 배신자(리빙 데드)가 아군 내에 숨어~ 라는 고순도 바보 게임이었다.

그건 괜찮다. 병맛 게임? 완전 사랑하죠—— 그치만.

“무슨 판단으로 ‘날개 달린 마초 워비스트 좀비’ 같은 걸 내놓는대? 머리 이상한 거 아냐?”

어떤 공격도 통하지 않던, 천사를 자칭하는 끔찍한 괴물을 떠올리고 신음했다.

그렇다—— 끔찍한 괴물이었다.

그도 그럴 것이 반라였다. 아니, 거의 전라였다. 그냥 훈도시였다.

하나에서 열까지 이딴 분위기의 버터 냄새 망난이도 망전개 게임. 그래도 버텼다.

유일한 양심인! 『여동생 캐릭터』! 귀여운 짐승귀 우유빛깔 로리를 위해!

……그 결과가 그거——.

문득 소라는 주인공의 대사를 떠올렸다.

"뭘 잘못했던 걸까? 이딴 게임을 만든 것부터 잘못이지——!!"

패키지를 집어던지고 방바닥 위에 엎드린 채 소라는 외쳤다.

여동생 캐릭터를 위해 견디고 견뎠는데, 그 여동생이 『가짜』였다는 초전개였다.

심지어 쓰레기를 보는 듯한 눈으로 죽이——

…………어라?

"음~…… 뭐, 그건 됐어. 응. 잘 생각해보니 상이었네."

"……빠야, 이 이상, 길을 벗어나서…… 어디로, 가게……?"

그렇게 현실 여동생의 쓰레기를 보는 듯한 눈에 헛기침을 한 차례.

"……흠흠! ……그, 그 뭐냐, 문제는 역시 이딴 시나리오구만……."

그렇게 큰 대 자로 엎어진 채 화면을 쳐다본다.

화면 속에서는 주인공이 자신의 특권을—— 아무리 사망 플래그를 난립시켜도 그것이 되레 생존 플래그가 되는 부조리를 유감없이 발휘해 패턴대로 어디선가 눈을 뜨고 있었다.

하지만 그 후의 전개에 이제는 흥미를 잃어버린 소라는 몸을 데굴 굴려 천장을 올려다보았다.

머엉~. 머리를 텅 비운 채 다시 그 대사를 떠올렸다.

──『내가…… 뭘, 잘못했던 걸까.』라고 그랬지.

"……의심스러운 놈들은 전부 죽인다── 어떻게 너만 배신당하지 않을 거라고 생각한 거야…….”
그런 『정석』은── 모두가 똑같이 생각할 게 뻔하잖아, 라고.
"배신하면 배신당한다. 단순한 필연인데…….”
그렇다──【과제】 기입 후 냉큼 배신했던 그놈들처럼.
혀를 차며 중얼거린 소라는, 그러나 동시에── '이 상황' 에 대해 생각했다.
"──야, 시로. 내가 뭘 잘못했던 걸까…….”

"진심으로 말씀하시는 거라면 대답해 드릴 텐. 데. 요──?!"
하지만 대답한 것은 굉음과 노성, 그리고──
"저를 배신한 주제에 배신하지 못하게 만들고! 강제로 연행까지 해놓고는 전~부 떠넘기더니, 자기들은 집에 틀어박혀 있는 게 잘. 못. 이. 겠. 지. 요, 네에──?!"
짐수레와 함께 장지문을 뚫고 실내로 돌입한 붉은 머리 소녀.
소라와 시로── 두 사람과 마찬가지로 가슴께의 주사위가 8개── 14.4세로 줄어들어.
──숨을 헐떡거리는 스테파니 도라의 외침이었다.
"자! 요청하신 대로 '지레' 를 조달해왔어요!!"
"…………어~…… 응?"
"──무슨 얘기였더라?"

어리둥절 대꾸하는 소라와 시로에게 스테프는 머리를 쥐어뜯으며 외쳤다.

"*지레라도 가져오지 않으면 움직이지 않겠다면서요오오!"

스테프는 다짜고짜 짐수레를 실내로 데굴데굴 굴리더니 소라와 시로에게 다가섰다.

"자자, 짐수레를 끄는 말처럼 제가 끌면 되겠지요? 그래요 말 그대로 말처럼~!"

놀라는 두 사람을 포클레인으로 떠내듯—— 문자 그대로 지레의 원리로 짐수레에 실어.

도나도나 도~나……하는 BGM이 어울릴 것 같은 꼴로.

가차 없이, 스테프는 두 골방지기를 방에서 출고해버리는 것이었다…….

■ ■ ■

——두 번째 칸…… 스테프가 끄는 짐수레에 큰 대 자로 드러누워서.

태블릿 PC를 만지작거리는 여동생의 침대가 되어, 공허한 눈으로—— 멍하니.

2시간쯤 전, 『불가능 게임』이라 단언할 수밖에 없었던 광경을 바라보는 소라에게 스테프가 외쳤다.

* '지레를 써도 꿈쩍하지 않는다(옹고집, 요지부동이라는 뜻)'는 일본 속담을 스테프가 잘못 이해한 것.

"그래서요! 슬슬 수긍이 가는 설명을 해주실 수 있을까요?!"

"……뭘? 어, 설마…… 내가 배신자 선언한 이유? 그야——."

"네에 네에, 바보(저)를 함정에 빠뜨리기 위해서였죠~? 그건 이제 알아요!"

눈앞의 광경(현실)을 노려보며, 도피하듯 대답하는 소라에게 스테프의 절규가 이어졌다.

"아무리 저라도 그딴 낯 뜨거운 연기(거짓말)를…… 못 알아볼 거라고 생각하셨다니 섭섭하네요!!"

——그렇다, 소라의 『배신자 선언』에는 털끝만한 진실도 없었다.

순도 100퍼센트, 첨가물도 인공 조미료도 없는—— 새빨간 거짓말이었다.

거짓말을 간파하는 오감을 가진 워비스트가 아니더라도——그야말로 스테프라도 알 수 있는 삼류 이하의 연기였다.

그러나—— 그렇기에.

그러면 어떻게 해야 좋을지 알 수 없었던 스테프는.

——『소라와 시로의 진의, 저는 알 수 없어요…… 하지만.』

——『누군가를 죽게 하거나 서로를 죽이거나 하진 않을 거라고—— 믿어요.』

그런 낯 뜨거운 대사와 함께 자신의 주사위 아홉 개를 소라에게 내밀었다.

——창백한 얼굴로, 떨면서. 존재했던 시간을—— '목숨을 양도' 해.

목숨이 줄어드는 그것은 얼마나 큰 공포였을까…… 그러나.

어떻게 된 노릇인지, 나아갈수록 『목숨(주사위)』이 줄어드는 것이 이 게임이라면.

이를 같은 편끼리 서로 빼앗는——간접적으로 죽여나가는 것과…… 어느 쪽이 나을까?

천칭에 올려보고 공포에 떨며, 비장함을 삼키며, 그래도! 하는 각오를——

"각오를 다지고 주사위를 넘겼더니, 저를 곁눈질하면서! 다들 잔인하게 배신 선언!!"

——『그 승부, 받아들였다, 요!』라고 이즈나는 귀엽게.

——『마스터에게 도전하다니 분에 넘치는 영광이옵니다.』라고 지브릴은 공손히.

——『저를 도와주셨던 걸 후회할걸요오?』라고 플럼은 요사스럽게.

——그리고 이노는 『죽어라』라고…… 아무런 꾸밈도 없이 돌직구로——.

"주저 없이 자기 『목숨(주사위)』을 굴려서 이동하는 것을 넋을 놓고 바라보고—— 그런 와중에!!"

그런 와중에, 10분할된 목숨—— 주사위를 아홉 개 넘겨준 스테프에게.

다시 말해 주사위 하나만큼의 연령…… 『1.8세』까지 퇴행해 버린 아기(스테프)에게.

주사위 9개의 시간이 더해져 『34.2세』가 된 소라는.

시로와 함께, 웃으며── 기분 나쁠 정도로 멋지게 웃으며, 스테프를 내려다보고.

──『흐음, 연령(주사위) 증감의 영향은 몸뿐이고, 10개 이상 보유하면 나이를 먹는다 이거군.』

──『……그럼, 빠야…… 문제, 없다고…… 확인…… 했으니까…….』

──『그러게. 그럼── 자, 넌 우리와 '동행' 해야겠어.』

──『……싫다, 면…… 딱히, 상관…… 없지만…….』

──『여기서 혼자 쓸쓸하게, 주사위 하나만 가지고──』

──『……다들, 죽어가는, 거…… 기다리고 싶다……면, 말이지♡』

──『아, 그리고. 아무도 골인 못하면 1등 말고는 다 죽으니까, 잘부탁♡』

"이런 식으로 두 분에게 실험과 공갈을 당한 제 심정을! 열 글자로 대답해보세요!!"

울부짖는 스테프를 보고 소라는 흐음…… 턱을 문질렀다.

열 글자라니 상당히 어려운 문제로군── 이라고. 그러나.

"…… '더러워서 못해먹겠어요' ……일, 거야……."

"오오, 시로! 딱 열 글자!! 역시 크로스워드 마스터!!"

"대. 정. 답. 이에요~♡ ——나 있죠~~~~ 슬슬 빡칠 거예요오?!"

즉시 대답한 시로에게 스테프는 덜컹덜컹 짐수레를 흔들며 소란을 피웠다.

"으아아아 잠깐잠깐! 그거야 당연히 적당히 둘러댄 거지!!"

"네에, 네에, 생각해보면 당연했지만요——!"

그리고 스테프는 한 박자를 쉬더니, 자학하듯 외쳤다.

"소라에게 주사위를 모아줘도 시로와는 따로 행동할 수 없잖아요오오?! 그딴 낚시에 걸린 얼간이는! 네~ 네~ 저뿐이죠오오~~~~!!"

——그렇다. 원래부터 소라와 시로는 '굳이 언급하지 않았던 규칙' —— 다시 말해.

04: 『동행』의 경우, 선언 후 동행자는 대표자(한 사람)의 주사위 눈 수만큼 전진할 수 있다.

05: 두 명을 넘는 동행에서는 사용된 주사위에서 『총 동행자 수×수반자』만큼의 주사위가 사라진다.

——이 『동행』 규칙을 쓰지 않고서는 나아갈 수가 없는 것이다.

추가로 주사위를 열 개 이상 보유하면 그에 따라 나이를 먹는 시스템이 있다.

모두의 주사위를—— 64개씩이나 되는 양을 소라에게 몰아주면 『115.2세』—— 그냥 노쇠(사망)해버린다.

그렇기에 스테프에게서 뜯어낸 『9개』에 시로의 『9개』도 더해 소라 일행은 규칙대로.

동행을 선언하고 28개를 굴려—— 한 사람에 두 개씩, 합계 여섯 개 줄어든 주사위를.

"……그만 기분 풀어……. 주사위는 잘 돌려줬잖아……?"

재분배해—— 한 사람에 각각 여덟 개씩 가지도록 반환——했으나.

"모두가 서로 배신하도록 부추긴 이유!! 설명해주시기 전까지는 계속 흔들어댈 거예요!!"

그 행동에서 드러난 소라의 목적은 어디까지나—— 『스테프 포섭』이었으며.

……또한——

————『모두의 배신을 조장하는 것』이었다.

소라가 말한 대로 서로를 죽이는—— 피하고 싶었던 사태를.

왜 '유발' 했느냐고 연신 고함을 질러대는 스테프.

소라는—— 가만히.

"흐악?! 뭐, 뭘…… 하는 거예요?"

스테프의 두 뺨에 손을 대고 자신을 돌아보게 하더니, 눈을 가만히 노려보았다.

분노도 잊고 자각 없이 붉어진 얼굴에, 소라는 진지한 눈빛으로── 말했다.

“날 믿고 맡겨줘. 사랑과 용기와 우정의 힘으로 반드시, 모두 함께── 이길 수 있어.”

──────.

“……태클 걸어줬으면 하는 거죠? 자신의 과거를 좀 돌아보시겠어요?”

배신하고 배신케(거짓말을) 한 의도를 묻는 자에게 하는 대답이 『믿어줘』라니.

그런 불가능한 요구에 스테프는 영하의 시선으로 대꾸하고.

“왜……왜 믿지 못하는 것이냐?! 이처럼 퓨어퓨어하고 이것저것 순결(퓨어)한 나의 무엇을 의심하지?!”

“겸사겸사 현재도 돌아보시죠?! 구체적으로는 저를 짐수레 끄는 말처럼 부리고 있는 현재를!!”

연극에 나올 법한 몸짓으로 쓰러지는 소라에게 스테프의 추가 공격이 날아들었다.

스테프의 뺨을 감싸고 진지하게 말을 건다── 오케이, 듣기에는 그럴싸하다.

그러나 실제로는 억지로 몸을 돌려놓은 채 짐수레를 끌게 하는 것이, 말하자면 현재였다.

──『불신』 이외의 요소가 어디에 있느냐고 호소하는 그 모습에.

“그래. 그거야. 그게 해답.”

소라는 팔을 벌리며 거창하게—— 부르짖었다.

“서로 믿고 힘을 합치면 이길 수 있는 게임에 모두가 동의했다고? 내가 있는데?! 무녀님의 목숨을 대가로 삼은 게임에서, 전원이 사랑과 우정 어쩌고를 믿고 동의했어? 골인한 사람만 승자라면 무조건 『우리』의 승리를 위해 움직일—— 내가 있는데?! 으흥~~?!”

——두 번 강조하고.

‘다들 날 믿을 것 같냐?’ ——고, 자신의 불신을 근거로.

서로를 배신하지 않는다는 것 자체가 애초에 불가능하다고 단언하는 바람에, 스테프는 하늘을 우러러 중얼거렸다.

“어떡하면 좋아요, 이거…… 설득력밖에 없잖아요…….”

위화감은 많고 규칙은 복잡해 보이는 이 게임은—— 사실 단순했다.

『십조맹약』 제5조—— 게임 내용은 도전을 받은 쪽에 결정권이 있다.

게임 전의 기억이 없는 이상, 도전을 받은 것이 올드데우스인지 소라 일행인지는 알 수 없다.

그러나 어느 쪽이 됐든 게임을 시작하려면—— ‘전원의 동의’ 가 대전제다.

그 멤버가, 무녀의 죽음을 대가로, 기억을 잃는, 협력 게임에, 동의했다고——?

——그런 전제가 성립될 리 없지 않는가?

"전제가 성립되지 않는다면~ 이야기는 간단하지——?"

그렇게, 짐수레에 다시 벌렁 드러누워 시로를 가슴에 얹고 소라는 웃었다.

규칙이 '있을 수 없는 전제' 를 토대로 하고 있다면——

"규칙에 허위가 있다는 뜻이야."

"……첫 번째, 설명에…… 있었고, 두 번째, 에는, 없었던……무언가."

"……두 번째……라고요?"

"우리가 【맹약에 맹세코】 시작한 게임. 규칙을 확인하고 시작했던, 그러나 지워진 기억——『배신자』만이 가졌다는 기억 속의 규칙과 설명을 들었던 규칙에는 차이가 있어."

그렇게, 어디까지나 태평한 어조로 소라는 대답했다.

일부러 『게임 전의 기억을 소거』한 채로 게임을 시작하고, 그 다음에 규칙을 제시했으며.

심지어 기억이 지워지지 않은 사람을 『배신자』라 확실히 밝혔다—— 의심하지 않기가 어렵다.

"그래도 뭐, 까놓고 말해 그런 건—— 아무래도 상관없어."

——누가 배신자라도, 누구라도 배신해도 상관없다…… 아니, 정확하게는.

그 멤버로, 전원이 동의하고, 게임을 시작했으며—— 그리고 소라네의 등에는 배낭.

기억의 유무 따위 상관없이, 그런 것들이 모든 사실을 말해주고 있다——고, 소라는 당당하게 웃었다.

전원이 모두 협력한다는, 말도 안 되는, 시시한 전제보다도.

——이쪽이 훨씬 더 말이 되지 않느냐고.

"우리 모두는, 오히려 서로를 배신하는 것을 전제로 게임을 시작했고—— 그리고."

그 멤버(우리)가 동의했다면 이쪽이 맞을 거라고 하며.

"——모두가 자신이 이기도록 시나리오를 짰다……♪"

그렇게 소라는 웃으며 거창하게, 드높이—— 자칭 상큼하게.

"——따라서! 맑고 밝고 아름답게! 아~ 성의가 넘치는! 이 불초 소인 소라 동정남 18세—— 주사위 8개라 잠정 14.4세가! 선수(플레이어) 대표로서 선서하겠단 말씀."

일어나서, 연극적이고 거창한 몸짓으로 팔을 휘둘러대며 웃는 얼굴로 말한다—— 그것은 곧.

"선서. 우리는 정정당당히, 규칙에 따라—— 배신할 것을 이 자리에서 맹세합니다, 라고 말이지."

—— '반드시 배신한다' 는 서로의 확신보다도 더 큰 신뢰는 없을 거라는.

그 사실을 떠올리게 하려는 선서(도발)였으므로.

짐수레를 끌던 손을 멈추고, 스테프는 돌아보며 외쳤다.

"인정 못해요, 그런 건…… 그래선 결국 서로를 죽이는 셈인데…… 저는 동의하지 않아요!!"

그러나 소라는 헤실헤실 웃으면서 다시 짐수레에 털썩 앉아 쓴웃음을 짓듯 대답했다.

"그치? 그러니까 '규칙의 허위성' 도 그걸로 확정된단 말씀."

한 사람이라도 동의할 리 없는 규칙은 모두『거짓』이 된다——다시 말해.

"우리는 서로 배신하는 데에는 동의했어. 오히려 솔선까지 했고."

——그러나.

"서로 죽이는 데에는 동의하지 않았다—— 그저 그뿐이야."

…………

——데굴데굴, 다시 초원을 굴러가기 시작한 짐수레 소리가 울려 퍼졌다.

반론할 수 없는, 그러나 수긍할 수도 없는 스테프의 침묵에, 그것도 당연하다는 듯 소라는 내심 웃었다.

상식 담당자(스테프)가 수긍하지 못하는 것도 당연하다—— 사실 소라의 주장을 곰곰 뜯어보면,

할아버지의 이름에 걸고, 그윽한 눈을 하고 설파하기를.

——『수수께끼는 모두 풀렸다, 범인은 우리다』——라는 소리가 되니까.

오케이. 서로 믿고 협력하다니―― 그딴 짓이 불가능한 멤버임에는 틀림이 없다.

하지만 그렇다고 『배신이 정답』이라는 데에는 심한 비약을 느끼고 있을 스테프에게.

"이건 배신할 수밖에 없는―― 건방지게 『죄수의 딜레마』 행세를 하는 게임이야."

비아냥거리듯 보충하는 소라에게 스테프는 짐수레를 끌며 돌아보았다.

"……죄수의 딜레마……요?"

――모두가 힘을 합치면 누군가는 승리할 수 있고, 모두가 살 수 있을지도 모른다.

――그러나 만약 배신한다면 자신만은 승리할 수 있다.

――그리고 모두가 그렇게 생각했을 때, 모두가 패배할 가능성이 커진다…….

"우리의 원래 세계에서는 유명한 예제인데…… 간단히 말하자면――."

――용의자 A와 용의자 B에게 형사가 어떤 사법 거래를 제시한다.

【하나】 두 사람이 계속 입을 열지 않으면 둘 다 『징역 2년』에 처한다.

【둘】 한쪽만 자백하면 자백한 사람은 『석방』되고, 입을 다문 사람은 『징역 10년』에 처한다.

【셋】 단, 둘 다 자백하면 둘 다 『징역 5년』에 처한다.

용의자들은 서로를 믿고 입을 다물면 더 좋은 결과——『징역 2년』으로 그친다.

그러나 용의자들이 자신의 이익을 추구하는 한 반드시——『징역 5년』이 되는 것이다.

한쪽이 배신하고 자백하면 배신한 쪽은 『석방』, 입을 다문 쪽은 『징역 10년』이다.

그렇다면 입을 다문다는 선택지는—— 사실상, 없는 것이다.

다른 한 사람이 입을 다물 가능성에 걸고 자백할 수밖에 없다. 그렇게 하면——

최악의 경우에도 『징역 10년』은 회피하고, 운이 좋으면 『석방』일 테니까.

——이것이 딜레마라 불리는 까닭이다.

게다가 이 게임에서 올드데우스는 고맙게도 이렇게 말했다.
——『배신자』가 있다고.

이 예제에서 빗댄다면, 『단, 한 사람은 이미 자백했다』는 말이나 마찬가지다.

게임을 시작하기 전에 이미 배신한 사람이 있다면, 서로를 믿기란——『불가능』하다.

"그러니까 배신하라는 거예요? 그거야말로 『형사』의 생각대로 돌아가는 거잖아요!"

그렇다, 서로를 믿어봤자 무의미하고, 서로 배신하는 것 이외의 선택지는 없다.

그러나 그렇다면 그것이야말로 『형사』—— 올드데우스의 의도가 아니겠느냐고.

——참으로 어울리지 않게 '핵심을 찌르는 예리한 발언' 에.

하지만 자각은 없는 것 같은 스테프에게, 소라는 웃으며——정정해주었다.

"아냐, 우리 생각대로 돌아가는 거지. 이 예제는 사실 딜레마로서 성립하지 않아."

"………………네?"

"배신할 거라고 서로 믿으면 '더 좋은 것 이상' 으로 '최고의 결과' 를 얻을 수 있거든♪"

그렇게 소라와 시로는, 희미한 웃음을 기분 나쁘게 일그러뜨리고—— 말을 이었다.

다시 말해 이 게임은—— 아니, 이 게임도.

소라와 시로, 이마니티 최강의 게이머, 『　　』의 가치관, 존재방식이 모든 것을 드러낸다.

과거도, 미래도, 상대가 무엇이든, 현재를 뒤흔들 수 없는 사실—— 즉.

"어떤 게임이 됐든——."

"……시작하기 전에, 이겨…… 그뿐……."

모든 것은 자신들이 조작하고 짜놓은 계획의 일부.

그 뜨개실에서는 신조차도 벗어날 수가 없다고——

불손하고도 대담하게, 오만하게 말하는 두 사람의 눈을 보며 스테프는 어깨를 떨고——

"…………뭐, 게임 종료를 지켜볼 수 있다면, 말이지…… 흐흐, 흐……."

"…………시로…… 이젠, 싫어…… 집에…… 갈래에……."

————.

——다음 순간, 이번에는 어깨를 축 늘어뜨리는 두 사람을 보았다.

소라와 시로의 날카롭고도 불손한 눈—— 무의식적으로 움직여버린 눈은.

한사코 직시를 피하려 했던 현실—— 다시 말해 하늘에 펼쳐진 『게임 보드』를 보며.

순식간에 흐리멍덩해지더니, 인생에 지친 목소리를 남긴 채, 짐수레 위에 굉침해버렸다.

"……저, 저기요. 멋 부릴 거면 마지막까지 부릴 수 없을까요?"

자신도 모르게 힘이 쭉 빠져나가 눈을 흘기며 항의하는 스테프. 그러나 소라는 내심, 단언했다.

주사위——생명을 모두 상실하는 데서 오는 『죽음(패배)』은——없다.

배신하고 배신당하고, 뺏고 빼앗기는 데서 오는 패배도——여하간 없다.

하지만——

"배신을 하든 죽이든 '뭐가 됐든 상관없어' ……. 우리에겐 다른 패인이 있으니까."

겁탈당한 것 같은 눈으로, 이제까지 이야기한 모든 것들을 '뭐가 됐든 상관없어' 로 내쳐버리고.

스테프가 반박할 틈도 없이, 소라는 침통한 표정으로—— 말을 이었다.

"……게다가 웃을 수도 없는 게, 그거야말로 가장 가능성이 높은—— 결말(패배)……."

그렇게, 하염없이 광대한 『게임 보드』를 바라보며, 말한다.

"——————————『굶어죽는 거』야."

——.

————절실했다.

가차 없이 잔혹한 침묵이 내려앉은 가운데…….

"……어~? 저기…… 그게 무슨 뜻인가요?"

"후, 후후…… 살짝 의심하기는 했지만 정말로 모르고 있었을 줄이야……."

"……*모르는 게, 부처님…… 참 심오한…… 말……."

고개를 갸웃하는 스테프에게 소라와 시로는 웃으며—— 다만

---

* 모르는 게 부처님: 일본 속담. 화나거나 고민되는 일도 모르면 평정심을 얻을 수 있다는 뜻. 또한 일본 속어로 '부처(佛)' 에는 '죽은 사람' 이란 뜻도 있다.

죽은 물고기 같은 눈으로——

"아, 승차하신 여러분~? 아, 왼쪽을 봐 주시기 바랍니다~."

승차한 건 소라와 시로지만.

버스 안내원처럼 뻗은 소라의 손 너머로 스테프의 시선이 향했다.

그 너머에 있던 것은 '지상' —— 바다에 뜬 동부연합의 섬들이었다.

——왼쪽에 있다. 위도 아래도 아니다. 왼쪽에, 지상이 있고.

"아, 이어서~ 오른쪽을 봐 주십쇼~. ——자, 무엇이 보이십니까요?"

보이는 것은 올드데우스가 만든 거대하기 그지없는——『스고로쿠』의 말판이었다.

지지대도 없이 부유한 대지(칸)는 나선을 그리며, 구름을 뚫고, 하늘 높이 뻗어 있었다.

——판타지 세계가 무대인 비디오게임에서 흔히 본 적이 있을 것이다.

중력에 거슬러 하늘을 떠도는 바위덩어리—— 그 위를 걸어 나아가는 필드.

F○9의 끝판 던전이든 바하○트 라군이든 *질 ○국이든, 뭐든 좋다.

* 질 왕국: 스퀘어(현 스퀘어에닉스)의 RPG「크로노 트리거」에 등장하는 국가명. 뛰어난 테크놀로지와 마법으로 왕국을 허공에 띄웠다는 설정이 있다.

각설하고, 사람이 위에서 걷고 있는 그 바위를 천천히, 90도, 옆으로 기울여보자.
상식에 따른다면, 떨어진다. 그러나 비상식이기에 여기서는 떨어지지 않는 것으로 한다.
중력이나 법칙에 싸움을 걸고 다니는 그런 바보 같은 바위덩어리를, 하나당 도시 사이즈까지 확대시켜 『칸』이라고 우기고. 수백 개를 이어 나선을 그리며 우주까지 이어나가는—— 그것을 『스고로쿠 보드』라 우기는 대담함을—— 자, 상상했는가?
이리하여 입 밖으로 흘러나온 감상은, 뭐가 잘못 되었어도 『아름답네요』가 아니라——

"…………터무니없이, 커다란, 게임 보드, 네요……."
그렇다, 터무니없다. 게다가 큰 것이다.
"예~쓰, 그렇다면 터무니없이 커다란 게임보드를! 다섯 시간 걸어온 우리의 현재 위치는?!"
"…………두 번째 칸, 이네요."
그렇다, 두 번째 칸—— 다시 말해 『두 번째 바위』였다.
"댓츠 롸~~~잇! 이를 고려해—— 그러면! 아까 네가 집 문을 뚫고 했던 질문—— 다시 말해! 『왜 집에 틀어박혀 있느냐』였지—— 이 순간을 빌어 대답해주마!!"
스읍~~~ 소라는 깊이 숨을 들이마시고,
"쓸데없이크다고너무멀다고오오!! 다섯 시간 걸어서 첫 번째 칸을 횡단했는데, 목적지——『62』번째 칸에 가려면 대체 며칠 몇 개월이 걸리는 거야아~~!!"

——아아아, 아아……

……아아……

쓸데없이 넓다고 불린 게임 공간에.

소라의 쓸데없는 호소는 쓸데없이 메아리를 거듭하며…… 쓸데없이 허무하게 사라져갔다.

"올드데우스의 게임, 이니까요. 당연히 터무니없는 것 아니겠어요."

짐수레를 끄는 스테프의 푸념에 소라는 비웃음을 지었다.

"헹!! 꼭 있다니깐, 쓸데없이 크고 멋있기만 한 맵을 박아놓고는 재미있다느니 착각하는 망게임 메이커가! 『힘』을 『돈(개발비)』으로 치환하면 초대작 망게임(이것) 말고 뭐가 나오겠느냐 이건가?!"

그것이야말로 일부러 공중에 도시를 만들어놓은 판타지 세계에 항상 생각했던 바였다.

도대체 얼마나 큰 힘이 있다면 이런 일이 가능할지 상상도 가지 않는다——만.

왜! 일부러! 공중에! 땅을 띄워놓아야 하느냐고!

중력에게 걸지 않아도 될 싸움을 거는, 그야말로 『힘의 낭비』가 아니겠느냐고.

문자 그대로 눈앞에는 『신업(神業)』이라 해야 할 위업이 펼쳐져 있었지만, 소라는 그래도 단언했다.

——가상세계(버추얼)면 되지 않느냐고.

"게다가 이렇게 거대한 필드를 만들어놓고 '외길 레일웨이', 심지어 '로딩이 길어' 라니…… 오픈월드인 척하는 최악의 지뢰잖아……."

——그랬다, 심지어 로딩까지 있었던 것이다.

2시간쯤 전—— 소라와 시로가『불가능 게임』이라고 단언하고 틀어박히기 전의 일.

주사위를 굴려 나온 눈——『62』번째 칸을 목표로 다섯 시간 정도 걷고 또 걸어.

겨우 첫 번째 칸을 횡단해, 다음 칸과의 경계—— 대지의 낭떠러지 앞에 서서.

다음 칸으로 전이하는 동안, 컵라면 타이머로 써도 좋을 법한 시간이 흐른 후.

『두 번째 칸』에 도착했을 때, 시로는 숨을 깔딱거리며—— 중얼거렸다.

——『……여기까지, 걸음 수…… 20,834걸음…….』——이라고.

수학은 담당이 아닌 소라였지만, 더는 말이 필요 없었다.

현재 시로의 신장은 131센티미터—— 보폭은 약 0.48미터.

여기서 산출할 수 있는 한 칸의 사이즈는—— 무려『약 10킬로미터』였다.

칸과 칸 사이의 몇 킬로미터는 전이로 이동하며 또한 『골인 칸』은 횡단이 불필요하니 제외한다 쳐도.

하늘을 꿰뚫으며 나선형으로 돌돌 말린 이 게임 보드——『350』칸——은 다시 말해.

"……골인까지 『3,500킬로미터』…… 자기 다리로 직접 걸어보라고 해. 순간이동 없이."

아직 감을 잡지 못한 것 같은 스테프에게, 어쩔 수 없다며 소라는 웃음을 지었다.

그러면 이렇게 바꿔 말해주면 알아들을까?

미국 횡단, 일본이라면 혼슈 일주와 거의 같은 거리—— 아니지…….

이 세계 주민에게라면 이렇게 비유해야 하려나.

"……에르키아 서쪽 끝에서 칸나가리 섬까지, 하고 거의 같은 거리——라면 이해하겠어?"

그런 소라의 말에, 이번에야말로, 스테프의 눈에서도 빛이 사라졌다.

정치, 외교, 교역에 통달한 스테프가 모를 리 없을 것이다.

그것은 에르키아에서 최고 속도를 자랑하는 외양범선으로도 평균 잡아—— 보름이 걸리는 거리다.

그동안 당연히 오프로드에 야외에 직사광선에, 심지어 주사위가 줄면 어린아이 다리로 걸어야 한다.

그런 조건에서, 『왜 집에 틀어박혔느냐』고?

이렇게 말하리라. 두더지에게 왜 땅에 들어가느냐고 묻는 것과도 같은 어리석은 질문이라고——.

"……이 게임, 주사위가 하나 남으면 그 이상 전진할 수 없어. 다시 말해 누군가가 끝까지 가거나 모든 사람의 주사위가 하나 내지는 0개가 되지 않는 한—— 끝나지 않아."

자칫하면 영원히 이어지는…… 초장기전 게임이 되는 거라고.

오래 끌면 끌수록—— 식사도 수면도 필요 없는 엉터리(지브릴) 생물 이외에는 모두 패배한다.

그렇게, 이제는 바삭바삭 소리가 날 정도로 말라버린 웃음을 흘리며.

소라는 모든 것을 잊고, 모든 것을 내팽개치고 틀어박혔던—— 그 이유를 설명했다.

"애초에 그딴 거리를 누가 걸을 수 있어?! 우린 쌩판 맨몸이라고!! 배도 고프고 피곤하기도 하고 생물적으로 필연적으로 평범~하게 죽을 거리라고 인간적으로!!!"

——과거, 인류는 아프리카 남단에서 웅대한 유라시아를 거쳐.

나무배로 인도네시아를 따라 태평양을 넘어, 멀리는 신대륙 아메리카에까지 이르렀다고 한다.

그러나 그런 원초의 인류가 보여준 억척스러운 모습 따위, 그들의 자손들은 잃어버린 지 오래.

하물며 문명의 종아——골방지기 게이머에 이르러서는 이미 잔재조차 없다.

한 칸…… 10킬로미터 걸은 시점에서 빈사——이것이 현대인이다. 현실이다.

아무리 게임 개시 전에 승리가 확정되었다 한들.

그것은, 그것을 지켜볼 수 있을 경우의 이야기가 아니겠는가?

낮은 신체 성능과 시간 경과에 따른, 게임과는 무관한 요소의——'자멸'.

이것이 소라와 시로에게는 가장 부조리한—— 그렇기에 현실적인, 생각할 수 있는 결말(패배)이었다.

새삼 절망과 마주한 시로와 지금 막 절망에 빠져버린 스테프를 쳐다보며.

쓴웃음을 짓는 소라의 뇌리에 문득, 그 게임 주인공의 대사가 다시 떠올랐다.

——『내가 뭘 잘못했던 걸까?』

스테프에게는 집에 틀어박힐 만한 일이라 대답하기는 했지만——사실은 그게 아니다.

——신에게 도전한다.

——배신과 배신의 한복판에 있다.

——주사위를 잃으면 목숨은 없다.

——패배해도 목숨은 없다.

참으로 무섭게 들리는 문장을 열거한들――

――배고파서 죽는다.

이 한 문장의 처절한 현실감―― 그렇기에 이해하기 쉬운 위기감 앞에는.

다른 일 따위 모두 '아무래도 상관없다' 고 치부하고도 남을 만한 그것에, 소라는 물었다.

――나는 어쩌다가 이런 규칙에 동의했던 걸까?――라고.

■ ■ ■

――여전히 두 번째 칸.

게임 개시로부터 9시간이 경과한 그곳은…… 조용했다.

하염없이 이어지는 침묵 속에서, 울려 퍼지는 것은 새 지저귀는 소리와 나무들의 술렁임.

덜컹덜컹 수레바퀴 구르는 소리도 이제는―― 들리지 않는다.

가차 없는 현실을 앞에 두고 스테프조차 짐수레를 끌던 발을 멈춘 채 웅크리고 있었다.

새삼 현실과 마주해 짐수레에 엎어진 소라도, 미동조차 하지 않은 채 사색에 잠겼다.

한적한 경치와는 달리 그 광경을 그림으로 그려 제목을 붙인다면――『종말』이었다.

그러나 미술관에 장식해두기를 거부하는 조그만 목소리는 소라의 가슴 위에서 들렸다.

――이제까지, 그저 하염없이, 끊임없이.

배터리 소진을 각오하고 계속 태블릿 PC를 만지작거렸던 조그만 희망(시로)은.

"…………빠야…… 계산, 끝났……어……."

그렇게 말하고, 소라에게 눈부신 태블릿 PC의 화면과―― 이보다 몇 배나 찬란한 웃음으로.

――항성보다도 빛을 발하는 희망을, 오빠에게 제시하고.

"――아싸라비야!! 올드데우스도테토도엿이나처먹으라그래 아아, 누구 대사였더라―― 신은 언제나 이 가슴에 계신다―― 구체적으로는 내 가슴에 있지이이!!"

"흐야아아아아뭐뭐뭐뭐예요――뜨아?! 아, 아파요오?!"

여동생, 아니, 여신을 얼싸안고 짐수레 위에서 괴성을 질러대는 소라 때문에.

짐수레가 기울어지고, 튀어올라간 손잡이에 스테프는 호되게 머리를 부딪쳤다.

그러나 그 '위해'는『십조맹약』에 의해 '과실'로서 보장된 것―― 그렇기에!

항의는 화려하게 무시하고 소라는 시로를 어깨에 태운 채 웃으며 스테프에게도 태블릿 PC를 들이댔다.

——과실이라도 사과는 해야겠지만 상식과는 반대선상에 있는 두 사람에게 스테프도 포기한 얼굴로——

"…… '세계지도' 인가요? 이 빨간 사선은…… 뭔가요?"

"이 게임 보드의 맵—— 올드데우스가 '지상을 복사한 부분'의 그림이야!"

통과했던 『첫 번째 칸』과, 지금 있는 『두 번째 칸』——

그 두 곳과, 나선을 그리는 대지에서 시인이 가능한 칸을 지도와 대조해.

시로가 거리 대비와 간격을 산출해 350칸, 전장 3,500킬로미터로 했을 경우의.

지상에서 복사된 게임 보드의—— 기점에서 종점까지를 산출한 지도였다.

"……이게…… 그렇게 대단한 건가요?"

여신의 위업을 이해하지 못한 가엾은 범재에게, 소라는 아연실색해 외쳤다.

"너 인마, 좀 잘 봐—— 산맥, 해협, 사막이 없잖아!! 게다가 여긴 낙농지대라고!!"

——그렇다, 시로가 산출해낸 맵에 따르면.

이 게임 보드는 구 동부연합 대륙 영토—— 루시아 대륙 중부에서 북북동으로.

불가침영역(생추어리)을 스쳐 지나가며 엘븐가르드 영토를 가로질러 에르키아 영토에 이르렀다.

소라와 시로의 장비…… '맨몸으로는 물리적으로 답파 불가능' 한 지형이—— 없는 것이다!

게다가 이곳——『두 번째 칸』은 구 동부연합, 현 에르키아 남동부 영토의 낙농지대.

"그렇다면 아직 생존(승산) 루트가 있다는 소리지——!!"

절망을 넘어서 자아 나아가자, 소라는 시로를 끌어안고 짐수레에서 뛰어내렸다.

오케이. 하지만 3,500킬로미터의 거리는 변함이 없다.

옛 인류의 다부진 면모는 유감스럽게도 잔재조차 사라진 몸—— 그러나.

"그럼 문명인답게 가자고. 남이 걷게 하는 방법으로!!"

"제 얘기죠? 제 얘기 하는 거죠?!"

"사람 말을 들어 짐말! 『교통수단』을 확보해서 짐수레를 끌게 하자는 소리야!!"

"역시 제 얘기잖아요! 지금 짐말이라고 했잖아요이미확보했으면서!!"

소란을 떨어대는 스테프를 내버려둔 채 소라는 짐수레에 실어놓았던 것—— 다시 말해.

"좋아, 시로. 말 혹은 소를—— '확보' 하자."

"……옛써……."

밧줄이며 괭이를 손에 들고 무서운 웃음을 짓는다.

여기까지♡
?
여기부터

"도, 도둑질을 하려고요?! 그럴 수가——아, 아니, 착한 짓이고 나쁜 짓이고 따지기 이전에 『십조맹약』 때문에——."

지극히 상식적인 제지의 목소리. 그러나 비상식의 화신은 웃음으로 대꾸했다.

"……야, 우리가 이제까지 한 행동을 돌이켜봐."

가택침입, 설비 무단 사용.

결정타는——

"너는 심지어 짐수레를 『절도』하고 요란하게 문을 부숴 『기물파손』까지 했잖아?"

"————흐, 끄윽! ……어, 어머?"

겨우 깨달은 모양이다. 소라는 스테프에게 쓴웃음을 지었다.

——이 게임 보드(대지)를 올드데우스가 무에서 만들어냈다면——**가옥이 있을 리 없다**.

그러나 지상에서 '떼어내는' 것은 권리 침해 정도 소동으로는 끝나지 않는 『맹약』 위반이다.

올드데우스라 해도 『십조맹약』은 절대적인 규칙. 그렇다면 이곳은——

"올드데우스가 지상을 '복붙' 한 무대(맵)…… 여기 있는 건 전부 지상의 '복제품' 이고, 누구의 소유물도 아니야—— 그러니까 『십조맹약』이 적용되지 않는단 말씀."

——따라서 게임 참가자 이외의 익시드(사람들)—— 『맹약』의 대상

이 없다.

――반대로 『맹약』이 적용되지 않는 생물―― 새나 나무들은 있다. 낙농지라면 소나 말도.

이 게임 보드 안에 있는 것들은 참가자를 제외하고―― 지지고 볶든 마음대로 할 수 있는 것이다!

"그런고로~! 우선 이 짐수레를 끌고 갈 『교통수단』을 확보하겠어."

……말만큼 쉽지는 않겠지만, 이라는 말은 집어삼키고.

"아, 정말로 저한테 계속 끌고 가게 시키려는 게 아니었군요……."

"……내가 말야, 3,500킬로미터나 되는 거리를 인간에게 끌고 가라고 시킬 놈으로 보였어?"

"조금 전까지는 의심할 여지도 없이 생각했지요. 지금 잠깐 소라를 다시 봤어요."

"얀마…… 그랬으면 넌 그냥 힘이 다해 쓰러져버리지……!"

――그런 못난 짓을 했다간――

"다음에는 누가 짐수레를 끌라고?! 너도 좀 상식적으로 생각해봐라!!"

"그렇군요~♡ 역시 다시 보지 않을래요♪"

――게임으로 모든 것이 결판나는――테토가 말하기로는 이상향 같은 세계에서.

골방지기 백수 두 사람이 육체노동을 받아들이는 것은 유감천

만한 일일뿐더러.

――게임에 이기기 위해서라면 어쩔 수 없지.

그렇게, 원래 세계에서 발휘했더라면 골방지기가 될 일도 없었을 유연한 사고로.

……문득 왼쪽에 보이는 게임 밖―― 지표의 바다를 보며 소라는 툭 내뱉었다.

"그러고 보니 크라미랑 필은 언제쯤 되어야 이 게임에 합류하는 걸까?"

"네? 『맹약에 맹세코』 시작한 게임인데요? 도중에 참가하는 것은 불가――."

"참가 안 하면 곤란해. 게다가 게임 중 난입은 전통이잖아?"

의아한 투로 묻는 스테프. 그러나 소라는 의미심장하게, 그저 웃음을 짓고――

"――그러면 이마니티 님들의 존엄한 희생이 되어줄 산업동물은 어디 있으려나?"

"빠야…… 시로, 말, 좋아…… 그치만, 소, 더, 좋아……."

철썩 밧줄을 울리며, 소라와 시로는 『십조맹약』 적용 대상 외―― 다시 말해.

익시드의 먹이가 되기 위해 『살아갈 권리』를 박탈당한 가엾은 축생을 찾아――.

"……시로, 시로~…… 침 닦으세요……."

스테프의, 포식자(두 사람)들을 보는 눈이 악마를 보는 그것으로 바뀌었지만── 무시한다.

교통수단으로 혹사하고, 굶주리면 먹는다──!! 말이나 소로 한정한 이유였다.

이 게임은, 우선 살아남는 것이 절대조건…… 인간이 얼마나 치사하게 살아남는지를 보여줄 때가 왔다……!

■ ■ ■

대해원에 커다란 꽃이 피어 있었다.

해면을 뒤덮듯 꽃잎을 펼치고 파도 위를 나아가는 거대한 꽃은──『배』였다.

돛대도 노도, 추진기도 소리조차도 없으며, 심지어 선적(船籍)을 나타내는 깃발도 없지만.

해면에 화단의 궤적을 새기며 나아가는── 그 이질적이고도 아름다운 광경이 웅변처럼 소속을 말해준다.

──엘븐가르드.

엘프의 마법으로 만들어낸 ── 물 대신 '향기' 에 실려 떠도는 ── 꽃.

꽃 위를 떠돌다가 땅에, 바다에 꽃을 피우고도 계속해서 나아가는 부양화(浮揚花)──『화항선(花航船)[바알 블룸]』이다.

거친 대양을 소리도 없이, 우아하게 나아가는 배는 한 송이가 아니었다.

서쪽에서 동쪽 바다를 향해, 헤아릴 수도 없을 만한 바알 블룸

이 바다를 건너고 있다.

질서정연하게 대오를 짜고, 속도를 맞추어, 형형색색으로 해면에 꽃의 궤적을 그리며.

선두에서 후미까지 수십 킬로미터에 이르는 거대한 대함대(화원)를 이루었다.

함대를 이끄는 가장 커다란 붉은 장미—— 한 송이 바알 블룸.

그 함수에 까만 사람의 모습이 있었다.

바닷바람에 흑발과 까만 베일을 나부끼며 항로를 날카롭게 노려보는 까만 소녀는——

"…………히칭."

귀여운 재채기를 연발했다.

"히——히칭! 추, 추워라…… 여기 추워, 피이!!"

"크라미~? 멋 부리지 말고 안에 들어오세요~ 감기 걸려요."

콧물을 흘리며 떠는 흑발의 이마니티 소녀—— 크라미 첼과.

숄을 펼치며 그녀를 끌어안는 금발의 엘프 소녀 필 닐바렌.

함수에서 내려오며 흑발 소녀가 물었다.

"우우…… 그, 그래서 피이? 앞으로 얼마나 더 걸릴 것 같아?"

"음~ 이 진척 상황으로 보며언…… 앞으로 보름 이상은 걸릴 것 같네요~."

"윽…… 원래는 하루도 안 걸려 도착할 거리인데……!"

"바알 블룸(골동품)인 걸요~? 모으는 데도~ 이동하는 데도~ 시간이 걸린다고요~."

——알고는 있다.

해로가 아니라 공로—— 엘프의 주요 교통수단이라면 별 반대편이라도 '이웃'이다.

그런 엘븐가르드에서 해상이동선 따위 옛날 옛적에 폐기된 골동품일 뿐이다.

그러나 지금은 그 느려터진 골동품이 반드시 필요하다고——크라미는 혀를 찼다.

——소라 일행과 별도로 행동을 시작한지 벌써 몇 달.

그동안 하염없이 거듭했던 엘븐가르드 무너뜨리기의—— 총결산이다.

엘프 영내 최대의 해운교역항—— 티르노그 주에 세력을 구축한 유력 상가, 관련 기업, 주지사에 이르기까지. 게임을 청해 약점을 잡고, 우두머리를 바꾸며 조용히 침투했다.

원로원을 건너뛰어 한 주를 움직이기 위해 상하원, 길드의 과반수 동의까지 확보했다.

——모든 것은 이 순간을 위해.

——그 두 사람이 올드데우스에게 도전할 이 시기(타이밍)를 위해.

예상을 아득히 뛰어넘어 움직인 남매 때문에 이쪽도 상당히 무리를 했다.

그러기 위해 위험하기 짝이 없는 무수한 다리를 뛰어넘었다——그러나——.

"……늦어버리면 전부 물거품—— 그렇게 됐다간 모든 것이……!"

"손을 쓸 수 없게 되죠~…… 잘 알아요, 크라미……."

초조함에 손톱을 깨무는 크라미를 끌어안으며, 필은 다독이듯 말했다.

——그렇다. 자신들 없이 이 게임은 끝날 수 없다——아니.

크라미는 하늘 저편에 뜬 거대한 대지——올드데우스의 게임을 노려보며 입술을 깨물었다.

대함대를 이끌고 향하는 곳은 그 아래의——동부연합.

나선의 중심——자신들 없이는 끝낼 수 없는 게임의 한복판인 것이다.

"……피이, 그 두 사람이 지금 뭘 하고 있는지 보여?"

"그럼요~. 당연히 보이지요~♪"

크라미의 말에 따라 필의 눈동자 홍채와, 이마의 혼석(루비)이 담담히 빛났다.

그 어조와 웃음은 숫제 거만할 정도——그러나 지극당연한 자신감을 드러냈다.

——6중술식(헥사캐스트)을 구사하는 자신에게, 사상의 지평선 내에서 내다보지 못할 것은 없노라고.

……그러나.

"'보였어요'~. 근데 '뭘 하고 있는지'는~ 쪼~끔 모르겠네요~."

"……응? 무슨 소리야?"

"어~ 말을 막대기로 찌르——아, 들개에게 들켜——울면서 도망치고 있네요~."

………………

"————정말, 그것들, 대체 뭘 하는 거야?"

툭 내뱉은 그 의문에 대한 해답은 필도 내다볼 수 없었다.

■ ■ ■

——38번째 칸…… 게임 개시로부터 42시간.

소라와 시로, 스테프를 태운 마차가 달리는 『칸(그곳)』은 습한 고원 지대였다.

시로의 지도에 따르면 에르키아 영토의 동쪽 끄트머리에서도 한참 동쪽의 지상을 복사했다고 하는 그곳은.

성령의 숲—— 통칭 『생추어리』라 불리는, 사실상 정령종(엘레멘탈)의 영토를 스치고 지나가는 곳이었다.

——각설하고. 저 먼 곳에서 중얼거리는 소리는 알 리도 없는 소라. 그런데.

요란하게 흔들리는 마차를 보며 문득, 자신은 대체 뭘 하고 있느냐는 생각이 들었다.

올드데우스와 게임 중이다? 서바이벌 중이다? ——아니다.

굳이 말하자면—— 『철학』을 하고 있다. 테마는, 그렇다…… '권리' 에 대해——

——『십조맹약』.

그것은 일체의 살상, 약탈── 다시 말해『권리의 침해』를 금하고 권리를 보장해주었다.

그러나── '살아간다' 는 것은, 그 자체가 누군가의 권리를 침해하는 일이다.

……그 누구도 혼자서는 살아갈 수 없다. 서로가 서로에게 폐를 끼치고, 서로가 서로에게 양보하고.

서로서로 조그만 권리를 침해하고, 상부상조하며── 간신히 '살아갈 수 있다' .

그리하여── 언젠가는 반드시 양보할 수 없는 선에 도달해 버린다.

양립할 수 없는 두 개의 권리를 두고──『모순』이 대립하는 것을 피할 수 없다.

그렇기에 맹약이 피해간 모순(대립)은 무력(전쟁)이 아니라 지력(게임)으로 결판을 내라고 한 것이다.

하지만 그렇다 해도 여전히── '살아가는' 한 따라오는 근원적 모순은 결판이 나지 않는다.

먹지 않으면 살아가지 못한다는── 최대의 권리(생명)를 침해하지 않고서는 최소의 권리(생명)도 보장할 수 없다는 모순은.

그렇기에 맹약이 정한── 권리의 보장은, 지적생명체(익시드)에만 적용된다.

이리하여 익시드 이외의 것을 먹을 권리가 보장되어── 근원적 모순조차도 해소되었다.

아아, 이 얼마나 훌륭한가『십조맹약』──!!

——이라는 찬미는 잠시 접어주기 바란다.

보장된 『권리』란 상호에게 기능하는 것——이 아니겠는가?

해를 입지 않을 『권리』란 동시에 해를 끼쳐선 안 된다는 『의무』가 아니겠는가?

그렇다면 해할 『권리』란 동시에 해를 입을 『의무』이기도 한 것이 아니겠는가?

아아…… 심오하구나.

소라는 감회에 젖었다.

'자유와 권리에는 책임과 의무가 따른다' …… 원래 세계(지구)에서는 아직까지도 논의가 이어지는 이 말이.

이 세계에서는—— 더욱 이해하기 쉬우며, 또한 심플하게.

단 『한 마디』로 제시되는 것이다—— 말인즉슨!

——『먹어도 되긴 되는데, 먹혀도 불만은 없겠지아앙?!』이라고…….

"으어어어어어아! 야, 마차 속도 더 높이면 안 되냐아아?!"

"급조한 마차라고요!! 이 이상 속도를 냈다간 뒤집어지고 말아요오오오!"

"……빠, 빠야…… 불, 좀 더, 부울……."

폭주하는 마차의 후방—— 송곳니며 발톱을 드러내고 육박하는 몬스터 무리에.

소라는——마지막이 될지도 모르는 그런 철학을 가슴에 품고.

횃불을 들고, 던져, 열심히 발버둥을 치고, 삶에 달라붙어 있었다.

——말을 쫓다가, 개에게 쫓기고, 간신히 격퇴하고, 말을 포획하고.

스테프의 승마(귀족) 스킬, 시로의 설계 스킬, 소라의 못미더운 주말 DIY 스킬까지 구사해 어찌어찌 마차라 불러주지 못할 것도 없을 만한 물건을 만들었을 무렵에는 18시간이 흘렀다.

책 한 권 분량의 고생 끝에 소라와 시로는 스테프에게 고삐를 맡기고 짐칸에 엎어졌다.

경쾌하게 굴러가는 마차 소리를 자장가 삼아 완전히 잠에 곯아떨어지고—— 두 사람은 꿈을 꾸었다.

불가능 게임이라 여겨졌던 난관을 돌파해 쾌적한 여행 스타트……라고.

그리고 사람(人)의 꿈(夢)이라 쓰고 덧없다(儚い)고 하듯, 그것은—— 몇 시간 만에, 역시 덧없이 무너졌다.

스테프의 절규와, 후방을 돌아봤을 때 그곳에 있던—— '지옥(그것)'에 의해.

이리하여 『12칸』에 걸쳐 죽음의 무리에게 쫓긴 지금——

"야아!! 설마 이 세계, 사실은 도시에서 한 발짝만 나가면 레알 검과 마법의 세계였던 거야?! 『게임으로 모든 것이 결판나는 이상향』이라고 과대광고 지껄였던 테토 자식을 *JARO에

* JARO: Japan Advertising Review Organization. 일본 광고심사기구.

신고해줄 테다!!"

——처음으로 『판타지 세계』를 통감한 소라는 눈물을 머금고 외쳤다.

그저 칸을 따라 나아가기만 해도 마음이 꺾일 것 같던 필드.

그래도 답파 불가능한 지형만 아니라면 아직 희망은 있으리라 생각했다…… 그러나.

'몬스터 인카운터 있음' 이란 말은 못 들었다고——!!

괴물들과의 거리는 줄어들고, 급조한 마차는 비명을 질러 당장이라도 분해될 것 같다.

그렇게 되면 남은 말로는…… 『먹이』 외길 루트이며…….

"이딴 괴물 평소에는 없을 텐데요오오! 여긴 대체 어디예요오오?!"

"지, 지금…… 생추어리…… '정령의 숲' …… 부, 근……."

"아아! 좋은 소식이에요, 소라! 이런 게 나타나는 건 '정령의 숲' 근교이기 때문이에요! 여기만 빠져나가면 괜찮——으니까 마차에서 뛰어내리려 하지 말라고요오!!"

"……빠야……빠야아. 살, 아……."

공포에 질린 나머지 무의식적으로 삶을 손에서 놓아버릴 뻔한 소라는 거칠게 숨을 몰아쉬었다.

——진정해라.

레알 판타지 세계에 내동댕이쳐진 이세계 사람은—— 어떻게 살아남지?

……트렌드는, 얼티밋하게 치트한 어쩌고 선택받은 힘으로 싸우는…… 거겠지?

하지만…….

소라는 밀려드는 몬스터를 흘끔 보고―― 쓴웃음.

이 몸은 골방지기 쭉정이, 잉여세대 백수 게이머이며.

이런 원시적 살의를 접한 경험도, 하물며 먹이로 쫓겨다닌 경험도 없으며.

현대 일본에서 어떤 생활을 하면 이딴 몬스터와 정면으로 맞설 만한 기골이 육성될까.

――치트 검술? 치트 마법? 혹은 초능력? ――아니지.

아니잖아, 그게 아니잖아, 절대 NO다!

인간은――우리는――그렇게 싸우는 종족이 아니잖아――?!

밀려드는 죽음을 앞에 두고 소라는 여동생과 맞잡은 손에 힘을 주며.

"……시로. 나, 고향(에르키아)에 돌아가면……『저격총』 기술을 개발시킬 거야……."

먼 곳을 보는 눈으로 그런 플래그를 세웠다.

――멀리서, 일방적으로, 반격을 용납하지 않고, 재수없게, 확실하게―― 해치우는.

그것이 인간이라는 동물이 싸우는 방법이라고 확신하는 소라―― 그러나.

"……기각……."

오빠의 제안을 단칼에 기각하고.

"……빠야, 여기 싹 불태우자……. 고성능 폭약을…… $C_6N_{12}H_6O_{12}$(헥사나이트로헥사아자이소부르치탄), 매일 떨어뜨리자."

부자연스럽게 반짝거리는 눈으로 건넨 제안을 듣고, 소라는 전율했다.

——어디서 총화기 따위 미적지근한 소릴 하느냐고.

——앞으로 매일 숲을 태우자고.

——항공기로 융단폭격을 퍼부어서 여길 갈아엎고 평지로 만들자고.

역시 천재—— 역시 나의 자랑스러운 동생.

그렇다, 그거야말로 인간——

————충격.

살짝 도피에 빠져 폭주했던 생각이 현실로 돌아왔다.

몬스터 한 마리가 휘두른 발톱이 나무 짐칸을 버터처럼 갈라 버렸다는 현실로.

……흐음. 아무래도 정말 농담으로 끝나지는 않을 모양이군.

"미안하다, 시로…… 어쩐지 실수한 모양이야. 이거 레알 '게임오버' 틱하다."

중얼거리고, 소라는 빛 없는 눈으로 패인의 분석—— 총결산(리절트)을 시작했다.

——대체 뭘 잘못했던 걸까, 하고.

신에게 도전했던 것? 생존(서바이벌)이라는 핸디캡을 간과했던 것?

아니면—— 동정남 주제에 태어나고 말았던 것일까요?

메마른 웃음으로 허무에 잠긴 소라. 그러나 시로는.

"……빠야…… 동정남인 채 죽는, 거…… 어떤, 기분?"

"아~…… 조심스럽게 표현한다면, 죽을 만큼 미련이 남지…… 후후……."

아아…… 인간은 약하구나.

패배하고, 패배하고 패배하고 또 패배해 비통함에 모래를 씹고 미련스레 패인을 돌아보고.

그래도 '다음에는', '다음에는 반드시' 라고 끊임없이 발을 내디딘다—— 마침내 승리하는 그날이 올 때까지.

그렇게 소라는 반성과 과제를 간추리고—— 내세(다음)에는 우선 동정남 딱지부터 떼어버리도록 노력하자고 생각했다.

방법은 감도 잡히지 않지만…… 뭐, 그건 내세의 자신에게 맡기자. 파이팅이다.

——그렇게, 소라는 힘없이 팔다리를 늘어뜨린 채 인생의 총결산(리절트)을 마무리했다.

"빠야……."

그런 소라의 위에 걸터앉아 시로가 조용히 속삭였다.

흘러나온 숨결이 닿을 거리, 홍조를 띤 뺨을 감추듯 얼굴을 숙이고.

"……빠야…… 죽기 전, 에…… 어차피, 죽을, 거면……."

그렇게 옷을 풀고 하얀 피부를 드러내며, 눈동자를 뜨겁게 적신 시로에게——

——자. 소라 동정남 향년 18세.

평소의 너라면 이 경우 어떻게 하겠느냐—— 즉답. 어떻고 자시고 없다.

상대는 시로이며. 여동생이며. 열한 살이며—— 지금은 주사위가 두 개 줄어 잠정 8.8세.

아웃 요소 로열 스트레이트 플러시라고 소란을 떨며, 뭣하면 처녀가 맨살을 어쩌고저쩌고 설교라도 늘어놓지 않았을까.

그러나—— 현실적인 죽음을 앞에 두고 혼란에 빠졌다는 자각도 없는 소라는 단정, 확신했다.

——그것은 TV의 주말 명화극장.

생사가 걸린 극한상황 속에서, 느긋하게 삐걱삐걱 앙앙거리는 망할 놈의 리얼충들.

그런 안방 분위기 브레이커 놈들의 행동이, 연출이, 소라에게는 예전부터 의문이었다.

그냥 그대로 죽으면 될 것을.

그렇게 생각했지만—— 잘못 생각한 것은 자신이었다.

그렇구나—— 그놈들…… 전부——

——동정남이었구나——!

내세에 맡기느니 그야 죽기 전에라도, 라고 생각하겠지이!!

할리우드에 전에 없이 공감하며 소라는 눈앞의 뜨거운 살결에 손을 뻗었——

"이봐요 거기이이이! 이럴 때 뒤에서 뭘 하고 있————."

——던 한순간.

두 번—— 이어진 폭음(충격)에 집칸이 튀어오르고, 소라와 시로는 허공을 날았다.

무슨 일이 일어났는지—— 그런 의문을 떠올릴 틈도 없이 소라는 그저 반사적으로 시로를 끌어안았고.

지면에 추락한 기세를 죽이지 못한 채 굴러…… 아픔 속에 고개를 들자 그곳에는.

——진짜, 괴물이 있었다.

부드러운 부엽토 지면에 동그라미를 그리는 거대한 크레이터.

그 중심에 축 늘어져—— 숨이 끊어진 한 마리의 몬스터 위에.

네 발로 서서 고개를 기울인, 어리고 조그맣고 사랑스러운, 인간의 형태를 한 짐승——.

"……이, 이즈나 밥, 안 나눠줄 거다, 요! 소, 소라가 잘못했다, 요!!"

가방을 짊어진 사막여우 같은 귀와 커다란 꼬리를 흔드는, 전통식 복식 차림의 어린 소녀.

이쪽을 언짢은 표정으로 흘겨보는—— 하츠세 이즈나가 있었다.

…………….

품속에서 정신을 잃은 시로의 무사함을, 이어서 자신의 몸을 확인하고.

폭주 마차에서 굴러 떨어진 것치고는 기적적으로 거의 멀쩡하다는 결론에.

마찬가지로 커다란 상처는 없는 것 같은 스테프에게 소라는——이미 짐작이 가고도 남는 질문을 던졌다.

"……저기 말야, 저런 괴물이 없을 거라고 했던 이유, 좀 가르쳐줄래?"

"……『대전』 때 대형 동물은 거의 멸종됐거든요……. 그 후로는 짐작하시는 대로——."

——무슨 일이 일어났는지는 상황이 설명해주고 있다.

이즈나가 내디딘 '한 걸음' 이——땅을 뒤흔들었고.

이어진 한 방——아니, '한 쓰담' 이——땅을 갈아엎어 크레이터로 바꾸었다.

공격했다면 『밥』이라 부른 그것은——아마 원형도 남지 않았을 테니.

괴물의 무리는——거미 새끼를 흩어놓은 것처럼 한 마리도 남김없이 도망쳐버렸다.

눈앞에 먹이사슬의 정점——『포식자(이즈나)』가 있다면 그것도 당연.

"이마니티 말고 다른 종족의…… 포식이니 방어니, 분풀이 기타 등등에——어, 뭐……."

……그렇구만.

소라는 하늘을 우러러보았다.

『권리』란 상호간 기능하는 것이므로, 그것은 동시에 의무이기도 하다.

그러나―― 맹약 없이, 그 권리와 의무를 보증할 수 있는지 아닌지는――.

"……빠야, 이 세계…… 익시드…… 이외, 에는…… 다정하지, 않아……."

피포식자 신세에서 벗어난 소라와 시로는 생각했다―― 인간은 간사한 생물이라고.

조금 전까지 생명을 위협당했던 존재에게, 지금은 연민마저 느끼는 것은―― 글쎄.

살아남은 자의 에고가 아닐까…… 하고.

■ ■ ■

"저, 정말로 안 나눠줄 거다, 요! 이, 이즈나 화났다, 요?!"

……정 먹고 싶다고 사정한다면 못 나눠줄 것도 없다고,

그렇게 흔들리는 이즈나의 눈동자에, 소라와 시로는 웃는 얼굴로 엄지를 내밀고――

"……괜찮, 아…… 이즈나땅, 생명의…… 은인…… 게다가……."

"이걸 먹는 건―― 인간적으로 좀. 아사 직전까지는 고민해볼란다."

바이오○저드에 출연해야 할 만한 크리처를 불에 구우며 산

뜻하게 거절했다.

——몇 분 전.

사냥감을 앞에 두고 정좌한 이즈나에게 소라는 마차를 다시 일으키며 물었다.

"……이즈나 말야. 왜 한 마리밖에 안 잡았어?"

——소라 일행처럼 아사의 위험에 직면한 것은 워비스트(이즈나)도 마찬가지일 것이다.

식량은 조금이라도 많이 확보해두고 싶지 않느냐고 묻는 소라에게.

"필요 이상으로 사냥하는 거, 금기…… 쪽팔리는 거다, 요."

그렇게 말하며 이즈나는—— 동부연합의 매너인지.

예의 바르게 주먹을 모으고, 생명을 취한다는 데에 깊이 감사의 인사를 올렸다.

그 모습에 소라도 시로도, 스테프까지도 솔직히—— 부끄러워졌다.

문명에 에워싸여 살아가다 보면 식사가 생명의 섭취임을 잊기 쉽다.

이 얼마나 음식 교육이 잘 된 아이인가, 이것이 바로 성인(聖人)이 아닌가—— 라고,

"부후우웁?! 너너, 믿을 수 없을 정도로 더럽게 맛없다, 요?! 뭘 먹고 자라면 이딴 【삐——】의 【삐——】 같은 【삐——】맛이 되냐, 요?!"

——한 마디.

감동을 모조리 말아먹는 욕설에 얻어맞지만 않았다면 진심으로 생각했을 것이다.

"저, 저기…… 역시 그건 암만 봐도 먹을 게 아닌데……?"

"사, 사냥했으면, 전부 먹어야 한다, 요! ……훌쩍……."

그렇게 말하며 굵은 눈물로 얼굴을 일그러뜨린 이즈나에게, 목숨을 구해준 데 대한 최소한의 보답으로.

소라 일행은 가방에서 조미료를 꺼내 마음만 담긴 조리를——

"이걸 조리……근데 애초에 이게 뭐예요?! 어, 어딜 썰어야——그보다 이거 정말 먹어도 되는 거예요?! 히이이잉, 소, 소라! 뭔가 퍼런 점액이이!"

——스테프에게 시키고, 하염없이 비명이 솟아나는 것을 들었다.

워비스트의 후각이 먹을 수 있다고 판단했다면 먹을 수 있겠지—— 소라와 시로는 사양했지만…….

이리하여 스테프가 썬 고기를 꼬치에 꿰고, 모닥불 주위에 둘러 앉아 구우며.

"……근데 이즈나, 넌 왜 아직 이런 데 있어?"

현재 위치는 『38번째 칸』, 스타트 지점에서 약 380킬로미터 떨어진 곳이다.

이즈나의 가슴께에 있는 주사위는 9개—— 나이가 10분의 1 줄었다고는 하지만.

人類

그 압도적인 신체능력은…… 소라 일행――말과 비교해 이동 속도에서 뒤떨어지리라고 생각할 수 없었다. 이미 한참 앞서 나갔어야 한다.

하지만 이즈나는 그 물음에 눈을 흘기며 으르렁거렸다.

"……이즈나 화났다, 요…….『드퀘 파이브의 첫 플레이 때 신부 고르기에서 소라가 처음으로 골랐던 선택지를 답하시오』…… 이거 소라가 쓴 과제 분명하다, 요!"

아하…….

수긍한 소라와 시로는 웃었다.

소라가 썼던【과제】―― 다시 말해『38번째 칸(여기)』에 멈춰.

당연하게도 대답하지 못한 채 절찬『72시간 봉쇄 상태』였다는 것이다.

그리고 72시간이 경과하면 주사위 하나를 출제자(소라)에게 빼앗긴다――

그 사실을 떠올린 분노가 돌아왔는지, 이즈나는 벌떡 일어나 후우욱 위협하듯 외쳤다.

"뭐가 뭔지 모르겠다, 요! 규칙은 좀 지켜라, 요!!"

12: 단, 아래를 포함한【과제】는 모두 무효로 간주된다.
12b: 출제자 이외에는 달성이 불가능하거나 어느 플레이어에게도 불가능한 지시

그렇다. 규칙에는 분명 그런 말이 있었다―― 그러나.

"어~허어허…… 실례구만, 정말 실례구만? 아름다운 짐승 귀여. 그치, 시로~?"

고개를 끄덕이고, 시로는 핸드폰에—— 이즈나는 알아보지 못하도록 타이핑을 해 대답했다.

——『*루드만』이라고.

"정. 답!! 시로도 알잖아. ——그러니 이【과제】는 유효하단 말씀♪"

——자기 이외에는, 또는 아무도 달성하지 못할 과제는 무효.

그것은 이를테면 지브릴이『자력으로 공간전이를 하시오』라고 쓴다거나.

혹은『자신이 죽을 연도(미래)를 답하시오』등등의 불가능한 지시를 금지하는 규칙이다.

그러나 반대로—— 최소 한 사람은 알 수 있다면 유효한 것이다.

"아~ 그런고로?! 내가 쓴 다른【과제】——『**파르쑤르낙스 살해를 명령한 빌어처먹을 놈들을 잡아죽일 수 있는 MOD의 이름을 세 개 대답하라』라든가,『소라가 18세 기념으로 처음 가슴 두근두근하며 샀던 핵지뢰(야겜) 타이틀을 답하시오』라든가?! 이 세계의 지식이 없으면—— 아니, 있어도 우리 말고는 대답할 수 없거나 초 애매한 지시도 올 오케에이!! 언더스태앤~?!"

---

* 루드만: 「드래곤 퀘스트 5」의 등장인물. 세계 최고의 부자. 자신의 딸을 포함한 두 히로인 중 누구와 결혼할지를 고르라고 하는 이벤트가 있는데, 이때 루드만을 선택할 수도 있다. 왜?!

** 파르쑤르낙스(Paarthurnax): 게임 「엘더스크롤 5 스카이림」에 등장하는 드래곤의 이름. 해당 작품의 다른 드래곤들과는 달리 매우 점잖고 멋진 캐릭터라 인기가 많다.

그렇게 부처님도 대번에 싸대기를 올려붙일 만한 얼굴로 춤을 추며 대답하는 소라에게.

"……빠야, 초 치사해…… 초 멋있어……."

"——저질이에요. 이즈나 씨가 화내는 것도 당연해요……."

존경의 눈빛과, 오물을 보는 듯한 눈빛이 날아들었다—— 그러나.

"규칙대로야—— 다 구워졌어, 이즈나. 좀 나아졌으면 좋겠는데."

부루퉁해진 이즈나에게 소라는 웃으며 꼬치를 내밀고—— 한 순간.

"……아주 쪼끔 나아졌다, 요. 더럽게 맛없음에서 맛없음 됐다, 요."

꼬치구이를 입안 가득 머금고, 순식간에. 기분이 좋아져 꼬리를 흔든다.

"…………."

스테프가 그런 이즈나에게 의혹의 시선을 보내는 것을 소라는 눈치 빠르게 알아차리고 웃었다.

——그녀의 언짢아하는 내심을 소라는 손에 잡힐 듯이 알 수 있었다.

규칙대로든 뭐든, 지독한 야바위임에는 분명한【과제】에서.

72시간이 지나면 이즈나가 소라에게 빼앗기는 것은 주사위——『목숨』이다.

그런데도 이즈나는 자신을 '10분의 1 죽인' 소라를, 분명히

—— 구해주었다.

어째서 이즈나는 상대를 죽게 내버려두지 않고, 이렇게 기분 좋게 있을 수 있을까.

어째서 소라가 내비친 대로, 배신은 했어도 서로 죽이지는 않고 있을까——.

"……소라, 시로. 이즈나—— 안 질 거다, 요……?"

그렇게 '의문형' 으로 무언가를 확인——물어보듯 선언하는 이즈나.

그러나 소라와 시로는, 남은 모든 꼬치를 내밀며 대답했다.

"구해준 보답은 했지? 이기게까지 해준다는 기특한 보은은 기대하지 말라구♪"

"……이즈나땅, 아차, 상……. 이기는 거…… 시로랑 빠야……."

"게임 정도가 아니라 인생 탈락(드롭아웃)을 구해준 분께 참 건방지게도 말하네요……."

스테프가 어이없음을 넘어 감탄했다는 투로 중얼거렸지만.

"…………응! 덤벼라, 요!!"

——이즈나는 그들의 얼굴에서 원하는 해답을 찾았는지.

텁. 모든 꼬치를 한 입에 머금고 만면의 미소로.

"오물오물…… 금방 추월할 거다, 요. 각오해라, 요."

말하자마자, 꼬치를 입에 머금은 채 꼬리를 부둥켜 안으며 몸을 말았다.

72시간이 지날 때까지 자면서 기다리겠다고 말하는 이즈나.
소라와 시로 또한 일어나서.
"그럼 우리도 서두르자. 마차는 괜찮을 것 같아?"
"어, 네에, 어떻게든—— 아니근데, 여기다 이즈나 씨를 놓고 가게요?! 위험하잖아요?!"
"응…… 진짜 위험하겠지—— 우리가."
그렇게 소라가 중얼거리자, 스테프의 얼굴이 순식간에 얼어붙었다.
귀를 기울이면—— 미미하게 들릴 것이다.
강자(이즈나)의 등장에 도망쳤던 놈들(괴물)이, 이즈나의 취침을 기다리는 기척이.
놈들이 노리는 것은 물론 잠을 자는 호랑이(이즈나)가 아니다. 놈들에게는 포식자를 노릴 이유가 없다.
사냥해야 할 대상은 당연히, 그 호랑이의 위세를 빌리고 있는 자들——.
"……이즈나의 호의에 감사하면서—— 진짜로 잠들기 전에 튀자."
——그랬다. 아직 잠들지 않은 채 주위를 위압하던 이즈나가, 희미하게 웃음을 짓는다.
그 웃음과—— 소라의 목소리가 미미하게 떨려오는 것을 알아차리고.
세 사람은 망설임 없이 마차에 뛰어올라—— 내달렸다.

■ ■ ■

——53번째 칸…… 게임 개시로부터 78시간.

세 사람을 태운 마차는 장대한 단애절벽 가장자리를 따라 그저 달려갔다.

시로의 지도에 따르면, 그곳은 에르키아 국경 북동쪽 끝에서 멀리 떨어진 지표를 복사한 지형(칸).

듣기로——『별의 균열(오블리비언)』이라 불리는, 이 세계(디스보드) 최대의 협곡이라고 한다.

바다와 두 대륙에 걸쳐 이어진 푸른색 계곡은 대전 말기——『결전』의 상흔이라고 한다.

별을 휩쓸었던 힘의 잔재—— 계곡 밑바닥에서 지금도 여전히 으르렁거리는 천둥소리를 들으며, 소라는 생각했다.

——이즈나와 헤어진 지 21칸, 정령의 숲 근교는 이미 멀리 떨어진 것 같다.

스테프의 정보에 따르면 정령의 숲 이외에는 몬스터가 서식하지 않는 것 같다.

다시 말해 위험지대는 벗어난 것 같다. 이제는 안전한 것 같다.

것 같다, 같다, 같다같다——!!

"안 믿어 안 믿어!! 쫓아오는 것은! ……없네——라고 방심시켜 놓고~?! 아앙?!"

"……시로, 안, 속아…… 어디? 어디, 숨었……어……!"

——경계를 계속하는 모습은 눈물을 머금고 호러 게임을 하는 못난이 게이머를 방불케 했다.

움직이지 않는 시체에 하염없이 겁을 먹으며 좀처럼 진행하지 못하는 패턴 그 자체였다.

마차 위에서 핸드폰 카메라의 줌까지 동원해 보이지 않는 적과 계속 싸우는 두 사람에게——

"……마음은 이해하지만요, 벌써 하루 반이나 지났어요. 몬스터는 경계하지 않아도……."

그렇다. 마지막으로 몬스터를 본 후로 36시간이 지났다.

쉬지도 자지도 않고 달리는 바람에 한계를 넘어선 짐말과 짐말(스테프)에게, 도중에 휴식도 몇 번이나 시켜주었다.

그러는 동안에도 소라와 시로는 교대로 일어나 초계를 계속했지만 몬스터는 나오지 않았다.

그래도 아직 의심암귀에 사로잡힌 두 사람에게 슬슬 질려 투덜거린 스테프에게——

"——시로, 어떻게 생각해. 이젠 안전, 하다고 생각해주지 못할 것도 없을 것 같다는 생각이 드는데?"

"……시로, 는…… 빠야의, 판단, 믿어……."

——흐음. 그렇다면 결론.

"————————살아남았다, 시로."

그 중얼거림에 소라와 시로 두 사람은 서로를 얼싸안으며 짐칸에 엎어졌다.

굵은 눈물을 그렁그렁 흘리며 삶을 확인하듯 고개를 끄덕인다.

……아아, 하늘이 푸르구나.

징글맞은 저 태양조차 지금은 그저 사랑스럽구나.

두 사람은 눈을 가늘게 떴다.

"용서하라, 모든 것을—— 살고자 살아가는 것, 그대들에게 축복 있으라……."

"……할렐루야…… 코오……."

"저기, 어, 저기요?! 물 흐르듯이 숙면에 들어가면 곤란하거든요?!"

극단적인 진폭에 당황한 스테프는 마차를 몰면서 앞을 가리키고 외쳤다.

"앞으로 세 칸이면 62번째 칸(목적지)예요!! 다른 위험——【과제】가 닥쳐온다고요!"

——위험?【과제】가?——흐음.

소라는 고개를 갸웃했다.

그렇군. 주사위의 숫자——『62』번째 칸을 향해 나아가고 있었지.

그 칸에 멈추면 누군가가 썼던【과제】가 발동하게 되는 것인데——.

"……몬스터에게 쫓기는 거에 비하면 무슨【과제】든 '매우 쉬움' 이지……."

숙고한 끝에 진지한 얼굴로 단언하는 소라에게 시로 또한 끄덕끄덕 고개를 움직였다.

『목숨(주사위)』을 뺏고 빼앗기는 간접적 살해——이 게임의 최대 위험…… 【과제】.

그러나 이것도 이마니티(자신들)에게는 기아, 과로, 포식 다음에나 올, 한참 뒤로 미뤄두어야 할 위험이라고…….

"…………수, 수긍할 뻔했지만 위험이라는 점에는 변함이 없잖아요?! 왜냐면——!"

——그 직후, 스테프의 목소리를 가로막듯 시야가 어두워졌다.

마차가 59번째 칸의 경계에 들어선 것인지, 까만 안개가 가득 찬 묘한 공간에 삼켜졌다.

——소라가 이 게임을 망게임이라 단정했던 요인 중 하나——『칸 이동(로딩)』이었다.

마법 같은 힘으로 게임 내에서 부정하게 이동하거나 이탈하는 것을 막기 위해서인지.

대지(칸) 끝, 비디오게임에서 말하는 '보이지 않는 벽' 에 닿으면 다음 대지(칸)로 전이한다.

돌아갈 수는 없으며, 그저 주사위 눈에 따라 앞으로 나아가야만 하는 연유다.

심지어 그놈의 칸 이동조차 매번 이처럼 더럽게 긴 로딩이 발생하는 사양이었다.

지브릴의 공간전이를 봉쇄하고, 한편으로는 규칙에 따라 좌표이동을 시키기 위한 힘이다.

참으로 고차원적이고도 터무니없는 힘이 작용하고 있을 테지만――

"……빠야…… 이제 겨우, 생각 났, 어…… 이거……."

"아~ 우연이구나, 동생아―― 이 느려 터진 로딩과 소리. 분명해."

마법도 정령도, 하물며 공간 따위 지각할 수 없는 일반인(소라 일행)에게는 이해의 범주를 벗어난다.

그러나 빠각빠각 울리는 잡음은 '디스크 회전음'으로밖에 들리지 않았으며,

부정형으로 일그러진 시야를 말없이 노려보고 있노라면 시야 한구석에 『NOW LOADING』 표기와 함께 '저글링을 하는 원숭이'의 환영이 보일 것 같아―― 소라와 시로는 살의마저 머금고 속으로 중얼거렸다.

――『이거 *네오ㅇ오잖아』라고.

"……얘, 얘기 계속해도 될까……요?"

쯧, 쯧 혀를 차며 다리를 탈탈 떨어대는 두 사람에게 스테프는 쭈뼛쭈뼛――

"마, 만약【과제】에――『죽어라』라고 적었으면 죽어야…… 하는 거죠?"

규칙에서 그런 위험성을 깨달았는지 몸을 떨며 묻는다.

"어라…… 스테프답지 않게…… 아주 예리한걸."

* 네오지오(NEO-GEO): SNK에서 개발한 게임기. 정확하게는 그 CD-ROM 버전인 네오지오 CD를 말한다. RAM 용량이 적고 CD-ROM의 속도도 느려서 '길고도 빈번한 로딩'으로 악평이 자자했다.

07 : 【과제】는 칸에 멈춘 주사위 보유자에게 어떠한 지시도 강요할 수 있다.

——어떤 지시도 강요할 수 있다.

그렇다, 목숨을 버리게 하는 지시조차도 거부할 수 없다——그러나.

"이 게임은 불가사의가 가득~한걸? 그 하나가 이 【과제】라는 규칙이지."

그렇게, 짜증을 내면서도 어딘가 체념한 듯 소라는 담담히 설명했다.

"말했잖아. 서로 죽이는 데 동의하지 않았다. 걱정해봤자 사망 과제는—— 아무도 못 적어."

"어, 어째서요? 그치만——."

12 : 단, 아래를 포함한 【과제】는 모두 무효로 간주된다.

12a : 【과제】의 대상자를 특정한 사람으로 한정하는 문언

"대상을 한정할 수 없다. 무조건 즉사하는 【과제】를 적어놨다가 자기가 걸리면 어쩌라고."

"——————아."

웃으며 대답하니, 역시 창피해졌는지 고개를 숙여버리는 스테프에게 쓴웃음을 지으며.

——사실은 그것만은 아니라고, 소라는 내심 말을 이었다.

오케이. 이 게임은『스고로쿠』── 어떻게 하더라도『골인할 수 있는 사람은 하나』다.

게다가 아무도 골인하지 못한다면 살아남는 것은『선두에 있는 플레이어뿐』이라니.

정석대로 생각하면──경쟁 상대는 적은 편이 좋지 않겠는가.

다른 플레이어를 전부 죽이는 것이 이런 내용의 패턴으로 봐도 확실한 수가 아니겠는가.

──완전 틀렸어.

소라는 웃었다.

죽여버리면── 주사위를 빼앗을 수 없는 것이다.

게다가 주사위를 빼앗지 않고는 골인이 불가능한 이상──

“가령【과제】에서 즉사를 지시해도, 죽을 수 있으면『과제 달성』이잖아. 출제자는 주사위를 하나 잃고, 심지어 죽은 놈의 남은 주사위는 회수 불가── 승리와는 정반대로 가는 악수야.”

규칙상 어떤 부조리도 강요할 수 있는 이【과제】라는 규칙은.

사실 알고 보면 ‘이기려 할 경우’ ── 쓸 수 있는 내용은 사실상 한정되는 것이다.

“자기 말고는 불가능한 지시는 무효── 어느 정도 달성 가능한【과제】밖에 쓸 수 없다면, 주사위를 빼앗을 기회(찬스)란 곧 빼앗길 위험(리스크)이지── ‘빼앗으면서도 빼앗기지 않을 만한 지시’ 라고 한다면──.”

──그리고 컵라면도 불어 터질『칸 이동(로딩)』이 끝났는지.

"……저런 【과제】가 한계라는 말씀."
탁 트인 시야 너머를 가리키며, 소라는 슬쩍 웃었다.
60번째 칸의 스타트 좌표——여전히 이어지는 단애절벽 가장자리에 팻말이 있었다.
그곳에 적힌 문장을 흘끔 보고 스테프는 툭 내뱉었다.
"……뭔가요, 저건."
…………….
"이봐, 여기까지 수십 번씩 칸을 이동하면서 한 번도 못 봤어?"

10: 각 【과제】는 팻말에 기술되며 무순으로 보드 위의 칸에 배치된다.

"이제까지 계속 있었잖아!! 【과제】가 적힌 팻말이!!"
"저런 너절한 팻말을 신경 쓸 여유가 이제까지 한순간이라도 있었어요?!"
…………응, 뭐, 까놓고 말해, 없었지.
소라만이 아니라 시로도 순순히 스테프의 반론을 받아주었다.
정작 두 사람도 도망치고 잠자고 하느라 읽었던 것은 몇 개 없었지만.
아무튼 소라가 가리킨 팻말에는 이렇게 적혀 있었다.

——『꼬리도 포함해 온몸의 털, 전부 세어서 올바르게 답해 봐, 요.』

……이즈나, 글로 써도 저 말투구나.

흐뭇하게 웃으며 소라는 말했다.

"누구나 할 수 있지만 72시간 이내에 가능한 사람은 한정되는 ──【과제】지."

──애초에 꼬리가 있는 것은 이노, 이즈나, 플럼뿐이다.

워비스트의 오감(치트 종족)이라면 자신의 체모쯤 즉석에서 헤아릴 수 있을지도 모른다.

그러나 그런 오감은 고사하고 꼬리조차 없는 사람은── 구체적으로 소라네 일행 같은 경우에는, 그야말로 이 마차에 묶인 말의, 꼬리를 포함한 온몸의 털을 하나씩 셀 수밖에 없는 것이다.

72시간 동안, 강제로──새로 돋아나는 털도 있을 텐데, 도저히 불가능하다.

……상당히 무자비한【과제】를 다 쓰는구나, 이즈나땅.

"아무튼 어떤【과제】든『72시간 봉쇄해놓고 주사위 하나를 빼앗는다』가 한계란 말씀."

소라와 시로처럼 최소의 인원밖에 대답할 수 없을 만한 물음으로 72시간 발을 묶거나.

혹은 이처럼 72시간만 가지고는 한정된 사람 외에 달성이 불가능한 지시를 내리거나.

── '이기려' 하는 한 사실상 이 두 가지 패턴밖에 적을 수 없는 것이다.

"여기까지, 있던…… 과제, 도…… 대체로, 그런, 느낌……."

그렇게, 시로가 기억하는 몇 가지 과제를 열거해주었다.

——『칸 끝에서 끝까지 자기 발로 백 번 왕복해라, 요.』

이것도 이즈나의【과제】다—— 72시간 이내에 2,000킬로미터를 걸으라는 것이다.

워비스트에게도 가혹하겠지만…… 애초에 이즈나는 자기 과제를 달성할 필요가 없다.

지브릴이라면 여유롭게, 이노라면 죽을힘을 다해. 그 이외의 사람은 72시간 봉쇄다.

——『과제 대상자 이외의 사람이 제시한 게임에, 두 사람 이상이 즉시 맹약에 맹세코 응해 승리하라.』

이건 지브릴이겠지—— 보통은『무효』이며 아무런 강제력도 없다.

제3자가 없으면 전제조건이 충족되지 않아『누구도 달성이 불가능한 과제』가 되기 때문이다.

그러나—— 전제조건이 충족된다면 최고 난이도의【과제】가 되겠지만—— 아무튼.

"자, 여기서 또 한 가지 불가사의. 자기 이외에는 달성할 수 없는【과제】는 금지—— 왜 그럴까?"

"……네? 그야 게임이 성립되지 않으니까 그런 게 아니겠어요……?"

그렇군. 상식적인 대답이야.

소라는 웃었다.

퀴즈 프로에서, 모든 참가자들이 자기 말곤 대답할 수 없는 문제만 낸다면 어떻게 될까.

그런 재미없는 프로는 첫 회가 나가자마자 즉시 중단되고 책임자들은 사표를 내야겠지.

하지만 소라는 그런 상식을 입에 담은 스테프에게 멋진 미소로── 비상식과 함께 대답했다.

"그런데? 왜 게임을 성립시켜야 하지?"

"…………네에~……?"

"이 게임이, 올드데우스가 『주최자』고 『우리가 서로를 죽이게 하는』 게 목적이라면, 이런 제약(규칙)은 방해만 되잖아. 서로가 서로에게 무리난제를 던지게 하고, 뭣하면 과제 미달성은 즉시 사망으로 해버리면 그만이잖아?"

그렇다면 그렇게 하지 않은 이유는 무엇이지?

──그리고…… 그때.

소라와 시로, 두 사람의 가슴에 하나씩── 허공에서 돋아나듯 주사위가 늘어났다.

소라의 과제에 걸린 이즈나에게서 72시간 경과로 주사위가 소라에게 하나 이동.

마찬가지로 시로의 과제에 걸린 누군가도 시간 경과로 주사위를 잃었을 것이다.

피차 9개로 늘어난 주사위에 따라 팔다리도 살짝 늘어나고.

잠정 16.2세의 소라, 9.9세의 시로가 서로 의미심장하게 웃는 가운데—— 선언한다.

“단언해도 좋아. 자기만 해결할 수 있는 【과제】는 무효—— 그 말을 꺼낸 건 나야♪”

“……………………네에에~?”

일말의 죄책감도 없이—— 그렇기에 악마 그 자체와도 같은 미소로, 소라는 말했다.

이 【과제】 규칙, 소라와 시로에게만은 너무나도 유리하다고.

이즈나에게 말했듯 동행하는 공백(두 사람)만은—— 공백(두 사람)이 아니고서는 불가능한 출제가 가능하다.

……그, 그렇겠죠.

이 여정(서바이벌)을 고려한다면 그것도 지나치게 미지근한 ‘핸디캡’ 이지만, 그건 차치하고.

“그래~서, 이매~~진 오올~ 더 피프을~!!”

마차 위에서 소라는 요란하게 일어나.

“사라져버린 기억, 게임 개시 전! 규칙을 확인한 내가『장난하냐! 그랬다가 지브릴이 공간전이하라고 적으면 불가능 게임이잖아!』라고 부르짖는 모습을 렛츠 이매~진!!”

드높이 외치는 소라의 말에 일동은 나란히—— 떠올려보았다.

——어째서일까, 라고 소라조차 생각한 그것은.

“이어서『자기만 할 수 있는 과제 금지금지 앤~드 금지』라고 말하는 모습—— 상상할 수 있겠지이?!”

——사라져버렸을 기억일 텐데도, 그것은.

마치 지금 막 보았던 것처럼, 생생하게 떠올릴 수 있었다.

시로는 그거야말로 오빠라고 깊이 주억거리고 스테프도 눈을 흘기는 가운데.

"그리하여 나는 나와 시로에 한해 유리한 규칙을 덧붙였——으나."

소라는 기분 좋게, 그러나 대담하게 말을 이었다.

"다시 한 번 생각해볼래? 이 게임은 모두가 동의하고 시작했어. 이때——."

전원의 동의 따위 있을 수 없는 전제. 그렇기에 틀림없이 허위가 있을 규칙 중에——

"암만 생각해도, 내가 끼워 넣은 규칙이 있을 거야…… 참으로 흥미롭지이?"

이것이 올드데우스가 주최자이며, 서로 목숨을 빼앗는 게임——이 아니라면.

"이 게임은, 누구의 사정에 따라, 누가 시작했고, 무엇을 의도했고—— 주도권을 쥐었을 것 같아?"

그렇게 말하며, 주사위를 손에 들고 만지작거리며 웃는 소라. 그러나.

문득 스테프가 불만스레 중얼거렸다.

"……하지만 주사위가 0개가 되면 죽는다는 건…… 똑같은 일 아닌가요."

주사위를 뺏고 빼앗기면 언젠가는 누군가에게 '죽음' 을 강요하게 된다고,

그렇다면 그것은 결국 서로에게 죽음을 명령하는 살인이 아니냐고—— 호소하는 스테프의 눈에.

"그야 지면 죽겠지. 그뿐이랴 굶어도 죽고, 어마무지 든든한 괴물 분들에게 잡아먹혀도, 반대로 잘못하면 먹고 식중독에 걸려도 죽어서 예외 없이 냅다☆고우 투 헤븐 아니겠어?"

"……빠야…… 시로, 네는…… 아마…… 지옥……."

어디까지나 표표하게 대답하는 소라와 시로에게, 스테프는 얼굴을 찡그렸고——

"——하지만, 그래도, 살인은 일어나지 않아."

순식간에 표정을 다잡고 말하는 바람에 스테프는 당황해 어째서냐고 되물었다.

그렇다. 규칙에 의지를 넘어서는 강제력이 있고, 그것이 작용하는 이상.

자신들은 『자신의 모든 것』을 베팅 테이블에 올린다는 데에는 동의했을 것이다.

주사위니 과제 따위 상관없이 너무나 쉽게 죽을 수 있지만——그러나 그래도.

"——어차피 나랑 시로가 이길 테니까♪"

…….

………….

"……………………후후…… 네에, 그랬지요!"

——그저 당연하게 승리한다, 자신들의 시나리오에—— 그런 내용은 없다고.

숫제 시원할 정도로 오만하게 부르짖으니 스테프의 얼굴에 더 이상 불안은 없었다.

타고난 야바위꾼인 소라와, 그것을 무조건 믿는 시로—— 그러나 단 한 가지.

그렇기에 스테프도 믿을 수 있는 것이 있다고, 자부했다.

그거야말로 게임 개시와 함께 스테프가 소라에게 주사위를 맡겼던 이유이기도 했다.

——『　　』에 패배란 두 글자는 없다.

그리고 승리하는 이상『완전승리』—— 그 이외에는 인정되지 않기에.

누군가의 죽음이나 희생이 전제인—— '패배만도 못한 승리' 따위 용납하지 않기에.

"……슬슬 61번째 칸, 목적지 바로 전이네. 주의해서 팻말을 보자고."

——소라는 낯간지러운 시선에서 고개를 돌리고, 계속 달려나가는 마차의 앞을 가리켰다.

뜨뜻한, 놀리는 시로와 스테프의 시선을 소라는 모르는 척하고.

"뭣하면—— 누가 쓴【과제】인지까지 순식간에 맞혀볼게."

그렇게 멋들어진 얼굴로 말한 것과 동시에.

달려나가던 마차가 다시 눈에 익은 까만 안개에 휩싸였다.

60번째 칸에서 61번째 칸으로—— 귀에 거슬리는 노이즈를 흘려들으며, 시야가 맑아지기를 기다린다.

그리고 긴 전이(로딩) 시간이 끝나고, 칸 경계를 이동한 곳에 나타난 것은——

역시 문장——【과제】가 새겨진 낡은 팻말이 오도카니 서 있었다.

그렇다, 이런 한 문장이 적힌 팻말이…………….

——『웃는 얼굴로 ○○를 뽑으며 산뜻하게 죽는다』……고.

————————————————.

……다각 다각……. 덜컹 덜컹…….

단애절벽 끄트머리, 맑게 갠 하늘 아래, 말발굽과 수레바퀴 소리만이 울렸다.

"소라~ 저 지쳤나봐요~♪ 말씀을 전부 부정하는 글자가 보였어요♡"

맑디맑은 미소로 현실을 거부하고 노래하듯 물은 스테프의 등 뒤에는.

멋들어진 얼굴과 뜨뜻한 시선을 유지한 채—— 시간이 멈춰버린 소라와 시로가 있었다.

——어, 어, 어흠어흠.

어흠어흠어흠어흠. 지지저저정하자.

진정해라소라동정남이번에도하마터면향년18세, 잠정 16.2세!

에~ 우선 해야 할 일이 있었잖아. 그렇지…… 선언대로——

"영가아아암!! 내말들리겠지이거무조건네놈이지! 뭘써놓은거야이노망난늙은이가! 넌입을안열어도음담패설밖에안나오는멍멍이냐아?!"

범인을 순식간에 맞히고 소라는 하늘까지 울려 퍼지도록 부르짖었다.

——대답은, 나선을 그리는 광대한 게임 보드 후방에서.

직선거리상으로는 가까운 것으로 보이는 범인이 게임 보드에 대답을 퍼뜨렸다.

『오오 이 무슨 낭보가! 소라 공이 저의 【과제】에 멈추셨군요. ——아니, 이럴 수가?!』

그의 모습은 소라네에게는 보이지 않는다. 그러나 워비스트의 눈은 일행을 포착했는지.

『이럴 수가…… 시로 공과 스테파니 공도 함께 계실 줄이야……. 남자가 거시기를 웃는 얼굴로 뽑으며 산뜻하게 죽는 모습을 목격하시면 자못 괴로우시겠지요…… 그러나아!! 이것도 해충 구제를 위해, 나아가 세계평화를 위해!! 부득이한 희생(콜래트럴 대미지)이라 생각하시고 부디 이해를——.』

“안 멈췄거든~ 통과거든! 자기가 이 칸에 멈추면 어떡하려고 그래?!”

『각오한 바입니다만? 하지만 통과라니—— 쯧, 끈덕진 바퀴벌레놈…….』

……다각 다각…… 데굴 데굴…….

여전히 시간이 멈춰버린 시로와, 헛헛하게 웃는 스테프를 태우고, 그래도 마차는 나아간다.

유일하게 생각할 수 있었던 소라가, 두통을 참고, 쥐어짜내듯 신음했다.

“……영감. 가령 이걸로 내가 죽는다 해도 손해를 본다는 사실은 알고 있겠지……?”

즉사【과제】는 승리가 가장 멀어지는 악수라고 바로 조금 전에도 말했다.

그러나 돌아온 대답은—— 단순명쾌.

『허어? 우리를 함정에 빠뜨려 무녀님을 죽인 『배신자(소라공)』가 뒈져주신다면 이 게임이 어떻게 될지는 자명한 이치—— 신하의 의무(복수)를 다하고, 세계의 적(네놈)은 사라지고…… 어떤 손해가 있다는 말씀이신지?』

………….

“……소라, 소라아~. 물론 이것도 예상하신 바……겠지요? 네?”

매달리는 듯한 목소리. 그러나 소라는 내심 대답했다—— 딱 잘라 말해 예상 밖이라고.

죽음을 명령하는 무의미함, 서로를 배신하는 정당성, 기타 등등…….

그러나 이 모든 것은—— '모두가 멀쩡하게 생각했을 경우의 이야기' 였다.

진짜 멍청이인 건지, 무녀의 죽음이 어지간히 충격적이었던 건지—— 아니, 양쪽 다겠지.

아무튼 빡쳐버린 이노는 뇌의 퓨즈가 몽땅 날아갔을 것이다.

왜냐면 스테프조차 간파한 소라의 『배신자 선언(새빨간 거짓말)』을——

거짓말을 간파하는 워비스트의 오감이 있으면서도.

이럴 수가 놀랍게도, 진심으로 받아들여버렸으니——!

"……그, 그렇군. 아주 멋들어진 각오야. 못 당하겠어."

그러나—— '문제는 없다' 고.

냉정함을 되찾고, 몰래 땀을 닦은 소라는 보복과 타산을 겸해, 말했다.

"'손녀의 죽음(이즈나)' 마저 불사하다니…… 최고의 충신이로군."

『…………예?』

의아해하는 목소리가 미미하게 남은 이성—— '남자만이 죽는 과제' 를 생각했음을 들려주었다.

대상 지정은 불가능하다—— 그러나 소라는 죽이면서 이즈나는 죽게 하지 않는다.

이리하여 '남성이 아니면 가질 수 없는 것' 을 이용한 죽음(과제)을 적었다—— 그렇게 생각했겠지만.

——헐렁헐렁하기 그지없었다.

"여성진—— 그야말로 이즈나가 이 【과제】에 걸린다면, 적당한 동물의 거시기를 웃는 얼굴로 뽑고 산뜻하게 죽는 거지……. 자기 걸 뽑아버리는 것보다도 어떤 의미에서는 무자비한 지시, 고개가 절로 숙여지는걸……."

……이 과제문으로는 어떤 대상도 한정할 수 없는 것이다.

이즈나의 과제가 『꼬리도 포함해』였던 것처럼.

——자신에게 없다면—— 다른 데에서 가져오면 될 뿐이다.

…………….

——긴 침묵이 바보가 있대요~라고 말하는 것처럼 들리는 가운데.

남의 속도 모르는 마차만이 계속 달려나가는 소리를 찢는 듯한 비명——

『소, 소라 공, 저는 어떻게 하면 좋겠습니까?! 이즈나에게는죄가없습니다부디이즈나에게자비를! 평소쓸데없이잘굴러가던악랄한외도의지혜를! 부디이즈나를구해주실방법으으을——!!!』

눈물에 몸부림치는 한심한 애원이 천공회랑에 쓸데없이 메아리쳤다.

"……뭐, 알았어. 그거 말고는 무슨 노망난 【과제】를 썼는지 남김없이 불어."

『네에~~이이네에이~~~이흐비버버버.』

——그리고.

이노의 자백을 한바탕 들은 후, 소라는 무겁게 고개를 끄덕였다.

"——음, 그렇군. 잘 알았어. 안심해, 이즈나를 죽게 하지 않을 대책을 발견했으니까."

『오, 오오오……!! 소라 공께서 태어나셨다는 과오에도 의미가! 오오 감사드리옵니다아!!』

마찬가지로 이해했는지—— 가방에서 꺼낸 자루를 머리에 뒤집어쓴 시로와 둘이서 고개를 끄덕이고——

"하지만 네놈에게는 안 가르쳐줘——!!!! 똥 싸고 잠이나 자!!!!"

"……영감…… 너의 죄를, 헤아려봐라…… 태어났던 것, 이외의……."

그야말로 *외도와 복면(라이더)—— 두 사람이 내민 가운뎃손가락이 대답이라고 선언했다.

——————.

의미를 알 수 없는 욕설을 BGM 삼아 나아가는 마차 위에서.

"저기, 두 분?! 대, 대책은 안 가르쳐주세요?! 누군가 걸리기라도 하면——!"

"……빠야의, 빠야…… 뽑으려 했던…… 영감, 만 번 죽어

* 소라의 대사는 망가타로의 만화 「지옥 코시엔」에서 외도고교 감독의 대사를, 시로의 대사는 「가면 라이더 더블」의 대사를 써먹은 것.

도, 모자라…….”

40퍼센트 정도 진심 어린 살의를 뿜어내는 시로에게 입을 다문 스테프. ——그러나 소라는.

한 사람의 【과제】를 모두 알아낸 소라는 웃으며, 인류어로, 짐칸에 이렇게 적었다.

——『과제를 뱉어내게 만들려는 거짓말이었어. 저 녀석 과제론 아무도 안 죽어.』

이노의 【과제】는 모두—— 주어, 목적어, 지시어.

대상, 시기를 지정하는 어구가 모조리 빠진—— 강제력이 없는 것이었다.

누가, 누구의, 무엇을, 언제, 어떻게 한다는 내용이 명기되지 않은 계약서와 마찬가지다.

72시간 기다려도 되고, 모기 수놈이라도 죽여버리면 달성. 이노의 주사위가 줄어들 뿐이다.

이런 얼빠진 짓을 저지르는 놈이 동부연합의 고관? ……해임해야겠네.

그리고 그때.

『그, 그러면 거래를 합시다아! 귀여운 낭자를 몇 명 소개시켜 드릴 터이니이이!!』

쩌렁쩌렁 울리는 간청조차—— 흣, 하고 비웃으며 무시하는 소라에게.

시로와 스테프는 유령을 보는 것 같은 얼굴로 목소리를 떨며 허덕거렸다.

"…………빠, 빠빠빠야, 어어, 어떻게 된, 거야……."

"소라, 괘, 괜찮아요?! 낙마해서 머리 부딪쳤나요?!"

그러나 소라는, 후우우 조용히 미소 지으며 우아하게 고개를 가로젓고, 대답했다.

"두 사람 모두 진정하시게나……. 남자아이는 나날이 성장하는 생물이라네."

오케이. 얼마 전 같았으면 0프레임 차이로 물어버렸을 낚싯바늘이다.

그러나 동부연합을 병합하고! 천상의 빛과도 같은 짐승귀들을 조물딱거려 하반신을 녹여주었던 지금은!

소라 18세, 여전히 길은 멀었으나――! 이제는 싸구려 떡밥에 낚일 사나이가 아니다!

『에르키아(소라공) 왕께 심취하여 『소라 님의 손아귀에 놀아나고 싶은 모임』을 자청하고 영문 모를 진술로 동부연합을 난처하게 만드는 동호회가 있사온데――』

"오오 벗이여 섭섭하구나!! 우리는 지금 막 평생지기를 맹세한 사이가 아니던가!!!"

――그러나 비싼 떡밥이라면 이야기가 다르다.

0프레임 차이로 낚싯바늘을 물고, 뜨겁게 뒤집어버린 손바닥에 바람까지 일으키며 소라는 부르짖었다.

어이가 없어―― 아니, 오히려 안도하는 듯한 시로와 스테프의 시선.

"소생의 얄팍한 지식 따위라면 얼마든지 빌려주겠으니, 자 소상히 들려주시게나 마음의 벗이여——!!"

그러나 이에 아랑곳 않고, 그저 배우처럼 과장된 몸짓으로 외치는 소라의 목소리에——

…………조용…….

대답한 것은 정적뿐—— 아니.

이제까지 61번, 완전히 익숙해져버린 어둠과 디스크 회전음뿐이었다.

여전히 달려나가던 마차가 61번째 칸을 횡단해, 어느 사이엔가 끄트머리에 도달한 것이리라.

"~~~~이번엔 '이벤트 중 로딩' 이냐?! 이거 완전히 '망게임 오브 더 이어' 를 노리고 만든 거 아냐?!!"

분위기도 읽지 못하는 『칸 이동(로딩)』에 콧김을 씩씩거리는 시로에게, 스테프가 눈을 흘기며 물었다.

"……그보다도. 다음이 【과제】 칸인 거 잊지 않으셨겠죠?"

"무슨 소리를 하는가 귀공! 그런 건 격렬하게 아무래도 상관없다고 바로 조금 전에 말하지 않았던가!!"

"그 예상을 완전히 벗어나 죽으라고 적혀 있던 걸 바로 조금 전에 보지 않았나요?!"

——가소롭구나. 사소한 일이다.

소라는 비웃음을 흘렸다.

노망 담당은 한 명이면 충분. 하물며 그 【과제(노망)】도 모두 무해한 것으로 판명이 났다.

어떤 【과제】가 됐든 최악의 경우에도 72시간 봉쇄—— 다시 말해 『소라 님의 손아귀에 놀아나고 싶은 모임』이라는 흥미로운 조직에 대해 자세히 물을 시간은 듬뿍 있다——!

그리하여 기염을 토하는 소라와 그 외 2명을 태운 마차는 첫 번째 주사위 굴림의 『눈』,

——『62번째 칸(목적지)』의 로딩—— 정정, 이동을 마치고 시야가 탁 트여——

………….

……………………어~ 음.

"아하, 아하하~ 영가암~? 내 손아귀에 놀아나고 싶다는 아이들의 자세한——."

"……빠야…… 빠야아……. 현실…… 봐아——앗."

——현실. 허어?

소라는 난감한 얼굴로 웃었다.

자랑스러운 여동생, 천재소녀 시로는 이따금 범부의 이해가 미치지 못하는 이상한 소리를 한다.

그것을 이해하고자 노력하는 것이 오빠의 의무겠지만—— 여기에는 이따금 난감함이…… 허어.

——마차에 타고 있었다. 분명히 그랬어야 한다. 그런데.

느닷없이, 맥락도 없이, 허공으로, 높이높이, 몸뚱아리만 내팽개쳐져.

문자 그대로 목하, 펄펄 끓어오르는 마그마를 향해, 절찬 줄없는 번지 중이라는.

이 현실감의 『ㅎ』자도 없는 상황을 『현실』이라 말하는 거니?

……하하하, 그럴 수가가가가가가가가ga——

헛도는 생각 속에, 그러나 조금 전에 읽었던 【과제】는 가차 없이 소라의 귓전을 후려쳤다.

——【과제 대상자는 즉시 공중으로 전이,

아래의 마그마에 떨어져 불탄다】

"아, 그러쿠나♪ 소라, 소라~? 역시 전 바보가 아니었어요~."

그리고 이어진 목소리는 바로 옆에서.

"달성이 불가능할 경우 사망하게 만들면 되는 거였어요오——이거처럼♡"

함께 공중산책 중인, 빛이 비치지 않는 눈으로 웃는 스테프의 말에 소라 또한 웃었다.

"핫핫핫, 자넨 정말 바보로군. 그래선 주사위 하나 말고는 회수가 불가능하다는 점에는 변함이 없지 않은가? 그런데 시로, 오빠의 명추리를 들어주렴…… **이거죽는거아녀?!**"

"어서 와, 빠야…… 하지만, 이제 곧…… 바이바이, 구나……."

——인간은 죽음에 직면했을 때 주마등을 본다고 한다.

그것은 궁지를 벗어나고자 온갖 기억과 지식을 검색해.

뇌가 한계를 넘어 비정상적으로 활성화하는 현상——이라고 한다.

이리하여 시간조차 정치하고——

가속하는 소라의 뇌리에는 방대한 기억이 맴돌았다.

소라의 손아귀에 놀아나고 싶어~라고 환성을 지르며 안겨드는 동물귀 소녀들.

머슬 포즈로 울끈불끈 흉근을 꿈틀꿈틀 움직이는—— 영감.

마구잡이로 달려드는 짐승귀 소녀들에게 『너희도 참, 사이좋게 지내야지』라고 웃는 자신.

근육으로 불거져 빵빵해진 교복 차림으로 오체투지를 하며 후광을 빛내는—— 영감.

짐승귀 소녀들의 하반신을 녹여버리고 후우…… 담배를 피우는—— 영감.

붉은색으로 흔들리는 천. 바람에 나부끼는 훈도시…… 붉은 —— 영ㄱ——

'난바보냐아아아아아이딴주마등으로죽는거야망할영가아아아아~~~아악!'

날조 기억과 지우고 싶은 기억 어디에서 도움을 얻으려 하는 거냐 이 머리는!!

완전히 혼란에 날뛰는 플래시백의 파도. 그러나.

"……빠야……."

한 방울—— 물방울이 떨어지듯.

희미한 목소리, 맞잡은 손. 그러나 떨리지는 않고, 바라보는 눈에도—— 죽을 거라는 생각은 없다.

——오빠가, 그렇게 두지 않을 거라고, 확신하는 눈으로 이어진 말은.

"……침착, 해……."

시간은 정지된 채, 파도치는 생각을 한껏 날카롭게 갈았다.

피부를 기어다니는 마그마의 열기에, 여전히 비명을 지르며 타들어가는 본능에, 일갈.

—— '거추장스럽다, 꺼져.' 라고, 소라는 명령했다.

맞잡은 손의 열기, 바라보는 눈빛에 호응하기 위해서는.

부자연스럽게도 느리게 다가오는 죽음—— 이 마그마의 『의미』를 한순간에 간파하려면.

——공포(네 놈)는 거추장스럽다고——!!

이를 부서져라 악문 소라는—— 그리하여 한순간에 해답에 도달했다.

——원래 같으면 이 【과제】를 쓴 자를 소거법으로 산출해야 할 것이다.

그곳에서 의도를, 돌파법을 열거하고 검증해, 써야 할 수를 밝혀내야 할 것이다—— 그러나.

마그마까지 앞으로 몇 초 미만, 이 짧은 시간 내에 그것이 가능한 사람은 소라가 아니라, 시로다.

따라서 소라는 소라의 방식대로 풀었다── 다시 말해.

펄펄 끓으며 부글거리는, 짓쳐드는 마그마…… 그곳에 떠오른 '악의'를──

"────배~짱도 좋구나아 네노오옴!! 나중에 두고 보자앗!!"

한 번도 거짓말을 하지 않고 자신들을 유도하고, 이용했으며, 나아가서는 먹이로 삼으려 했던 소년.

행복과는 인연이 먼 웃음을 달고 다니던 얼굴의 이면에, 숫제 순수하기까지 한 해의(害意)를 머금었던── 담피르.

── '플럼의 희미한 웃음' 이라고 단정하고, 직감의 증명은 뒤로 미룬 채.

"팬티 내놔."

"────네?"

스테프를 진지한 얼굴로 홱 돌아보고── 외쳤다.

"팬티 말야 팬티!! 팬티 쇼츠 스캔티!! 네 빤쭈──천연염료연한핑크리넨제두께0.8mm프릴빨강리본빤쭈말야그렇지아앙?!"

그렇게 스테프에게 송곳니를 드러내며 묻──아니, 그저 확인했다.

──『떠올린다』 연타로 루프했던── 깊이 마음에 새겨졌던 광경이 단언했다.

그 한순간. 시로가 내렸던 스테프의 팬티.

탄력성, 주름의 형태, 봉합, 봉재에 쓰인 실까지—— 틀림없다고!!

“죽는 순간까지 성희롱이에요……? 최후까지 자신을 관철하다니 멋지네요——.”

“……빠야…… 동정남인데…… 어떻게, 그런 걸 식별할……지식——.”

끓어오르는 마그마의 열기에 피부가 타들어가는 감각 속에서 오가는 체념과 경악을.

——동정남이니까 그렇지. 라고 속으로 받아치며.

“됐으니까—— 닥치고 불에 잘 타는 그 팬티를 냉큼 내놔아!!!”

귀기 어린 얼굴로 부르짖는 소라. 하지만 스테프가 이에 응하기도 전에——

“느히야아아아아아아아아악?!”

소라의 의도를 알아차린 시로가 스테프의 스커트에 손을 집어넣더니 팬티를 뜯어냈다.

그 기세에 회전해버리는 스테프를—— 신경 쓸 여유도 없이.

그리고 가방에서 꺼낸 식량(육포)을 스테프의 팬티로 싸더니——

눈앞까지 다가온 마그마를 향해 힘껏 던졌다.

——그 모습을, 이상할 정도로 느리고 뚜렷이 시인할 수 있었던 시야 속에서.

겨우 직감을 따라잡은 이성이, 소라의 ‘단정’에 근거를 열거해주었다.

――왜 스테프의 팬티가 아니면 안 됐던가?

――자신들이 떨어지는 속도보다도 빨리 '불탈' 물건이 아니면 위험하기 때문이다.

이 【과제】는 과제 대상자를 공중으로 전이시켜, 필연적으로 낙하시킨다―― 그러나.

그 문맥에서는, '마그마에 떨어져 불탈 대상' 까지 완전히 한정해놓지 않았다――!!

던져버린 팬티가 마그마에 닿은 것과 동시에―― 아니, 닿기도 전에.

얇은 리넨 섬유가 섭씨 1,000도에 필적하는 마그마의 표면에서 솟아나는 열기에 휩싸여.

화륵―― 스테프의 팬티(고기 포함)에 조그만 불이 붙은―― 그 순간.

――【과제 달성으로 간주한다】

울려퍼진 목소리와 함께 마그마가 사라지고, 대신 출현한 호수의 수면에 세 사람은 추락했다.

물속으로 가라앉으며 소라는 마지막 근거―― 플럼의 의도에 능글맞게 웃었다.

――이 【과제】라는 규칙, 문면과는 달리 자유도는 매우 낮다.

자신만 가능한 지정은 무효. 그러나 주사위는 빼앗되 빼앗기지 않도록 쓰려면.

이기려 하는 한, 72시간 봉쇄시키는 것 이외에는 아무것도 쓸 수 없는 것이다.

그러나—— '이기려 들지 않을' 경우에는.

알고 보면 누구나 순식간에 달성할 만한 【과제】를 제출하는 의도는—— 두 가지밖에 없다.

이노처럼 노망이 나 저질러 버렸거나, 혹은——

'72시간도 못 기다리겠어요오, 냉큼 주사위를 빼앗아 가세요오…… 그거냐?'

그렇게——『안 그러면 전 죽어요오』라고 하트마크와 함께 말할 것 같은 얼굴을.

그 행복과는 인연이 먼, 짜증나는 웃음으로 과제를 적어나갔을 플럼에게 소라는 쓴웃음을 지었다.

——그놈만은. 플럼만은.

주사위를 빼앗기는 편이 유리하다고——…….

"——푸하악! 허억…… 허억…… 사, 살았……나요?!"

물장구를 치며 수면에서 고개를 내민 스테프의 물음.

그러나 어렴풋이 들린 그 목소리에, 소라는 씨익 웃으며 속으로 대답했다.

————『NO』라고.

브브버버버버베베버버버버버버베베버버끄버————!!

수면에 요란하게 파문을 일으키는 기포는 번역하자면 아래와 같은 말이었다.

『나, 나는 신경 쓰지 마! 동생은, 시로만이라도 구해줘어어!!』

『……시로…… 마지막까지, 빠야랑…… 같, 이…… 가고……파.』

게임에서는 최강, 게임을 빼면 최약체인 두 사람은.

그야말로 『덧없음』을 체현하듯 종잇장처럼 얄팍한 목숨은.

마치 돌보다도 무거운 것처럼 물 밑바닥을 향해 순조롭게 침몰했다——.

■ ■ ■

"——시로. 나, 약속할게…… 이젠, 현실에서, 도망치거나 하지, 않아."

"……응…… 응…… 흑, 빠야, 시로, 도…… 이젠, 두 번 다시, 안 도망쳐……."

스테프의 필사적인 인양작업 덕에 간신히 살아난 침몰자 두 사람은.

눈물로 얼굴을 적시며 끌어안고, 함께 현실에 맞설 것을 굳게 맹세했다.

——헤엄을 배우자고.

"자아아아 소라! 이번에는 무슨 장황한 말을 늘어놓아 예상이 빗나갔던 데에 억지를 부릴 건가요?!"

흠뻑 젖은 채 숨을 헐떡거리고, 피로에 찌들었으면서도, 스테프는 맹렬히 벌떡 일어나 외쳤다.

물에 빠졌던 소라와 시로, 나아가서는 호수 밑바닥에 가라앉은 짐까지 끌어올리고——.

그래도 여전히 고함을 질러대는 경이로운 폐활량과 무진장한 체력에는 존경의 마음마저 솟아올랐다. 그러나.

——존경으로 체력이 회복되면 누가 고생해.

"……아냐, 이러면 되는 거야…… 예상대로——."

"분수처럼 입에서 쫄쫄쫄 물을 뿜고 여동생이랑 떨면서 눈물 젖은 목소리로 한다는 소리가 예상대로?! 인공어초가 돼서 물 밑바닥을 장식한다는 걸 예상했나요?! 참으로 자연친화적이시네요~?!"

……진심으로 빡쳤는지, 평소의 몇 배 이상으로 날카로운 비난. 그러나.

소라는 씨익—— 드러누운 채 물을 뿜으며 웃었다.

"담수호에 어초를 만들어서 어쩌게…… 자연보호라면 바다에 만들——."

"그. 게. 아니잖아요오!! 이 참상의 어디가 '예상대로' 냐고요!!"

처억—— 스테프의 삿대질에 소라는 '이 참상' 이라는 것을 생각해보았다.

——벌렁 드러누운 자신, 그 위에 엎드려 있는 시로, 소리를 질러대는 스테프.

조금 전까지 가라앉아 있던 호수에서 짐은—— 가방은 스테프가 인양해주었다.

내용물도 거의 무사할 것이다. 애초에 '이런 일' 을 상정하고 밀랍을 먹인 내수성 가방을 가져왔다.

소라와 시로의 스마트폰, 태블릿도 모두 목욕탕에서 쓸 수 있는 방수 사양이다.

그리고 【과제】를 달성해 세 사람의 가슴께에 떠 있던 주사위가 하나씩 늘어났다.

——이상 '참상' 이라 불린 현재 상황. 허어, 뭐가 문제라는 걸까?——

"서로 죽이려 하잖아요…… 어느 입으로 예상대로라고 말하는 거예요……!"

분한 듯, 책망하는 듯한 스테프의 목소리에 소라는 뒤늦게 깨달았다.

서로 목숨을 빼앗으려 하는 일은 없을 거라고 소라는 말했다 —— 그런데도.

이노와 플럼, 두 사람에게 죽을 뻔했던 '이것' 을—— '참상' 이라고 불렀다는 것을.

"……흐~음, 어느 입이냐고 해도, 안됐지만 입은 하나밖에 없어서……."

그렇게 중얼거리며 일어난 소라는 규탄하려는 듯 노려보는 스테프에게 돌아섰다.

여느 때처럼 태평하게—— 그러나.

"물을 뿜든 물고기를 뿜든, 이 입으로 몇 번이고 말하겠어——예상대로라고."

"……………………크."

털끝만큼도 흔들리지 않는 눈빛으로 단언한다.

자신도 모르게 움츠러든 스테프.

소라는 표표히, 젖은 셔츠를 쥐어짜며 말을 이었다.

"이 게임은, 모두가 동의해서 시작했다…… 있을 수 없는 전제지."

——그렇다. 있을 수 없는 전제.

서로 믿을 것, 배신하지 않을 것, 서로 죽일 것, 무녀의 죽음이 대가가 될 것.

합의 따위 개입될 여지가 없는 온갖 조건—— 그중 또 한 가지를,

" '올드데우스와의 게임' …… 나와 시로는 무조건 참가. 지브릴은 우리를 따라—— 호기심에서 참가하려나? 무녀님이 얽혔다면 이노, 이즈나도. 스테프도 뭐~ 분위기에 휩쓸려 참가했을지도."

소라는 물을 다 짠 셔츠를 다시 몸에 걸치며 희미한 웃음을 짓고—— 말했다.

"――근데? 플럼은 왜 이 게임에 참가했지?"

……스테프는 말문이 막혔다.

있을 수 없는 전제―― 그러나 있을 수 있는 전제에는 동의했고, 시작된 게임에.

그렇다면 애초에 참가할 이유도, 동기도, 의무도 없는 플럼은.

"이 게임, 이마니티(우리)보다도 더 생존이 위태로운 게 담피르(플럼)야. 그도 그럴 게 필드 어디를 가도 탁 트인 평지. 햇빛은 치명적이고 장기전 게임. 흡혈은 고사하고 체액 보급조차 기대할 수 없어."

사실상 절대로 골인할 수 없는 이상, 참가할 의무조차 없는 플럼은.

"그놈은 뭘 노리고, 뭘 조건으로 삼으면 동의하고 참가했을까――간단하지, 시로?"

그리고 각각 최소한은 옷에서 물을 짜 말린 멤버들의―― 가슴에.

플럼의―― 누구나 달성 가능한 【과제】 덕에 하나씩 늘어난 주사위를 가리킨 소라에게.

시로는 겨우 오빠의 생각을 따라잡은 듯, 기뻐하며 대답했다.

"…… '골인하지 않고 이긴다' ……는 게, 플럼의…… 노림수……."

그렇게 말하고, 빼앗은―― 아니, 플럼이 빼앗도록 만든 주사위를 만지작거린 두 사람은.

당당하게, 그리고 오만하게, 이마니티 최강의 게이머 『　　』

이 희미하게 지은 웃음은── 선고했다.

──잊었다면 몇 번이고 말해주겠노라고.

──『　　』에게 패배란 두 글자는 없다.

만사는 선언대로, 모두 예상한 대로.

함께 나아가노라 승리라는 두 글자로, 그저 필연대로──.

"…………그래요. 후후. 그랬, 지요! 그렇다면──."

중얼거린 스테프의 얼굴에, 이제는 불안의 기색이 없었다.

잊을 뻔했던 것을 다시 떠올린 것처럼 스테프는 안도에 활짝 웃었다.

스윽, 소라와 시로── 아니, 그들의 등 뒤를, 다시 말해 '그 너머'를 가리키며.

"……앞으로 어떻게 할지, 겸사겸사 저는 속옷을 어떻게 해야 좋을지도, 에르키아가 자랑하는 현왕 두 분이 예상했던…… 제 마음이 꺾이지 않을 만한 시나리오를 들려주시겠나요♡"

──그렇게, 눈만은 죽어버린 채, 공허하게 웃는 스테프가 가리킨 것.

과제에 따라 일시적으로 바뀌어버린 경치, 심지어 상공으로 전이해버렸던 일동.

직전까지 타고 있었던 말도, 짐수레도, 도망쳤는지 사라졌는지 그림자도 흔적도 없고.

도보로 갈 수밖에 없는, 아직까지 지평선도 멀리 펼쳐진, 길 없는 필드.

멋들어진 얼굴 그대로, 말없이 움직이지 못하는 소라와 시로의 뺨에…… 한 줄기 눈물이 조용히 흘러내렸다.

거짓말 같겠지만.

첫 번째 주사위 굴림이었다. 이것이.

이렇게 고생을 해서, 죽을힘을 다해 서 있는 이곳——『62번째 칸』은.

아직 몇 번이나 주사위를 굴리고 몇 번이나 고생을 거듭해 도착해야 할 곳은『289칸』앞.

——여기, 전체의 6분의 1…… 아직 초반, 인데……?

솔직히 말해, 소라는 없는 기억 속의—— 규칙에 동의했을 자신을 저주하고 있었다.

조금만 더 뭐 어떻게 할 방법이 없었느냐고. 이동 수단만이라도 말야——!!

"~~~~천리 길도 한 걸음부터!! 자, 다시 한 번 나에게 주사위를 모아『동행』하자!!"

마음을 놓으면 똑 꺾여버릴 것 같은 마음을 열심히 일으키고자 소라는 외쳤다.

첫 번째 주사위 굴림과 마찬가지로——『동행』이었다.

시로와 스테프에게 주사위『한 개』를 남기고, 남은 모든 주사위를 소라에게 모은다.

04:『동행』의 경우, 선언 후 동행자는 대표자 한 사람의 주사위

눈 수만큼 전진할 수 있다.

05: 두 명을 넘는 동행에서는 사용된 주사위에서 『총 동행자 수×수반자』만큼의 주사위가 사라진다.

세 사람이 『동행』하면 주사위를 굴릴 때마다 여섯 개나 되는 주사위가 사라지지만―― 어쩔 수 없다.

그만큼 굴릴 수 있는 주사위는 늘어나고, 눈의 수도 커져 【과제】 칸에 멈추는 횟수는 줄어든다.

앞으로 내민 소라의 손에, 스테프는 가슴께에 떠 있던 주사위 여덟 개를 쥐고 건네주――

――려다가, 문득.

무언가를 깨닫고, 고개를 숙인 채 물었다.

"……새삼, 스럽지만…… 왜, 저를 데리고 다니나요?"

――――――――――뭐……라고?

"미, 미안…… 솔직히 널 얕보고 있었다…… 처음 하는 게임에서 『최약 캐릭터 레벨업 없이 1인 파티 제약 플레이』라니――?! 너 이노오옴! 프로 마조히스트로구나?!"

"……빠야, 그거, 그냥…… *up주 실종, 확정 시리즈……."

"무, 무슨 말인지 못 알아듣겠어요!! 아니 그게 아니고……."

첫 번째 주사위 굴림부터 공갈에 가깝게 『동행』을 강요당했던 스테프는 의아함에 얼굴을 찡그리며.

* up주 실종 시리즈: 일본의 동영상 UCC 사이트 '니코니코 동화' 의 용어. 시리즈물을 up(업로드) 하던 주인이 사라져 갱신이 끊겼을 때 이 태그가 붙는다. 소라가 말한 것 같은 과도한 제약 플레이 UCC를 시작했다가 스스로 실종되는 유저들도 많다.

"이 『동행』 규칙…… 저를 두고 가는 편이 훨씬 유리한 거 아닌가요……?"

——왜 동행하도록 강요했는가.

겨우 깨달았는지, 위화감에 조심스레 중얼거리는 모습에, 소라와 시로는 얼굴을 마주보았다.

……정말 새삼스럽네.

그렇게 어이없다는 듯 웃음을 나눈다.

처음에 스테프를 속이고 공갈을 쳐 사용했던 주사위 『아홉 개』—— 그러나.

스테프를 데리고 『동행』하면 한 번 던질 때마다 한 사람에 두 개씩—— 합계 『여섯 개』가 소비된다.

게다가 【과제】를 달성하지 못하면 한 사람에 한 개씩 줄어——최악의 경우 주사위 굴림 한 번에 모두 소비된다.

주사위를 늘리고 눈을 크게 만들어봤자 소비도 늘어나면 결과는 마이너스다.

하물며——

"……소라와 시로만이라면—— 주사위 소비는 『두 개』면 되는 거 아닌가요."

그렇다—— 규칙에 이르길, 『두 명을 초과하는』 동행은 소비가 늘어난다.

두 명을 초과하는 동행——『초과』다. 『이상』이 아니므로, 여기에—— 둘은 포함되지 않는다.

소라와 시로, 『둘까지』라면 한 사람이 하나씩, 합계 두 개만 소비하면 끝날 일이다.

하지만 여기에 또 한 사람이 더해지면—— 그 순간 소비량이 세 배로 뛰어버린다.

"다시 말해 나랑 시로는 『동행』할 수밖에 없지만, 이 규칙은 나와 시로 이외가 사용할 의미가 별로 없다, 게다가 나랑 시로만이라면 몰라도 거기에 동행을 한 사람이라도 늘린 순간 불리해진다, 승산이 희박해지니 자신을 두고 가야 한다—— 그런 소릴 하고 싶은 거지?"

"어, 네에……."

곤혹스러워하는 스테프. 그러나 이에 대답하는 목소리는——

시로에게서 아홉 개, 스테프에게서 여덟 개를 맡아 『27개』를 보유한 자.

"——그럼 유감스럽게도 『틀렸어』…… 아깝네?"

40대 후반의—— 날카롭고 나직한, 대담한 웃음소리였다.

"이 『동반』 규칙도——분명 내가 추가했을 거야. 그러면——."

——이 『동행』 규칙이란 소라와 시로 이외에는 전혀 무의미하다.

『배신자』가 있으니 둘이 동행한다고 유리해질 일은 없으며.

세 명 이상이 동행하면 그저 불리해지기만 하는…… 아무도 사용할 의미가 없는 규칙.

그러나 소라와 시로에게는 필수라서 소라가 추가시켰을—— 그 규칙이.

——‘소라와 시로만(두 사람만)이라면 페널티가 없다’는 지나치게 편향된 것이라면.

다시 말해 ‘그런 편향성’인 거지, 하느님?——이라고.

“오히려 동행하지 않고선 이길 수 없다고 나는 생각하거든——자, 『선언』해줘.”

그리고 마지막 칸을—— 이 광대한 게임 보드의 아득한 저편을 노려보며.

그곳에 기다리고 있을 올드데우스를 도발하듯, 조롱하듯 웃으며 고한 소라의 말에.

인간의 몸으로 신을 꺾겠다고—— 이미 몇 번이나 제시했고, 미래(나이)를 거듭한 것 같은 얼굴과 목소리에.

시로도 스테프도, 자신도 모르게 얼굴을 붉혀버리며.

채근하는 대로, 소라의 손을 잡고—— 선언했다.

——『동행』——이라고.

울려 퍼진 그 말에, 소라는 가슴에서 『목숨(주사위)』을 쥐고, 허공에 튕겼다.

그 모든 것이 땅에 구르고, 숫자가 드러났을 때—— 그 숫자만큼 앞으로 나아갈 수 있다.

세 사람의 목숨 중—— 10분의 2를 대가로.

존재했던 시간, 나이, 목숨을 소멸시키며 나아가 도착할 곳은—— 과연 어디일까?

소라와 시로는 웃으며. 스테프는 떨며. 굴러가는 목숨이 가리킨 방향을 바라보고——……

■ ■ ■

——바라보고 또 바라보기를 30분이 흘렀다.

“처음 굴렸을 때도 같은 말을 물었지만요…… 뭘 하는 건가요?”

“처음 굴렸을 때도 똑같은 대답을 했을 텐데! —— ‘의식’ 이다!!”

“…… ‘난수 해석’ …….”

——긴장감 따위, 이미 멀리 떠나버리고.

쪼그려 앉아 묻는 스테프 1.8세에게 즉시 대답한 것은 소라와 시로—— 다시 말해.

여자 아기 둘을 데리고, 상반신 알몸 물구나무서기를 한 백수 동정남 대략 50세 골방지기 게이머라는.

폴리스 즉시 신고, 범죄 냄새 풀풀, 상황증거만으로 체포부터 기소까지 확정인.

유죄를 약속받은 기괴함이었다.

“……빠야, 다음…… 횃불, 쪼그려서, 좌우로 움직, 이고…… 던져.”

“아니, 저기요…… 좀 더 자세히 설명해주셨으면 하는데요?”

한순간 중후하고 의지할 만한 아저씨로 보였던 모습도 이렇게 보니 정신을 의심케 만드는 그냥 오빠(소라)다.

“자신에게만 가능한 과제는 무효, 동행 규칙. 둘 다 내가 넣은 거라고 했는데——.”

그리고 30분 전과 마찬가지로──『하나』만 주사위를 던지며 소라가 말했다.

02: 주사위 보유자는 보유한 모든 주사위를 굴려 눈의 수만큼 칸을 나아갈 수 있다.
03: 주사위는 굴린 후에 랜덤하게 눈이 확정되며, 그 후 사용된 것 중 『하나』를 잃는다.

"이 주사위 규칙도 아마 우리가 지정했을 거야."

"……빠야, 다음…… 한 발, 물러나서…… 브리지, 로…… 굴려."

시로의 지시대로 브리지를 하며 또 다시 주사위를 하나 던지고, 괴로워한다.

그러면서 소라는 스테프에게도 말이 아니라── 행동으로만 대답했다.

브리지한 채── 평소에도 들고 다니는 자신들의 평범한 주사위 스무 개를 던져.

──이를 모두 『6』으로 맞추는 모습으로.

"이 정도, 손재주(테크닉)로 하는 주사위 조작…… 정도야, 누구에게나, 가능, 하잖아!"

……가능하긴 누가 가능해.

시로에게는 스테프의 마음 속 목소리가 들린 것 같았지만 실제로는 정말 누구에게나 가능하다.

초상적 오감이 있는 이즈나나 이노, 지브릴이나 플럼이라면 마법으로라도.

그것을 금지한다고 처음 말을 꺼낸 것이 누구인지는 알 수 없다. 그러나——

소라가 말을 이었다.

"하지만 주사위 조작을 금지해놓고 『랜덤 씨』처럼 애매한 걸 올드데우스에게 맡겼다가는 아무도 골인하지 못하게 주사위를 조작당할 수도 있지. 증명이 불가능한 속임수, 우리는 필패. 이걸 내버려둘 수 있겠어?"

"……빠야, 다음…… 지면에, 파고들어, 서…… 굴려……."

지시대로 지면에 얼굴을 묻은 소라는 또 하나 주사위를 굴렸다.

"거기다가 『랜덤』이라고 하면 『랜덤 씨』를 구체적으로 지정한 놈이 있겠지."

그리고 시로에게 시선을 돌리며, 말했다.

"——분명, 여기에."

굴러가는 주사위의 윗면에, 어지럽게 떠올랐다가는 사라지는 숫자를 바라본 채.

시로는 어딘가 으스대는 표정으로 브이, 손가락을 세우고 대답했다.

주사위 조작을 '올드데우스도 불가능' 하도록 금지했다면.

이쪽에서 특정한 유사 난수열—— 랜덤 함수를 지정할 수밖에 없다.

기억의 소거가 개시 조건이라면, 그 순간 사실상 아무도 조작할 수 없는 랜덤이 완성된다.

"단! 시로가 지정했다면—— 확실하게 '어떤 조건'으로 지정했을 거다!!"

"…… '참조치' …… 밝혀내면…… 난수 조정…… 원하는 숫자, 낼 수 있는 지정……."

그리고 이것이 바로 자신들의 잔꾀라는 근거, 라고 소라는 사악한 웃음을 지으며.

"보유한 모든 주사위를 굴려 나아간다—— 하지만, 동시에 굴리라는 규칙은 없지?"

그렇다면—— 하나씩, 조건을 바꿔가며 굴리면 참조치를 밝혀낼 수 있다.

"알고는 있었지만…… 진저리가 날 정도로 든든한 야바위꾼이네요, 두 분 모두."

"……그럼, 빠야…… 다음엔, 아래, 도…… 벗고, 한 걸음, 물러, 나서……."

"——시로, 나 슬슬 참견해도 될까? 옷의 유무를 참조치로 삼을 가능성이 정말로 있냐?"

흘겨보며 중얼거리는 오빠에게 시로는 속으로 대답했다—— 있을 리가 있겠냐고.

시로가 지정한 『랜덤』이라면 편향이 특징적인—— 로○싱 사가 3의 난수 루틴이다.

그렇다면 『참조 어드레스』도 시로가 완전히 기억할 수 있는

『걸음 수』와 『경과 시간』이다.

그러나――

"……있어…… 시로, 의…… 취향, 때문에……."

"무슨 취향인데……. 난수 조정할 때 내가 다 벗어야 할 필요성이 있으면 어떡하려고!"

"……? 다, 벗으면, 되지……."

"여자 아기 둘을 데리고 있는 풀 오픈 중년이라니, 폴리스 부르고도 남잖아?!"

……이미 늦었다고, 시로는 몰래 생각했지만.

체념했는지 푸른 하늘을 바라보며 쥐어뜯은 풀로 스테프가 풀피리를 불어, 맥 빠진 소리만이 울려 퍼졌다.

제2장 과잉해석(過剩解析)

Whodunit

죽음의 틈새를 떠돌며, 무녀는── 아득한 꿈을 꾸었다.

그것은 머나먼…… 죽음이 있는 존재는 영원히 이르지 못하는, 멀고도 오래 된 기억.

누구도 찾지 않던 소녀가, 영원을 홀로 헤매다, 마침내는 잠에 드는── 그런 꿈을…….

──────…………

소녀가 처음으로 인식했던 것은── 창조에 꿈틀거리는 세계였다.

창조와 파괴조차 아닌, 창조가 창조를 덧씌우기만 하는 꿈틀대는 천지에.

소녀는 물었다──『여기는 어디』라고. 『나는 누구』라고.

아직까지 대답할 이 없던 세계에, 그럼에도 대답했던 것은── 소녀의 『신수』였다.

『신수』는 대답했다──『이곳은 별』이라고. 『그대는 신』이라고.

그러나 이어진 소녀의 물음에 『신수』는 대답하지 못했고, 그저 영원히 침묵했다.

——『신이란 무엇』이냐고——…….

영원한 침묵, 소녀는 그저 홀로 붓을 들어, 묻고 또 물었으며 쓰고 또 썼다.

그저 한 마디, 대답해줄 무언가를 하염없이 기다리던 끝에 찾아왔던 것은 그저 전쟁의 불길이었다.

별을 부수고 다투는 신들에게, 소녀는 기뻐하며 묻고—— 무위의 대답을 얻었다.

당신은 누구—— 나는 신이다.

신이란 무엇—— 신이란 신이다——…………

——소녀는 모른다. 그러나 기억을 떠도는 무녀는 안다.

그 별에는 아직까지 『왜』라 물을 수 있는—— '자아'가 없었던 것임을.

무릎을 끌어안고 영원히 물었던 고독한 철학자는 실의에 빠진 채—— 영원한 잠에 들었다.

유구의 끝에 단 하나. 마침내 얻을 수 있었던 해답만을 사랑스럽게 품고——

【——그렇다. 그대에게 깨어났을 때까지.】

울려 퍼진 목소리에, 멀리서 떠돌던 무녀의 의식은 떠올랐다…………

————…………

『……허어……? 뭐고, 내 아직 살았네?』

주위를 둘러보려 하다가 무녀는 눈이—— 아니, 일체의 감각이 없음을 깨달았다.

빛도 어둠도 없는 가운데, 들려오는 것은 의식 속에 울려 퍼지는, 귀에 익은 목소리였다.

【——아니. 이 손을 놓으면 당장이라도 그 영혼은 안개로 사라질진저.】

오랫동안 자신의 안에 담아두었던 『신수』, 소녀(신)의 말뿐이었다.

여느 때처럼 온도가 없는, 무감정 무기질——하게 들리는 목소리에.

『그랬나. 캐도 죽었으면 말도 몬하지 않나? 하면 안개될 때까지는 별거 아이네.』

보아하니 말 그대로 '신의 손바닥 위' 에—— 영혼을 붙들린 모양이다.

깔깔깔, 입도 목도—— 몸조차도 없는 것 같았지만. 무녀는 웃었다.

그러나 그것이 마음에 안 들었는지.

【——그대. 신을 기만했던 분수를 알라.】

그렇게—— 한순간, 무녀의 의식은 확실하게 단절되었다.

신이 힘을 담은 손바닥 위에서, 정말로 '죽었던' 것이리라——그러나 그러고도 여전히 표표하게.

올드데우스를 속이고 이용했던—— 그것은 인정했다. 당당히. 왜냐하면——

『'속은 놈이 잘못이다' 카는 건 이 세계(디스보드)의 규칙 아이었나?』

——다시 의식이 끊어졌다. 또 한순간 죽었던 것일까.

『너무 스스럼없이 생사왕복시키지 말그라. 내 간 떨어지겠네——아, 간도 없었제?』

【——두 번이나. 기만하였다.】

단죄하는 신의 말, 『십조맹약』이 없었다면 그것 하나로도 소멸을 면치 못했을 말. 그러나.

『머고, 느그 삐짓나? 고라믄 게임은 예정대로 진행댔나보네.』

그렇다. 계획했던 대로 진행되고 있다면——.

대답 대신이라는 양, 일체의 오감이 사라졌던 무녀에게 시야가 열렸다.

나선을 그리는, 칸 위에 구분된 대지를, 참가자들이 저마다 나아가는 것이 보였다.

보아하니 상황은 모두 예정대로 진행되고 있는 듯——

『——느그, 질 기다?』

머리 꼭대기까지 죽음에 잠긴 상황조차도 잊고 무녀는 즐거워하며 웃었다.

【그렇다. 숙주에게 두 번이나 기만당한 신도 있으니——무엇이든 있을 수 있고, 무엇이든 없을 수 있으리.】

그렇게 말하는 그녀(신)의 얼굴은 보이지 않는다.

그러나 목소리에는 어떤 감회도, 관심도, 흥미도 없었다.

아무것도 바라지 않고, 아무것도 기대하지 않고, 균등하게 무가치하며 무의미하다고 내뱉듯——

【무엇이 되었든 상관은 없다. 이기더라도 패하더라도——『결말』이 달라질 뿐. 『결론』은 변함이 없을지니.】

——마치…… 삐진 어린아이처럼.

【그대가 기만하고 배반해—— 신(짐)을 팔았던 시점에서 그대가 원하였던 해(解)(정석)의 한계는 변함이 없노라.】

그저 그 자각만이 없는 소녀에게 무녀는 쓴웃음을 지었다.

무녀는 안다—— 아니, 이해는 못한다. 그저 그렇다는 것만을 안다.

올드데우스—— 초월종(그녀)에게는 시간조차 자신들과 다른 척도로 보인다.

무수한 분기미래, 가능성세계조차도 부감해 둘러보는 그 눈에는 이미 이 게임의 결말이—— 자칫하면 그 너머까지도, 무수한 확정사항으로 보이리라.

그러나.

『바뀔 기다…… 결말도, 결론도, 느그하고 같이.』

——소용없는 것이다.

애초에 무녀에게 속았던 시점에서, 신도 알지 못하는 것이 있음은 자명하다.

하물며 '이 아이' 라면 더더욱——

무녀는 그렇게 목소리에서 웃음을 지우고.

『내는 느그를 속이고 기만하고 배신했데이. 한 번은 본의 아니게, 두 번은 본의로. 근데——』

살짝 쓸쓸함으로 목소리를 물들이고, 무녀는 일부러—— 도전적으로, 말했다.

『거짓말 친 적은 없었다. 기를 모르는 게, 느그한테 보이는 한계다.』

——무녀가 '자신을 팔았다' 고 말한 그 시점에서.

초월종의 인식, 이해가 미치는 범주 따위 기껏해야…… '그 정도' 인 것이라고 말했다.

『내는—— 저그들은, 그 너머로, 느그도 데려다줄 기다.』

그렇기에 굳이 대담하게 단언한다.

『'의심은 신용과 같은 뜻' 인 기다. 신(느그)도 알 수 없고, 한번은 내도 포기했던—— 결말도 결론도 이 세계랑 같이 끌고 가서 바꿔 삐는—— 그런 미래를 끌어당기는 손—— 느그는 구경하고 싶지 않나?』

————.

【그것들이 끌어당기는 것—— 과연. 저것이 그대들이 '구경거리' 라 부르는 것일 테지.】

그렇다. 신의 눈이 포착한 광경.

무녀에게 공유된 시야에 비친—— 다가오는 자들의 모습에.

………….

『아, 아마…… 분명…… 어—…… 내 설불렀나……?』

——괜찮……을 것이다. 분명, 아마도…… 어쩌면——.

■ ■ ■

——152번째 칸.

세 번째 주사위를 던져 나온 눈은 『84』, 목적지는 204번째 칸…….

시로의 지도에 따르면, 루시아 대륙 엘븐가르드 령 하이웨스트 주를 스치는 평야.

벽옥색으로 녹아드는 바위로부터 반쯤 사막이 되려 하는 불모의 황야에서.

신조차 모르는 가능성의 끝에 이르렀다고 높은 곳에서 주목을 받는 자들은—— 지금.

"히이얏하아아아인간의다리따윈똥이라고도구에의존하는게짱이지이이!"

——인간의 가능성은, 육체가 아니라 지혜에 깃든다! 고 드높이 외치며.

바람을 찢고 황야를 가르고—— 할리를 몰아.

종지부의 끝으로, 대기에 터지는 엔진의 폭음과 함께 문자 그대로 폭주하고 있었다.

"소, 소라아——?! 이게 뭔가요오오~~~~오오오?!"

"……빠, 빠야…… 소, 속도…… 낮, 춰……."

비명을 지르는 약 2세 여아 두 사람을 사이드카에 욱여넣은 중년 사내가 부르짖었다.

"멋없는 소리 말거라 동생아! 들리지 않느냐—— 바람이, 빛

이 되라고 말하는 목소리가아아!!"

라이더 고글 안쪽에서 광기가 깃든 눈으로 알아들을 수 없는 소리를 지껄이는 오빠에게.

시로는 생각했다. ──사태는 몇 시간 전으로 거슬러 올라간다……고.

──────…………

게임 개시로부터 18일── 식량이 떨어졌다.

"아~몰랑 싫어…… 아몰랑 집에 갈까봐…… 아몰랑 다 끝났어…… 다 죽는 거야아아하하하하."

"……빠야……시로……골인, 해도…… 돼……?"

"아, 핑크색 코끼리가 날고 있어요~…… 저거 타면 금방 가겠네요~♪"

세 사람은 아직까지도 두 번째 주사위 굴림── 난수해석(의식)을 거친 『58』번째 칸을 유령 같은 발걸음으로 걷고 있었다.

……애초에, 일찌감치 마차를 입수했던 것이 기적적인 행운이었다.

그 마차를 잃고, 대신할 교통수단을 조달하고, 심지어 자전거까지 자작해 나아갔으나──

580킬로미터에 이르는 길 없는 길(오프로드)은 그러한 급조 교통수단에는 너무나도 가혹했다.

고생고생해 마련한 교통수단을 잃을 때마다 꺾이려 하는 마음에── 어느 샌가.

——아몰랑 그냥 걷는 게 낫겠다.

세 사람은 그저 느릿느릿, 자신의 발을 내디디기 시작했다.

소라와 시로의 과제에 걸린 사람들 덕에 주사위만은 순조롭게 늘어난다—— 하지만.

햇살을 피하고, 비를 긋고, 야생동물에 겁을 먹는 세 사람은 그저 무심히 걸을 뿐이었다.

이리하여 2주 이상, 식량도 다 떨어지고, 마침내 절망이 입에서 흘러나오려던—— 그때였다.

시야가 어두워지고—— 119번째 『칸 이동(로딩)』 끝에—— 목적지(그곳)에 도달했다.

주사위 눈 『58』이 가리켰던 120번째 칸…… 【과제】의 칸에.

탁 트인 황야에 오도카니 선 세 사람과, 마찬가지로 오도카니 선—— 팻말.

——【이 이륜차의 메이커 이름을 답하시오.

맞히면 가져가도 좋음!】

소라와 시로 자신이 썼던 문언 중 하나가 낭독된 팻말 옆에, 그것이 있었다.

연료가 가득하고 사이드카까지 달린, 엔진을 그르릉거리는, 대배기량 대형자동이륜차.

이번에도 소라와 시로만이—— 행여나 지브릴이라면 간신히 답을 맞힐 수 있는 과제—— 그것은 곧.

──『할리데이비슨』.

다시 주사위를 굴리고, 소라는 신을 목격한 기적의 웃음으로 할리에 올라타──

"핫하아!! 과제의 절반 이상을 『교통수단』에 썼던 보람이 있었구나앗하하울부짖어라V형수랭DOHC에볼루션엔지이이인!! 나선의 지평선을 달려 내가 가노라 우주(하늘) 끝까지이이!!!"

──그리고 이 꼴이었다.

"……빠, 빠야, 면허, 있었, 어……?"

바람에 얼굴을 얻어맞는 공포를 얼버무리고자 시로는 해답을 뻔히 아는 질문을 했다.

있을 리가 있나. 대형 바이크 면허는 고사하고 가정용 자전거 외에는 몰아본 경험도 없는데.

커뮤니케이션 장애 골방지기 백수에게는 그런 것을 가질 동기조차 없다.

"할리를 모는 면허? 헹, 있고말고──."

그러나 심장을 엄지로 척 가리킨 오빠의 대답은 예상을──아득히 뛰어넘는 것이었다.

"뜨거운 아저씨 소울과! 아메리칸 스피리츠가!! 여기(하트)에 있고말고오!!"

"……빠야랑, 시로, 일본 사람……. 야마토 정신도, 있을지 애매한…… 골방지기."

시로와 스테프의 주사위를 모은 소라 동정남 잠정 43.2세의 외침은――
"……게다가 '연령 사칭' ……. 제정신, 으로, 돌아와줘……."
외견이 몇 살이든 알맹이는 소라 동정남 확정 18세라는 주장에 반박되었다. 그러나.

"동생이여, 진정하십시오…… 오빠의 마음은 전에 없을 정도로 열반의 경지에 이르렀답니다. 제 말을 들어보시겠습니까?"
부처의 미소로 또 그런 말을 꺼내는 오빠에게 시로는 불안하게 고개를 끄덕였다.
이 맥락 없는 변화야말로 전혀 들어줄 가치가 없는 말이라는 증거지만――
"당신은 태어난 나라로 사람을 구별하는―― 그런 슬픈 말씀을 하는 것입니까?"
――위 아 더 월드, 위 아 더 칠드런.
지금이라도 그렇게 노래를 시작할 것처럼 소라는 고글 너머로 먼 곳을 보았다.
"일본에 태어나지 않고서는 일본을 알 수 없는 것일까요? 정신을 느끼고, 전통을 존중하는 것이…… 일본이라는 지도에 그어진 틀 속에서 태어나지 않고서는 불가능한 일일까요? 이 오빠는 그렇게 생각하지 않는답니다."
"……어…… 그, 그치만, 빠야――."
"미국―― 좋은 예지요. 아메리칸 인종은 원주민뿐―― 그렇지 않습니까?"

"……으, 응…… 이민의, 나라, 니까…… 그치만."

"그러나 미국에서 태어난 자들도, 이주한 자들도 미국을 자랑스러워합니다. 마음을 접하며 마음을 이해하지요. 틀(국가)이 아니라 중생들이 쌓아온 문화(마음)를 접했을 때── 그 사람에게도 마음이 깃드는 것입니다."

──그렇기에 태생의 문제는 아니라고.

부처 스마일, 아니, 이제는 금강역사 스마일로 부르짖는 오빠를 보며 시로는 확신했다.

"할리(마음)를 접하면서 AMERICAN이 깃든── **나는 이미 아메리카다아!**"

──어떡해…… 빠야가 망가졌어어…….

"어, 게, 게다가 도로도 아니고 말이지? 지구의 법률은 상관없고 말이지? 단속(폴리스맨)도 없고 말이지?"

그렇게 우물우물 치킨 하트처럼 첨언하는 자칭 아메리카. 그리고.

"시로, 기분 탓은 아니지요~? 소라는 이미 글러먹은 거지요?"

시로 잠정 2.2세와 함께 사이드카 안에서 짐짝에 깔린 스테프 잠정 1.8세.

절망에 해쓱해져 중얼거리는 그 의견은, 억울하기는 하지만 시로도 완전히 동감이었다.

"게, 게다가── 그게, 슬슬 심각한 문제가 있지 않나요……?"

"문제?! 문제 따위 있을 리 있나! 아메리카에서 싸랑을 담아── 렛 잇 비(될 대로 되라지)!!!"

"……빠야…… 비○즈, 는…… 영국……."

"될 대로 되면 어떡하라고요!! 시, 시로는 이미 아시겠지만요 자연의 부르심이──."

"……시로는, 미소녀…… 미소녀는, 화장실…… 안 가……."

"어, 뭐라고오?! 엔진이랑 바람 소리 때문에 안 들려! 큰 소리로 말해!!"

오빠가 주인공성 난청(물리) 발병에서 오는 성희롱이라는 대형 기술(콤보)을 물 흐르듯이 작렬시켰지만 물 흐르듯 무시. 시로는 스테프를 짓누르는 짐 속에서 태블릿 PC를 꺼내며 생각했다.

……오빠가 이렇게까지 망가진 건, 오히려 정상이라고.

──게임 개시로부터 18일 이상…… 정확하게는 436시간하고도 18분.

식량은 떨어지고, 피로는 쌓이고, 하물며 소라 일행은 잠도 거의 못 잤다.

몬스터가 아니라도 들개에 벌레에 기후…… 인간이 죽기에 충분한 위험은 어디에나 있다.

안심하고 휴식할 수 있는 환경조차 드문 장시간 여행── 망가지지 않는 것이 이상하다.

……단 한 사람, 걷다 지치면 등에 업어주고, 누우면 품에 안아주어.

어디에서도 숙면을 시켜주는 최고의 휴대용 침구—— '빠야'가 있는 시로를 제외하면.

그렇다면 이제부터는 자신이 할 일은.

시로는 그렇게 속으로 중얼거리고, 생각을 시작했다—— 상황정리 개시.

——각 주사위 보유 숫자 및 잠정 연령은—— 아래와 같다.

소라『24개』—— 43.2세.

시로『2개』—— 2.2세.

스테프『1개』—— 1.8세.

지금 시로와 스테프를 어리게 한 것은, 당연하지만 할리 면허(아저씨 소울) 때문이 아니다.

어려지면 필요한 식량을 줄일 수 있다. 걸을 때는 체력을 우선시해 주사위를 재분배했다.

시로가 두 개이고 스테프가 하나인 것도, 시로의 과제가 우연히 돌파되어 0이 되지 않도록 하기 위해서였다.

상황에 대처해 적절하게 주사위 조정을 되풀이했기에 여기까지 올 수 있었던 것이다—— 그러나.

그때마다 발생하는 부담을, 한 마디도 불평하지 않고 짊어졌던 것은—— 오빠였다.

그 결과 소라는—— *굉침되지 않은 것은 단지 기함이기 때문이다, 라는 생각밖에 들지 않는 대파 상태였다.

---

* 일본의 브라우저 게임 「함대 컬렉션」에 빗댄 이야기. 함대의 기함은 아무리 파손되더라도 내구력이 1로 유지되는 시스템이 있다.

스테프는── 요구와 함께 생각에서 제외.

*애초에 팬티가 없으니 창피하지 않아 정신으로 강하게 살아가도록── 결론.

'……빠야의, 식량…… 빠야가, 숙면할 수 있는, 환경…… 확보 급선무…….'

──현재 위치, 152번째 칸.

엘븐가르드 영토 내 하이웨스트 주 최서단을 스쳐가는 중이다.

주사위 개수──『목적지』까지 남은 칸수, 잠정 소요 시간과 필요 연료──

"…………아."

태블릿 PC의 액정을 핀치아웃해 지도를 확대한 시로는.

현재 좌표 칸에 '어떤 것' 이 간신히 담겨 있음을 발견하고, 목소리를 냈다.

즉시 계산식── 아니, 타산식을 산출해, 속삭인다.

"……빠야…… 여기, 동쪽 2.4킬로미터…… 작은 마을…… '여관' …… 있어."

"여관?! 여관! 여관좋네요2주도넘게목욕도못하고노숙만했으니까요!!"

그 속삭임에 소라보다도 먼저, 짐과 시로에게 깔린 스테프가 전력으로 반응했다.

* 애니메이션「스트라이크 위치즈」의 대사 패러디. 팬티가 아니니 창피하지 않은걸!

——화장실도 있고요, 라고는 말 못하는 스테프를 흘끔 보고 시로도 고개를 끄덕였다.

그러나 소라는 슬쩍, 의아하다는 듯, 눈썹을 모았다.

당연하다고, 시로는 내심 생각했다.

'목욕' 이라는 키워드가 나왔는데 자신(시로)이 싫어하지 않았으니까—— 그러나.

"됐으니까요! 얼른 가세요오! 빨리, 빨리 자연, 자여언!!"

"……넌 사방이 자연인데 이 상황에서 자연을 왜 찾냐……?"

"지금. 당장! 가지 않으면—— 여기서 뛰어내리겠어요오!!"

"아, 알았어. 알았다고오! 체엣, 분위기 잘 타고 있었는데……."

그것이 양초가 다 타들어가기 직전에 보이는 최후의 광채임을 알아차리지 못할 정도로 신이 났던 소라는.

입을 비죽 내밀고 투덜투덜—— 차체를 기울였다.

화려한 드리프트로 사이드카를 띄우고 모래를 피워올리며 턴해——

"흐끼야아아아악이탈것은이렇게안하면꺾지못하나요오오?!"

"그 렇 다!!"

——찰나의 망설임도 없이 즉답하는 오빠의 거짓말에 시로는 감동마저 느꼈다.

"그렇군요오호오! 그럼 어쩔 수가 없네요오우와아아~~아아아앙!!"

스테프의 비명을 경적 삼아, 바이크는 조그만 숲으로 향했다.

■ ■ ■

——같은 152번째 칸…… 우연히도 같은 시각.

그 소리(경적)마저 추월할 듯 네 발로 땅을 박차는 사내의 모습이 있었다.

거무죽죽한 붉은색 오라를 두른, 주사위 네 개의 하츠세 이노——잠정 39.2세였다.

붉은 증기는 비등해 증발한, 펄펄 끓는 혈액——『혈괴』의 증거였으나.

“예, 그야 제 실수이지만요? 일말의 불순물도 없는 제 부주의였지만요?”

——거무죽죽한 색은, 이빨을 드러내고 웃는 짐승의, 끓어오르는 살의의 증거였다.

이노는 개빡쳤다. 전에 없이 노발이 충천했다.

두 굴림 전, 이노는 어떤 칸에 멈추어, 그곳에서 울려 퍼진 목소리를 들었다.

——『가랑이의 물건을 잘게 썰어 세상을 위해 죽는다』라고 자신이 썼던 【과제】——죽음을.

자연스레 이노는 눈을 감았다——타인을 죽이는 게임이니 죽을 수도 있다.

이미 다졌던 각오, 당연한 응보. 다만 무참히 잘게 썰릴 자신의 아들을 위해 한 방울 눈물을 흘리고.

그렇게, 모든 것을 받아들여 죽기만을 기다리기를 몇 분이었던가, 몇 시간이었던가—— 겨우 깨달았다.
구체성이 없는 자신의 과제에 강제력은 없다……는 것을.

——동시에, 손녀(이즈나)가 자신의 과제에 걸리지 않도록 계속 기도했던 이노는 안도해 울부짖었다.
기도했다…… 한 시간마다 땅에 엎드려 무녀님께 간원했다. 참회와 후회로 몸을 태웠다.
기도했다…… 태어나서 처음으로, 그 유일신에게조차 성심성의껏, 피눈물을 흘리며 애원했다.
하늘에 계신 전능하신 꼬맹이놈아, 가끔씩은 좀 괜찮은 짓거리를 해보는 게 어떠냐, 라고.
기도는 이루어졌다. ——귀여운 이즈나가 자신의 어리석음 탓에 죽는 일은, 없었던 것이다.
그러나 그것을 이루어준 것은 선의가 아니라——『뿌갸아—』하고 비웃는 목소리.
이리하여 깨달았다—— 이 세상에 선의의 기도를 들어주는 존재는 없음을.
이 세상은 그저 악의로 가득 찼다…… 시정해야만 한다.
일단은, 분명 알고 있었을 터인데도 자신을 도발했던—— 그 원숭이(소라)부터.

——이노의 당초 의도는 이러했다.

자신과는 달리 똑똑한 이즈나는 이 게임의 진의를 반드시 깨닫고 승리할 것이다.

그렇다면 자신은 확실하게 소라를 말살하고, 기회가 생길 때 이즈나에게 주사위를 양도하면 된다.

그러나── 이제는 그래서는 안 된다고, 이노는 목숨을 깎아가며 골을 향해 질주했다.

골인하면 모든 요구가 이루어진다── 그렇다면.

── '소라 공을 죽인다' 는 세계의 승리를 향해 달려야만 하는 것이다──!!!

이성은 말한다…… 자업자득이라고.

타인을 죽이려 했던 대가가 이 정도라면 오히려 관대하기 그지없다.

왜 인간은 다투는가── 평화를 위해 다툰다니, 본말전도가 아닌가.

그러나 사태가 이 지경에 이르러, 새삼스레 똑똑한 척해봤자 소용이 없다.

왜 다투는가? ──어리석기 때문이다.

스스로 자기 목을 조르고 혼자 빡친 멍청이는, 그렇기에 멍청이답게 외쳤다.

──말인즉슨.

"그 낯짝에 주먹을 한 방 꽂아주지 않고서는 직성이 안 풀리겠다, 그놈의 망할 원숭이!!"

그건! 그거——!!
이건! 이거——!! 라고!!

"에~ 실례——라고는 털끝만큼도 생각하지 않습니다만, 하츠세 이노 님이십니까?"

……그런 각오를 다지고 목숨마저 깎아가며 음속을 돌파할 기세로 달리던 이노를.

유유히 따라잡은 엉터리 생물—— 지브릴이 갑자기 물었다.

"하하하…… 새대가리는 어쩔 수 없지만, 새들도 눈은 좋은데 말이지요."

모습이 젊어지더라도 이 게임에 남성 워비스트는 한 명뿐 아니냐고.

그렇게 비아냥거리는 이노에게, 새대가리(지브릴)는 무언가 책을 보더니—— 살짝 고개를 끄덕이고.

"면목이 없습니다…… 워비스트(개짝퉁개)와 짐승의 구별 따위 이족보행이냐 사족보행이냐 이상으로는 딱히 마음에 둔 적이 없는지라. 하물며 성별 따위—— 아, 이런 건 어떠신지요. 그대로 영원히 사족보행을 해주신다면 한꺼번에 『짐승』으로 분류하여 사전의 항목이 하나 줄어들지 않겠습니까!!"

그렇게 만면의 미소로 말하는 지브릴에게 이노는 자신도 모르게 발을 멈추고.

——묵묵히 두 다리로 서서, 말없는 거부를 보였다.

"아아아~…… 유감스럽군요—— 뭐, 그건 둘째 치고♡"

그러나 딱히 어찌 됐든 상관은 없는지, 원통한 얼굴도 한순간 —— 숲을 척 가리키며.

"저쪽에 이마니티의 기척이 셋—— 둘은 마스터겠지요?"

"……? ……왜, 그것을 제게 물으시는지?"

"아뇨, 잠시 인사를 드리고자…… 아, 부디 계속해서 기어가시지요♪"

—— '볼일 다 끝났으니 꺼져' 라고, 복음의 음성으로 할 말만을 하고.

웃으며 날아가버리는 지브릴의 뒷모습을 지켜본 이노는 의아함에 중얼거렸다.

"……왜, 놈이 아직도 여기에 있지?"

공간전이를 마음껏 쓸 수 있는 엉터리 생물이—— 아니. 주사위의 눈에 따라 나아가야 한다는 규칙 때문에 그것이 봉인되었다 해도, 음속에 육박하는 기세로 달리는 이노를 유유히 따라잡을 수 있었던 놈이.

아직도 여기 있는 이유—— 하물며——

일부러 이노에게, 소라와 시로에게 인사를 하러 간다고 말한 이유——?

"……잠시 머리를 식히고—— '물어봐라' 라고 하신 것인지요?"

자신(이노)이 아직도 이해하지 못하고 있는 이 게임의 본질—— 위화감을.

플뤼겔(지브릴)에게는 너무나도 어울리지 않는 마음 씀씀이라 여겨지는 그것은…… 그러나——.

■ ■ ■

——152번째 칸의 동쪽 끄트머리에, 시로의 지도대로…… 마을이 있었다.

엘븐가르드 하이웨스트 주 교외의 외진 시골 마을——의 한 조각.

조금만 넘어가면 땅(칸)이 끊길 정도로, 간신히 이 스고로쿠(맵)에 반영된 『마을』의 일부다.

엘븐가르드의 부스러기 중에서도 부스러기에 불과한—— 그러나.

그곳은 에르키아와—— 아니, 원래 세계와 비교해도 차원이 다른 문명이었다.

독자적으로 세련된, '건축' 이라 부르기에도 주저되는 기술(스타일). 수목 속에 엮인 가옥과 도로는 우아하게 숲에 녹아들었으며, 하늘을 춤추는 해파리 형태의 꽃이 뿜어내는 담담한 빛 덕에 화려한 색채가 가득했다.

신에 의해 복사되어 이곳에 온, 환상과도 같은 『숲(마을)』. 다만 주민—— 엘프의 모습만이 없었다.

——누구나 감탄사를 터뜨리고 멍하니 서 있을 법한 그 경치.

게임 디자이너라면 틀림없이 혼신의 센스를 발휘했을 경치(랜드마크)였으나.

분위기 따위 파악할 마음도 없다는 듯 울려 퍼진 것은——

——빰 빠 빠 빠 빠라라라~♪

“소라 은(는) 수수께끼의 풀 을(를) 얻었다—— 아우 또야! 넌 그만 나와도 돼!!”

그렇게 셀프 효과음에서 시작해 물 흐르듯『수수께끼의 풀』을 바닥에 내팽개치는 중년의 외침.

절박한 굶주림 앞에는 감탄도 정감도 나오려야 나올 수 없다고.

절경을 개무시하며 할리와 함께 난폭하게 들이닥쳐 집을 뒤지는 소라 43.2세였다.

“……빠야, 엘프…… 채식, 주의…….”

“거짓말이지?! 그럼 필의 그 슴가에 들어간 양분은 어디서 온 건데?! 심지어 젖소도 지방분을 섭취하지 않으면 젖이 부풀지 않잖아!! 고기라든가 고기라든가, 하다못해 쌀 정도는 있어야지?!”

효과음으로 추측컨대 드래곤한 퀘스트의 8틱한—— ‘용사’의 특권.

남의 집을 멋대로 가택수색하는 수수께끼의 강권을 주장하는 것이리라. 그러나.

지저분한 중년 모습으로 그 짓을 하면 틀림없이 ‘산적’의 빈집털이 행위이며——

“……물어봐, 도…… 돼……?”

"히익?! 뭐, 뭔가요~? 시, 시로도 빨, 래하고 싶어요오~?"

몰래, 세탁한 옷을 널고 있던 어린 소녀가 시로의 목소리에 펄쩍 뛰며 갈라진 목소리로 웃었다.

마찬가지로 경치는 개무시하며 가택침입과 동시에 무언가를 찾아 돌아다니다——

——이내 『히에에엥~~』하는 목소리와 함께 타월 한 장 차림으로 돌아왔던 스테프 1.8세에게.

시로는, 스스스 거리를 벌리면서—— 물었다.

"……………………큰 거?"

"작은 거예요! ——가 아니고, 무, 무슨 이야기인지 전혀——— 히에에엥~~!"

변명이 불가능하다는 것을 깨닫자마자 스테프는 시로에게서 도망치듯 침대에 쓰러졌으며.

그리고 겨우 몇 초 만에, 이번에는 현실에서 도망치듯—— 꿈나라에 빠져들었다.

……원래부터 피로에 찌들었던 것이다. 누구 하나, 경치 따위 신경 쓸 여유는 없었다.

소라도, 스테프도, 그리고—— 물론 시로도.

그렇다. 시로 또한 조그만 머리를 지금도 맹렬히, 어떤 계산으로 가득 채우고 있었으니까.

여기에 온 이유, 오빠를 이곳으로 유도한 이유, 스테프에게 토로하도록 했던 대사 한 마디까지 전부가.

이곳에서 스테프를 배제하면 완성되는 '식'을 위한 것——.

——정리 증명조건, 변수(상황) 재검증 개시.

지정좌표(이집)로 『점 N(빠야)』의 유도—— 확인.

지정좌표(이집)에 필요조건치(목욕탕)의 존재—— 확인.

성립 조건, 세 점의 변동치(주사위) 변동—— 확인.

변동치(주사위 양도)의 정수화 성립 조건—— 점 N(빠야) 24, 점 S(시로) 2—— 가능함을 확인.

유동난수(스테프) 1의 배제—— 확인.

——재검증 종료. 유도 함수 방정식—— 증명 가능.

'……자, 빠야—— 증명(게임)을, 시작, 하자…….'

그렇게 속으로 말하고, 시로는 소라의 등 뒤에서—— 소라와 똑같은, 사악한 웃음을 지었다.

그 불온한 기척을 민감하게 감지한 소라가 쳐다보니——

"————으아아어이쿠야아?! 시로, 위혀, 위험해에에에!!"

발판을 몇 칸씩 쌓아놓고 높은 찬장 위에 손을 뻗는 시로의 모습이 있었다.

당장이라도 쓰러질 것처럼 불안정하게 흔들리는 발판에서 황급히 시로를 안아들고 소라는 부르짖었다.

"——에에잇! 두 살짜리 여자애를 고생하게 해놓고 어디 태평하게 ○퀘 놀이나 하고 있는 거냐 바보 아니냐 잠정 43세! 그러니까 마흔줄이 넘어도 아직까지 동정남인 거다 네놈은!"

이제까지 소라는 적절하게, 세세하게 주사위 개수를 조정하며 상황을 제어했다.

그러나 피로가 극한에 다다른 지금, 주사위 분배를 잊었던 사실을 뒤늦게 깨닫고 말했다.

"……미안하다, 시로. 좀 더 일찍 생각했어야 하는데——음……."

그렇게 오빠에게 안긴 채, 시로는 고개를 숙이고—— 희미하게 웃었다.

시로가 손을 뻗고 있던 선반을 올려다보는 오빠는—— 소라는 이렇게…… 생각한다.

——주사위를 몇 개 돌려줄까, 하고.

그렇게 생각한다…… 반드시, 생각할 것이다.

8개를 돌려줘서 10개—— 원래 나이로 되돌리더라도 애초에 시로에게는 닿을 만한 높이가 아니다.

상황판단에 뛰어난 오빠는 시로의 의도—— 탐색과 보급을 돕고 싶다는 의도를 파악해.

그리고 판단할 것이다—— 일손이 많아 나쁠 것은 없다고.

"음~ 그럼 난 열 개—— 18세 몸으로도 문제는 없으니까, 시로한테 나머지 14개를 다 줄게."

——그렇다, 반드시 이렇게 된다. 시로는 끄덕, 고개를 끄덕이고 고개를 숙였다.

미안하다는 듯—— 여기까지는 계산대로라고, 새나오는 희미한 웃음을 감추기 위해.

나이를 10등분한 이 주사위는.

초기치인 『10』에서 하나가 증감할 때마다 나이가 10분의 1씩 ── 증감한다.

그리고 주사위를 2개 보유한 시로가, 소라가 내민 14개를 받으면,

──『16개』.

모든 조건을 만족시켜 주사위를 받아들고, 시로는── 웃었다.

'……바이바이, 로리 체형…… 바이바이, 민짜몸매──!'

그 직후 시로의 몸은 빛에 휩싸이고── 손발이 급속도로 성장해, 늘어났다.

시로는 아늑하게 잠들어 숨소리를 내는 조그만 스테프──의 본래 모습을 떠올려보았다.

스테프 주제에── 꿈이 가득 찬 슴가를.

스테프 주제에── 봉긋 잘록 봉긋 괘씸몸매를 가졌다니.

하지만……

흣.

코웃음을 치며 내심 중얼거렸다.

──속여서 미안하지만 이것도 일(게임)이거든…… 한발 먼저 가겠어, 스테프.

미성숙 몸매 시로, 페어웰…….

괘씸한 몸매 시로, 웰컴……!

그 몸으로 제1수식을 완성── 즉, 빠야를 유혹하면──!

…………하, 면……

"………………………………………………어?"

중얼거린 것은 주사위 10개의── 18세로 돌아온── 소라.

"…………어, 라? ……? ……빠야, 이거……?"

그러나 곤혹스러워한 것은── 이것이 기분 탓일까, 하고 오빠를 올려다본 시로였다.

시선의 높이가, 눈에 익숙한 그대로, 인 것은, 기분 탓…………이겠지?

고개를 갸웃하고, 미소를 짓고, 문득, 시로는 자신의 가슴에 손을 미끄러뜨렸다.

……슈욱. 슈욱. 슈슈슉……

"……빠야, 빨래판이다? ……이거, 엄청 빨래판, 이다?!"

그저 공기를 쓰다듬는 감촉에, 시로의 눈에서는 하이라이트가 사라졌다.

계산이── 발밑부터 붕괴되는 감각에, 시로는 이제 웃을 수밖에 없었다.

"지, 지지지, 진정해 시로! 괘, 괜찮아, 많이 성장했어!"

이 게임 개시 이후── 아니, 생애 최대급의 충격에.

안 그래도 하얀 얼굴이 회색으로 하얗게 다 타버린 시로를 오빠가 황급히 위로한다.

"거시기, 그~ 맞아! 주사위가 늘었어도 다들 균등하게 나이를 먹으리라는 보장은 없다, 거나?!"

조금 전까지는 지저분한 중년이었던 오빠가 거짓말을—— 아니, 다정한 가설을 세우려 시도했지만.

……난 알아. 그게 아니야.

시로는 자학하듯 웃음을 더욱 짙게 머금었다.

그렇다. 오빠의 말대로 분명 '성장' 은 했다.

팔다리는 살짝 늘어났고, 아이처럼 살짝 볼록하던 배도 어딘가 들어가기는 했다.

——그런데 갑자기 이야기가 달라지지만.

설령 등교거부를 계속했더라도, 일본의 초등학교에 『유급』은 없다는 사실을 다들 아시는지.

입학 이래 한 번도 등교하지 않은 시로도 서류상으로는 『초등학교 5학년』인 것이다.

그러나—— 초등학교 5학년 치고도 자신의 발육이 나쁘다는 자각은 있었음을 고려해, 이야기를 되돌려서.

이 '성장' 이라는 것을 굳이 이렇게 평가해보자.

——나이를 1.6배해 간신히 초등학교 5학년은 되었다고.

키 순서대로 세워 앞에서 1번인! 초등학교 5학년은 되겠다!!

"시, 시로, 마음을 굳게 먹어!! 시로가 완성된 미인이란 사실이 증명됐을 뿐이야!!"

"…………♪ 이젠, 뭐가 됐든 상관…… 없어. 빠야…… 시로…… 지쳤, 어……."

"잠깐잠깐잠깐야시로오! 엄지손가락내밀지마상큼한웃음과

함께승천하려들지마아앗!!"

——파스스스, 사라라라.

영혼이 모조리 모래가 되어 흩어지는 감각과 함께, 오빠의 목소리가 멀리서 들려오는 가운데——

시로는 저주했다—— 자신을 배신한 모든 것을.

배신당했다—— 미래에.

배신당했다—— 세계에.

자신은 영원히—— 봉긋 잘록 봉긋 괘씸몸매는.

꿈이 가득한 슴가는—— 될 수 없다…… 고.

그렇게 모든 것을 체념하고 쓰러져가는 시로의 뇌리에——

"————————————우우웃?!"

"으워아아아?! 이, 이번엔 뭐니?!"

——느닷없이, 가라앉아가던 의식을 붙들어매주는 듯한 번갯불이 번뜩였다.

이어서 뇌에 밀려든 정보의 해일에 시로는 바닥을 콱 밟아 뚫으며 버텼다.

——인간은 죽음에 직면했을 때 주마등을 본다고 한다.

그것은 궁지를 벗어나고자 온갖 기억과 지식을 검색해.

뇌가 한계를 넘어 이상활성화되는 현상——이라고 한다.

……이것이 시로에게 죽을 만한 절망이었다는 점은 이참에 차치하고.

무언가가—— 있다는 생각에——.

파탄이 난 수식을 재조립할—— '영감' 이라 느끼고——!!

————『열거(리스트)』.

시로와 처음 만난 후로 8년 동안 오빠가 플레이 또는 독파 또는 시청했던 게임 내지 만화, 영상 등의 모든 오락작품. 일반 게임 합계 23,671타이틀 야게임 합계 1,852타이틀 만화 에로동인지 합계 85,743권 애니메이션 합계 2,465타이틀 실사 드라마 영화 합계 4,867시리즈.

————『정리(소트)』.

그중에서 오빠가 특히 아끼는 캐릭터—— 총 874명의 『신부』.

하나도 남김없이, 시로의 뇌리에 영상 화상 음성과 함께 정렬시켜, 정보를 추가해나간다.

공략본, 설정집, 설명서, 잡지 기사에 기재된 온갖 정보——

다시 말해.

연령, 신장, 스리사이즈 설정, 기타 등등의 정보와 함께!

논리정연하게, 수치화, 통계화, 그래프화해 분석한다——!

"……어— 시로, 양? 이번에는 뭘——."

——아마도 전 인류 중에서도 손꼽히는 성능을 가졌을 시로의 뇌가.

지금 막 역사상 유례를 찾아볼 수 없는 재능 낭비에 한계마저 돌파해 혹사되고 있음은 알지도 못한 채.

그저 귀기 어린 모습으로 바닥을 노려다보기만 하는 시로에게, 소라가 조심조심 물었다.

그러나 귀에 들려오지 않은 채 시간으로는 몇 초, 시로는 마무리를 지었다.

──────『산출(워크아웃)』.

소라── 오빠의 선호, 취미 취향 성벽, 그 모든 것이 수치로 바뀌어 산출된다.

그렇다, 수학은 거짓말을 하지 않는다…… 오빠의 취향은── 정확히.

나이(에이지)── 인간 이외의 설정은 신장 평균 연령으로 계산── 평균 『12.344……세』.

체형(스리사이즈)── 바스트, 웨이스트, 힙── 평균 『77.2 : 59.873 : 78.23』.

설정(릴레이션)── 연하율 『61.1%』, 여동생률 『48.4%』, 거유율── 겨우 『3.2%』.

──────『결론(컨클루드)』──!!!

"…………다행, 이다아…… 빠야…… 완, 전…… 로리콘…… 이었어……."

──서광이 밤을 가르듯, 세계에 빛이 가득 찼다.

미래는, 희망은 아직 있었다고── 시로는 무릎을 꿇고 주저앉아 하늘을 우러러보았다.

"──동생아? 상황을 전혀 모르겠다만 오빠야 지금 굉~장히 모욕당한 거 아니냐?"

수학적 통계학적으로 변태라 단정당한 오빠가 눈을 흘기며 신음했지만——

모욕? 말도 안 되는 소릴. 그야말로 구원이다.

시로는 들키지 않도록—— 질끈, 눈물을 닦고 일어났다.

——오케이. 자신은 몇 살이든 유아체형 그대로인 모양이다.

그것이 진실인지, 이 게임에 한한 이야기인지는 알 수 없다——그러나!

'바이바이…… 꿈이, 가득한…… 슴가…… 그치만——!'

——문제…… 없어.

그렇다, 문제는 없다고.

시로는 주먹을 부르쥐며, 마음이 피를 흘리는 것도 깨닫지 못하는 척하고 부르짖었다.

오빠가 로리콘이라는 사실이 증명된 이상, 그 어떤, 문제도, 없다——!!

빠야가 좋아하지 않는다면——

——빠야가 슴가 따위, 필요 없다면——

————그딴, 건——!

————————없어도, 좋아————!!!

……그런, 장절한 각오를 가슴에 담고.

시로는 평정을 가장한 채 『계산』을 재구성했다.

제1수식은 무참히 무너졌다. 그러나――

"……빠야…… 시로…… 피곤, 해…… 목욕…… 할, 래……."

"그, 그래…… 마음 굳게 먹어, 응?! 오, 오빠야는 시로가 어떤 모습이라도 좋아하니까!"

――그렇다, 오빠라면, 그렇게 말할 것이다.

시로의 꿈이―― 괘씸몸매의 미래가 부서진 상황에서는 반드시 그렇게 말할 것이다.

그러나, 그렇기에! 두 번째 수식은…… 그리고 정식 증명은, 아직 가능한 것이다――!

■ ■ ■

……터덜터덜, 힘없이 걸어가는 시로의 등을 소라가 따라간다.

"저, 저기 시로. 17세부터라도, 성장의 여지는 있대. 기운 내라, 응?"

"……시로…… 초 괜찮아……. 초 팔팔해……."

그렇게, '팔팔하다' 의 반대말을 몸소 보여주는 듯한 목소리로 대답하고.

심지어 자발적으로 목욕탕으로 향하는 시로를 보며 소라는 맹렬히 반성했다.

시로는 열한 살…… 주사위 1개당 1.1세.

16개이니 17.6세—— 이런 어정쩡한 숫자를 주는 게 아니었다.

시로가 어린아이 체형——어린아이니 당연하지만——을 신경 쓴다는 것을 알고 있었다.

안 그래도 이런 가혹한 게임에서 18일 동안이나 있었으니, 누구나 심신이 쇠약해지는 것은 당연한 상황.

그런 때에 서툴게 초기치 이상을 넘겨주어—— 자신의 이상과는 다른 모습이 된다면?

——분명 충격을 받겠지.

그런 소녀심을 몰랐기에 넌 안 되는 거라고—— 소라는 이를 악물었다.

비실비실, 공허한 발걸음으로 탈의실에 들어가는 여동생의 뒤를 따르며 말을 걸었다.

"아, 아무튼 거시기. 피로부터 풀자, 응? 얼른 목욕하고——."

——푹 자고, 피로를 풀면, 다소는 회복되리라.

"……응…… 등, 밀……고……."

"그그그래! 등도 밀고! 시원하게 목욕해, 응?!"

대답한 시로에게 소라는 최대한 밝게 맞장구를 치며 탈의실을 빠져나갔다.

"……머리…… 감, 고……."

"그래~그래! 지금 당장 끝내고 싶은 이딴 대모험을 2주도 넘게 하면, 역시 그치?!"

그리고 목욕탕……이겠지. 엘프들의 건축양식은 잘 모르겠지만.

김이 피어나는, 지붕이 없는, 천장이 뻥 뚫린 그곳은 욕실이라기보다는.

——온천이다.

이제까지 풍경 따위에 신경을 쓸 여유가 없었던 소라도 이 노천탕에는 가슴이 설레었다.

모든 것을 잊고 이 목욕탕에서 치유를 받는다면 정말 단박에 부활하지 않을까, 하고.

"……그리고…… 시로, 머리…… 감는, 동안……."

욕조에 매료된 것처럼 멈춰 선 소라. 그러나 시로는——

"……그동안 쌓였을…… 빠야, 는…… 시로, 를…… 덮쳐……."

…….

…………응?

"……시로에게…… 난폭한 짓…… 야한 동인지, 처럼……."

"…………."

"…………야한 동인지, 처럼……?"

"아니아니두번말하라고침묵한게아니고? 저기~?"

어디까지나 소라에게 등을 돌리고만 있는 시로에게.

"——왜 내가 같이 목욕을 한다는 얘기가 된 거야? 등도 밀고, 머리도 감아야 할 사람은——.”

그렇게 말하는 소라가 주위를 둘러보았다—— 그러나 그곳에 있던 것은.

“…………누가…… 해주는데……?”

——실 한 오라기 걸치지 않은 모습으로, 웃음을 지으며 돌아본, 시로와.

타월 한 장만 허리에 감은 채 등줄기에 얼음이 내달리는 감각을 맛본—— 소라뿐.

알몸의 여동생과 단 둘이, 욕탕에서 마주하고 있다는 이 상황을, 새삼스레 깨달았다.

“——아니아니아니그건말도안되지HAHAHA, 어허어허, 진정하게나 자네에.”

소라는 황급히 시선을 돌리고 식은땀을 폭포처럼 흘리며 주워섬겨댔다.

“시, 시로, 넌 열일곱이잖?! 심의를 생각하시게나! 발매금지 먹었다간 어떻게 책임을——.”

“……빠야, 아니……야.”

——어째서지.

악의 따위 털끝만큼도 없는 웃음으로 시로가 한 걸음 다가선다. 그에 맞춰 한 걸음 물러나며 소라는 생각했다.

——어째서 시로의 웃음이 이렇게나 무섭지——?!

“……시로, 주사위…… 하나, 『1.1세』……아닌걸……?”

——오케이. 소라는 이해했다.

당연하지만 시로의 나이는 정확하게 11세가, 아니다.

11세 생일이 지나, 이 세계(디스보드)에 와서—— 11세 하고도 7개월이었다.

시로의 주사위는 1개에 『1.1세』가 아니라——『1.15833…세』인 것이다.

——하지만 그게 어쨌다고. 그런 건 단순한 '오차' 잖아?

그러나.

차박, 차박——.

한 걸음 한 걸음, 뒷걸음질치며 생각하는 소라의 마음을——꿰뚫어보듯.

한 걸음 한 걸음, 다가서는 시로의 웃음이, 대답하는 것을——소라는 똑똑히 들었다.

——그 말이 맞다고, 단순한 '오차' 라고.

온갖 수식을 치명적으로 뒤틀어버리는 최악의 거시기——'오차' 라고.

그 오차가 주사위 2개의 시로를 『2.2세』에서 『2.3166…세』로 바꾸었으며.

16개의 시로를, 『17.6세』에서——

————『18세 이상(18.533…세)』으로 바꿔놓았다.

"……괘씸몸매로 뇌쇄(제1수식)……는, 실패했어…… 그치만……."

————야단났다.

너무나도 뒤늦게 실책을 깨달은 소라는.

그렇게 중얼거리는 여동생의 모습에—— 본능의 외침을 들었다.

——이유는 알 수 없지만, 이것은——

"……증명식(작전)은…… 계산대로, 인걸? 빠야——."

——위기상황이다.

온화한 목소리는 타이르는 듯하지만 들떴으며. 살짝 맺은 웃음은 수치로 가늘게 떨렸으며.

발그레해진 몸을 드러낸 채, 천천히 다가서는 여동생의——등 너머에.

"……이제, 빠야…… 시로하고, 같이 목욕, 할 수밖에, 없겠……네♪"

거대한 낫을 들고 사악하게 웃는—— 사신(섀도우)을, 소라는 똑똑히 본 것 같았다.

차박, 차박——.

한 걸음씩 다가서는 사신——이 아니라 여동생에게, 갈라진 목소리로 소라는 열심히 반론(저항)을 시도했다. 그러나.

"그, 그래도 겉보기는 별로 다를 바가 없—— 아, 아니, 그그, 그러니까 애초에 알맹이는——."

"……아저씨 소울…… 빠야, 그랬어……. 지금 시로…… 18세 이상 소울……."

"아니, 아니아니! 어쩐지 안 돼! 그~ 법률이라든가 조례라든가 단체라든가?!"

"……지구의 법률…… 상관없다고…… 단속도(폴리스맨)…… 라고, 빠야, 그랬어……."

——뒷걸음질 치던 소라의 등이 마침내 벽에 부딪혔다.

이것은——『언어공격』이다.

소라 자신의 말을 무기로, 시로가 자신을 몰아붙이려 하며——

"……빠야, 자멸, 수고…… 도망칠 구실, 은…… 없……어."

그리고 마침내—— '벽쿵'.

두 손으로 자신의 좌우를 가로막는다—— 다만 서로의 신장 차이 때문에 허리 언저리에.

희색을 띤 루비색 눈을 내려다보며, 소라는 생각했다.

——자아, 어쩐다 소라 동정남 잠정확정 모두 현재 18세.

도주로(구실)는 차단당했다…… 아니—— 스스로 차단하도록 '이용당했다'——!!

시로에게 패배한다—— 분하지 않다고 하면 거짓말이겠지만 그것도 일상이다—— 하지만.

하필이면『밀당』에서 패배한다는 데에 소라는 발밑이 무너지는 듯하고——

……잠깐. 잠깐잠깐잠깐——?!

"————핫……하하, 하아아핫핫핫하아앗!"

뇌리에 번뜩인 번갯불——다시 말해 섬광에 소라는 홍소를 터뜨렸다.

——하마터면 속을 뻔했다.

도망쳐? 도망칠 구실이라고? 그딴 건 필요 없어!

“후후, 동생아. 자알 들어보렴. 피차 18세라는 주장, 받아들이마——그러나!”

그렇다, 이것은 아직은 『체크』——『체크 메이트』가 아니다!

애초에——

——피차 18세라 해서, 어째서 같이 목욕을 해야 한단 말이냐아아?!

“18세나 된 남매가 목욕을 같이 하다니 부자연스러움의 극치!! 시로도 열여덟 살이나 됐으면 혼자——.”

체크를 무너뜨렸다고 확신하고 울부짖는 소라. 그러나——

——이 게임이 시작된 지 어언 18일 이상.

끊임없이 이어졌던 극한상태 속에서 피로, 굶주림, 야생동물, 【과제】——

항상 목덜미에 사신의 낫을 느끼면서도 여기까지 살아남았다——그럼에도.

“……빠야…… 그렇, 게…… 시로…… 싫어?”

——고개를 숙인 시로가 툭 떨군 목소리, 그 상처 입은 목소리 한 마디에.

소라는 마침내, 그 낫이 자신의 목덜미 가죽 한 장을 갈랐음을 느끼고 눈앞이 캄캄해졌다.

…………….

고개를 숙인 알몸의 시로에게 안긴 채 소라는…… 생각했다.

——이런 말을 듣고도 한사코 『NO』라고 할 이유는 무엇인가?

어린아이라서? 피차 18세라는 주장을 받아들였다—— 논파.

어린아이 모습이라서? 그러면 평생 시로를 어린아이라고 우길 텐가—— 논파.

남매라서? 논파—— 그 한 마디에 논파당했단 말이다——!

남매이기에, 싫어하는 것이 아니기에, 음흉한 마음 없이 당당하게 함께——

——음흉한 마음?

……무언가가 마음에 걸린다고, 소라는 공허하게 생각했다.

'……뭐지. 깨달아서는 안 될 것을 깨달아버린 것 같은—— 심지어.'

신장 차이 때문에, 피부를 통해 허리에 느껴지는 시로의 맥박.

크게, 강하게, 경종처럼 심장을 두근두근 울리며, 자신을 올려다보는 소녀——

'……뭐냐고! '깨달아라' 라고 하는 그 눈은————!'

——서로 배신하고 속이는 게임.

그러나 어째서—— 하필이면. 절대 배신할 리 없는 유일한 존재, 시로에게.

——이렇게까지 궁지에 몰리고 있단 말인가——!

그렇게, 사신의 낫이 소라의 목덜미를 가르려 하는 바로 그 순간——

"실례지만, 마스터…… 소라 님이시옵——."

“우오오지브릴 군!! 자네자네에에?! 주사위가~ 어~ 이럴 수가! 두 개밖에 안 남았잖는가!! 이런큰일이있나자자자내것을여덟개주겠네! 괜찮네사양했다간그냥넘어가지않을줄알아짜샤아아!!”

“네? 어, 네……?”

──살벌했던 욕탕에 살벌한 천사가 강림했다.

나이(주사위)가 몇 개든 용모에 영향은 없는지── 아무튼.

어째서인지 날카로운 눈으로 나타나, 그리고 주사위를 투척당한 살벌천사(메시아)는.

──그 직후 표정이 살짝 누그러진 것처럼 보였다── 그러나.

그런 것쯤이야 지금은 극단적으로 어찌 됐든 상관없다고, 소라는 춤을 추듯 부르짖었다.

“아아, 이 무슨 비극! 인간은 누구나 과오를 범하는 법── 잘못된 판단으로 깜빡 미성년자가 된 나의 마음은! 일체의 에로에서 멀어져 절망의 나락에 빠져드노니 오오 신이여! 여자와 함께 목욕을 한다는 기회를 또 다시 빼앗으시매── 나의 죄는 이리도 무겁단 말이외까?!”

셰익스피어 희곡의 배우처럼 잠정 3.6세는 환희에 떨었다.

──살았다.

무엇에서 살아났는지는 잘 모르겠지만.

아무튼 무언가에서 살아남았다고, 하늘을 향해 감사하는 소라── 그러나.

——콰우우……

피부가 전율하는 살기의 바람이 그 자리를 휩쓸었다.

"……지브릴…… 진짜, 분위기…… 파악 좀 해…… 절못용……!"

지옥 밑바닥에서 울려 퍼지는 듯한 목소리로 조그만 이마니티 소녀—— 시로의 등 너머.

이제는 소라에게도 지브릴에게도 명명백백히 보이는 그것은.

"아, 이거 죽겠군요…… 마스터, 제가 저질러버린 대죄란 대체 무엇이옵니까?"

"……미안, 나도 잘 모르겠어. 하지만 진짜로 무거운 죄였나 봐……."

플뤼겔(지브릴)마저 떨리는 목소리로 자신의 죄를 헤아리게 하고.

——하나도 살아난 거 아니잖아, 라고 소라가 흰자위를 까뒤집게 만들기 충분했다.

사악한 웃음으로 거대한 낫을 들고 있던 사신(섀도우)은.

이번에는 살의에 얼굴을 일그러뜨리고, 오버스로우 포즈로 낫을 쳐들어 던지려 했다.

————…………….

소라는 모른다. 하물며 지브릴은 알 도리가 없다.

시로에게 이것은 그야말로 천재일우의 기회, 일생일대의 승부였다.

오빠에게── 자신을 의식시킬 기회.

이 이상의 상황, 조건, 경우가 갖추어진 적은 오빠와 만나고 8년 동안 한 번도 없었다.

그것이 지브릴의 등장으로 허사가 되었다.

앞으로 몇 시간, 아니, 몇 분만 있었다면── 식을 완성할(빠야를 GET) 수 있었는데──!!

그렇게 분노를 피워올리던 시로의 시야에──

펄럭…….

──붉은 천이, 바람에 나부꼈다…….

"……흐음. 이렇게까지 태평하게 계시면 분노도 원한도 사라지는군요……."

붉은 천── 욕탕에 우뚝 선 젊은 마초의, 바람에 나부끼는 훈도시……!

아아, 무슨 개똥논리를 갖다 붙인다 해도 자신은 어린아이구나── 시로는 깨달았다.

독립된 생물처럼 맥동하는 근육── 이 차마 말로 형언할 수 없는 기기괴괴(쇼킹) 영상.

스멀스멀 정신을 침식하는 청소년 이용불가(그로테스크)를 보는 것이 18세의 권리이며── 의무라고 한다면.

"…………시로, 그냥 11세(어린아이) 소울로…… 있을래…………."

그렇게 중얼거리고, 시로는 그 자리에서 졸도했다.

■ ■ ■

"제 전성기의 육체미에 기절…… 이런이런, 또 반하게 만들었나 보죠?"

젊은 시절의 정신적 고생을—— 진심으로 짜증나는 '너무 인기가 많았던 시절' 을 떠올리며 욕탕에 잠긴 살덩어리(이노)를.

"……야, 영감. 문득 떠오른 내 질문에 좀 답해줄래?"

최대한 직시하지 않고자 노력하며 소라는 낮은—— 그러나 3.6세로 줄어든 목소리로 물었다.

"올 누드로 여러 사람 앞에 나간다는 건, 권리침해——『십조맹약』 위반일까?"

——흐음? 소리를 내곤 시선을 낮추더니.

이노는 멋들어진 웃음과 함께 대답했다.

"그런 작은 것에 겁을 먹을 자는 없습니다. 욕망에 솔직하게 살아가심이 어떨는지?"

"'태동하는 근육' 이라는 쇼킹 영상을 보여주는 게 폭력이 아니냐고 물어보는 거다! 비아냥거려도 통하지 않는 건 여전하구만—— 그리고 작다고 하지 마! 나이 때문에 어쩔 수 없어!!"

주사위가 줄어들었기 때문에 이것저것 줄어든 것뿐이라고 주장하는 소라. 한편.

욕탕 사이에 간이로 세워진—— 칸막이.

그 밑을 통해 잡고 있는 시로의 손은 가늘게 떨렸다.

그야말로 그 폭력에 마음에 깊은 상처(트라우마)가 생긴 여동생은——

"……머슬 무서워…… 우우우, 살이…… 덤벼들어……."

심의 날조에는 지나치게 무거운 벌에 헛소리를 되풀이했다.

마찬가지로 칸막이 건너편에서는—— 또 다른 목소리가.

"……숙면하는 사람을 두들겨 깨워놓고 『시로 머리 감겨줘』——는 폭력이 아닌가요?"

"할 수 없잖아…… 시로가 지브릴한테 완전히 빡쳐버렸으니까……."

이리하여 물 흐르듯 지브릴에게 연행당한 스테프는 졸린 듯 투덜거렸다.

칸막이 건너편은 소라에게는 보이지 않는다—— 그러나.

시로에게서 주사위를 여섯 개 받은 스테프는 12.6세의 모습으로 시로의 머리를 감겨주고.

보골보골 소리가 들리는 것을 보면 지브릴은 시로에게 밟혀 욕조 바닥에 있으리라.

——그리고.

"……용케도 그렇게 주사위를 척척 건네줄 수 있군요——『목숨』 아닙니까?"

——문득 들려온.

의심, 곤혹…… 무수한 뜻이 담긴 이노의 중얼거림에.

칸막이 건너편에서도 시선이 모여드는 것을 느끼며, 소라는 탄식했다.

"딱히 문제될 게 뭐 있어…… 0만 안 되면 1이든 10이든 똑같

아. 게다가——.”

그저 태평하게 손을 흔들며, 스테프 쪽을 턱짓한다.

“난감해지는 건 피차일반이지. 이쪽은 생활력이 전혀 없어. 살아남질 못해.”

————침묵.

저마다의 감회와 의도에서 오는 침묵. 그러나 소라는 아랑곳않고 파닥파닥 손을 내저었다.

멋쩍음을 감추려는 듯 화제를 바꾼다.

“그보다도 늬들은 뭐 하러 온 거야? 특히 영감—— 아저씨? 아무튼 너.”

결과적으로는 두 사람의 출현 덕에 구원을 받았지만, 아무튼 의도를 묻는 소라에게——

“물론 소라 공의 알을 뽑으러 왔던 것입니다만.”

“야, 야야!! 하다못해 좀 에둘러서 말해! 안 그러면 울어버린다 짜샤!!”

맹약으로 폭력이 금지되어 있더라도—— 이를테면 전성기의 모 주지사님 같은 몸이.

그렇다, 모 로봇이 『네놈을 터미네이트하겠다』 같은 소리를 한다면 쫄지 않을 수 없지 않겠는가.

“하오나 마음이 바뀌었습니다. 죽이는 것은 마지막으로 미루지요.”

……호오……『네놈은 제일 마지막에 죽여주마』그거군.

그렇다면 나중에 할 말은 뻔하다——『*그건 거짓말이었다』겠지.

——어떡해, 뽑혀버리겠어——!!

"……소라 공…… 당신은 동부연합의 역사를 어느 정도 아시는지요?"

——문득.

어떻게 도망칠지 맹렬히 생각하던 소라는 이노의 갑작스러운 물음에 생각을 바꾸었다.

……이건 대답하기에 따라서는 사망 플래그를 회피할 수 있는 흐름이 아닐까 하고.

"역사, 라고 해도 말야…… 동부연합(댁네)은 역사를 거의 은폐하고 있잖아……."

조심스레, 말을 음미하며 소라는 대답했다.

그렇다. 동부연합은 게임 내용과 마찬가지로—— 상세한 역사를 대외적으로 감추고 있다.

——'전자 게임의 개발 경위(비장의 카드)' 와 관련이 있겠지만——아무튼.

"그래서 책으로 대충 본 게 전부야. 6,000년도 더 전에 부족 항쟁을 되풀이하던 섬들——."

——『대전』 종결 후, 신체적 특징의 차이 때문에——

요컨대 강아지 귀냐 고양이 귀냐를 가지고 『파벌』로 나뉘어,

---

* 아놀드 슈왈제네거 주연 영화 「코만도」의 명대사. 딸을 납치한 악당 중 하나에게 "마음에 드는군. 넌 제일 마지막에 죽여주마." 라고 했지만, 정작 중반에선 "널 마지막에 죽이겠다고 했지. 그건 거짓말이었다." 라고 말하며…….

동족끼리 계속 다투었다는 것이다.

소라는 생각했다—— 참으로 개탄스럽다고, 용서받을 수 없는 짓이라고. 어찌하여 갑을을 따진단 말인가.

옛 성현은 말씀하셨다——『하늘은 짐승귀 위에 짐승귀를 만들지 않았다』——고!

강아지 귀도 고양이 귀도 토끼 귀도—— 평등하게, 그저…… 있는 그대로를 사랑하면 되는 것이 아닌가.

그리고 세계를 사랑으로 감싸야 하건대…… 그런 보물끼리 서로 다투다니 언어도단의 극치.

라고는 해도—— 어디라고는 말하지 않겠지만.

——컬러 팔레트(피부색)의 차이를 가지고 서로 죽여대는 세계도 있다고 하니까 말이지?

그렇게 생각하면 소라와 시로도 무어라 할 처지는 아니었다. 오히려——

"그걸 반세기만에 평정하고 다른 종족에게 필승할 비책(게임)까지 얻은 세계 제3위의 대국 동부연합."

가공할 노릇이라는 한 마디로는 표현할 수 없는 구제불능의 위업에, 감탄과 찬사를 아낄 이유가 없다.

물론 이 세계에는 그 외에도 지적생명체—— 익시드가 있다.

그중 하나를 통솔하는 것뿐이라면 쉬울 것 같은가?

——6,000년 이상 차별과 편견으로 가득했던, 인과와 업보에 찌들었던 진흙탕을 평정하는 일이?

"무녀님 같은 사람이 원래(저쪽) 세계에 있었다면—— 전쟁 몇 개는 끝났을 텐데."

"……의외로군요."

"뭐가?"

"—— '올드데우스의 힘을 통해 이룬 위업' 이라면 수긍이 간다……고 하지 않을까 했습니다만."

그러나 그렇게 중얼거린 그 말이야말로 몹시 서운하다고——

"아하하하! 뭐야 영감! 재미난 농담도 다 할 줄 아네!"

목욕물을 철썩철썩 치며 소리를 내 웃은 소라는 머리 위의——장대한 게임 보드를 바라보았다.

"반세기 만에 분쟁지역을 평정해? 그런 신업(神業)을—— 하느님 따위에게 기도한다고 이룰 수 있었다면—— 지금쯤 우리가 살던 원래 세계에서도 전쟁 같은 건 흔적도 없이 사라졌을 걸!"

——그렇다. 올드데우스의 힘이 어느 정도인지는 이 광경(게임)이 웅변으로 말해주고 있다.

땅을 모방하고, 천리를 일그러뜨려, 이 대공에 나선의 대지를 창조했다——.

이를 가능케 하는 역량(에너지)을 물리학적으로 계산한다면 어떤 수치가 나올까?

감도 잡히지 않지만 『거의 무한대』에 가까울 것이다—— 그야말로 '신' 의 소행.

그런 상상도 할 수 없는, 세계를 뒤엎는, 섭리를 다스리는 힘…… 그러나.

——그딴 건 모두 소용없다.

이 세계는, 어떤 힘이 있든, 권리침해는 불가능하다.

하물며—— 어떤 세계도, 전쟁을 끝내는 것이라면 모를까 평정할 방법 따위 한 가지뿐이다.

"그런 '교섭(게임)' 이 가능한 『신급 게이머(무녀님)』의 배후에 올드데우스가 있었다면, 우선 이렇게 생각해야지."

진심으로 존경하는 자의 모습을 바라보듯, 소라는 이노에게 —— 말했다.

"——무녀님이 올드데우스를 이용하고 있다. 심지어 당연히 게임으로 앞질러서 말이지."

맹약 때문에 이권을 침해할 수 없는 것은—— 피차일반이다.

무녀가 올드데우스를 이용하려 해도, 올드데우스가 무녀를 이용하려 해도.

동의를 얻어내고, 게임을 해 '승리해야' —— 비로소 가능한 것이다.

………….

"……………………그런, 것……이었군요…… 무녀님."

긴 침묵 끝에 무엇을 얻었는지—— 이노는 시선과 함께 어깨를 늘어뜨렸다. 쓴웃음을 지었다.

"……좀 오래 있었던 것 같군요……. 슬슬 일어나겠습니다."

"그거 고마운걸. 그 근육의 위압감 때문에 기껏 온천에 왔는데도 편히 쉴 수가 없었거든."

욕조에서 일어나 떠나가는 이노의 등을 바라보며.

보아하니 사망 플래그 회피에는 성공한 것 같다고, 소라는 몰래 가슴을 쓸어내렸다—— 그러나.

"헌데 마지막으로 한 가지만 여쭈어도 되겠습니까?"

갑자기 돌아보는 이노의 말에 심장이 덜컥 뛰었다.

하지만 그것도 모르는 기색으로——그럴 리가 없겠지만——이노가 물었다. 아니——.

"기억을 유지한 『배신자』는—— 소라 공, 당신이지요?"

——단언했다.

칸막이 너머에서 스테프가 흠칫 숨을 삼키는 소리가 들렸다.

이노의 말이 옳다면 소라가 이 게임을 '단정' 조로 말했던 것도 설명이 간다고.

그런 생각이라도 했나 싶어, 소라는 쓴웃음을 지으며 답했다.

"호오~? 무슨 근거로 내가 『배신자』라고 해?"

"글쎄요, 근거가 필요합니까?"

이노는 '그런 것은 필요 없다' 고 날카로운 시선으로 말을 이었다.

"모든 익시드를 모아놓은 유일신(테토)이 『배신자가 하나 있다』고 말한다면—— 무조건 네놈일 거다."

"하하! 그거 좋네, 알기 쉽네! 나이스 추리야!"

——네놈(소라)의 존재 그 자체가 근거라고 말하는 이노에게 소라는 손뼉을 치며 웃었다.

그렇다, 전원이 동의하고 시작한—— 이 게임.

——규칙을 액면 그대로 받아들인다면, 『배신자』라는 것은.

모두가 규칙을 확인한 상태에서, 자신만이 기억 소거를 면했다는——

모두를 속이고—— 모두의 동의를 얻어냈다는 뜻이 된다.

그런 어마어마한 짓이 가능한 사람은 소라뿐이라고, '찬사'를 보내는 이노—— 그러나.

"나 같으면 그 경우 제일 먼저 테토를 의심한다고 말해두지."

——그리고 한 마디 더 한다면.

소라가 이어서 한 말에.

"그런 『불가능』을 저질러서까지, 그딴 식으로 쩨쩨한 잔꾀는 안 부려."

——이노도, 칸막이 너머의 스테프, 지브릴까지도 의문에 숨을 삼켰다.

기억의 보유—— '진짜 승리 조건을 알고 있다' 는 것.

그것을 '쩨쩨한 잔꾀' 라고 잘라 말하는 소라의 진의를 묻는 기척에—— 쓴웃음.

──『두 번의 규칙 설명』.

그중에 있었을 '허위' …… 그러나.

첫 번째에서 두 번째 사이에── 커다란 허위는 집어넣을 수 없다.

기억을 지운다는 말에 누구나 제일 먼저 고려할 위험 따위── 뻔하다.

──골인하면 승리한다는 규칙을, '골인하면 패배' 라고 거짓말하는 것이다.

규칙을 크게 속이는 일은 '모두의 동의' 로…… 사전에 봉쇄되었을 것이다.

그런 상황에서 속일 수 있는 것은 무엇인가──? 아니, 그 이전에──!!

"그딴 잔꾀를 부리기 전에 『식량』하고 『이동』을 어떻게 해야지!! 『교통수단(할리)』이 없었으면 골인은 고사하고 남은 52칸(이번 목적지)까지 살아서 도달할 수 있을지도 알 수 없었다고!"

"──아~…… 설득력밖에 없네요……."

같은 사선을 넘나들었던 자만이 공감할 수 있는 통렬한 심정에, 의혹을 벗은 소라는 고개를 끄덕였다.

──그렇다. 그 정도 잔꾀로── 『필승』을 얻기는 힘들다.

그리고 『　　』의 방식은 언제나 한 가지── 그 말인즉슨.

"어차피 잔꾀를 부릴 거면── 치명적으로 부린다."

그렇다. 그야말로──

"어떻게 굴러가도 자신이 이기도록 부린다."

욕조 가장자리의 돌에 턱을 괴고, 이노의 눈을 정면으로 노려보며.

소라는 대담하게, 그러나 우호적으로—— 말했다.

"나라면 그렇게 하겠어…… 누구나 그렇게 할걸—— 안 그래?"

——물론.

댁도 그렇게 했잖아?——라고 말하는 소라의 눈에.

"…………그렇군요. 지당한 말씀이군요……."

그렇게 이노는 고개를 숙이고, 이제는 돌아보지도 않고 걸어갔다. ——그 등에 대고.

"——근데 나도 한 가지 물어봐도 될까?"

"뭡니까?"

"…………그, 뭐냐. 내 팔뚝만한 그놈 말야. 그거 평상시? 유사시?"

조심스레 묻는 소라에게, 이노는 떠나가는 발을 멈추지 않고 그저 웃음만 지었다.

"하하하, 저는 소라 공과 달리 타인을 배려하는 마음이 있어서 말입니다—— 함부로 타인을 상처 입히는 것은 취미가 아닌지라 대답을 거부하겠습니다, 라고만 말씀드리지요."

"그게 대답이잖아 짜샤! 대답했잖아!!"

드높이 웃으며 멀어져가는 뒷모습에 대고 여전히 부르짖는 소라에게, 불쑥.

"마스터, 개의 헛소리에 귀를 기울이실 필요는 없다 사료되옵니다."

겨우 시로에게 용서를 받았는지, 칸막이에서 얼굴을 내밀며 지브릴이 말했다.

"두 분 마스터의 세계에도 그런 말이 있지 않사옵니까——『지나침은 미치지 못함과 같느니라』라고—— 쓸데없이 커봤자 여성에게 딱히 득이 되지는 않을 것으로 사료되옵니다♪"

칸막이 너머에서 일제히 고개를 끄덕이는 여성진의 기척. 그러나——

"……나, 지금 전에 없을 정도로 소외감을 느끼고 있는데 말야. 혹시, 저기——."

설마—— 사실은, 경험이 없는 건, 나뿐인 걸까요.

그렇다면 회복되지 못할 것 같은 현실(절망)이라며, 애원하듯 바라보는 소라에게.

"안심하시옵소서, 마스터. 저는 신품이옵니다. 도라이양도 단순히 지식만 많은——."

"——네에?! 아, 아니——라고 부정도 긍정도 할 수 없잖아요 이거?! 소, 소라 팔뚝만 하다니, 경험의 유무를 떠나서 평범하게 생각해도 죽는 거 아닌가요!!"

"……뭐가 됐든, 상관없어…… 영감, 모든, 게…… 징그러워…… 무서워…… 덜덜부들."

——그렇게 대답하는 목소리에 소라는 눈부신 것처럼 눈을

가늘게 떴다.

다행이데이——내는 혼자가 아니었데이……라고.

"게다가 주사위 감쇠 전—— 본래 사이즈의 마스터도 아무런 근심하실 것 없사옵니다."

"지, 진짜……? 나, 괘, 괜찮은 거야?"

주사위 두 개—— 현재 3.6세의 소라가 아니라 본래 소라의 사이즈를.

어째서 지브릴이 알고 있는지는 차치하기로 하고, 움직이는 도서관——이 아니라.

하늘을 나는 천재지변 도서관, 지브릴이 보장한다면 다소 자신을 가지——

"예. 착한 사이즈—— 아이를 상대한다면 오히려 이상적이리라 기억하옵니다♡"

"……지브릴…… 용서할게…… 올해 최고로, 좋은 말, 했어……."

"나, 이제 이 게임 그만둘래. 아니 리타이어할래. 캐릭터 메이킹부터 다시 할래……."

——그렇다, 다시 시작하자, 인생을—— 그렇게 눈물을 흘리는 소라에게.

"아아 마스터 기다리시옵소서! 소인 지브릴이 몸을 재구축하여 어린아이가 되면 그만이옵니다!!"

"……지브릴, 용서, 취소…… 욕조에 가라앉, 아…… 죄의 수를, 헤아려……."

시로의 '명령' 에 요란한 착수음이 울려 퍼졌다.

칸막이 위에서 포탄처럼 욕조에 떨어진 지브릴은——

——부거거거거거버거거걱!

『아하아아~♡ 마스터에게 밟히다니—— 짜릿짜릿하기 그지 없사옵니다!』

"……지브릴. 너는 어디로 가려는 거냐……."

요란하게 물거품을 일으키며—— 일부러 마법까지 썼는지.

뇌에 직접 집어넣어 보고하는 지브릴에게 소라는 피곤한 한숨을 쉬었다.

——상호 배신, 상호 기만, 목숨을 뺏고 빼앗기는 게임에.

너무나도 어울리지 않는 화기애애한 대화가 울려 퍼지는 가운데—— 그저.

"하~ 다시 살아나는 것 같아요…… 엘프의 온천에는 마법이 걸려 있어서 미용에도 피로에도——."

스테프만이 이제는 생각하는 것을 그만두었는지.

현실을 외면하듯, 극락에 온 기분을 하염없이 만끽하고 있었다——.

■ ■ ■

——갑자기 눈을 뜬 소라는 주위를 둘러보았다.

자각했던 것보다도 피곤했던 모양이라고 머리를 긁었다.

목욕을 마치고, 스테프와 시로와 주사위를 재분배하고——

그 다음 기억이 없었다.

하염없이 이어진 극한상황, 기억이 날아갈 정도로 지쳤던 것도 인간으로서 당연하리라.

그러나 그 피로의 원인 중 가장 큰 것, 자신을 궁지에 몰아붙였던 존재── 시로 또한──

"……우우…… 근육이이…… 오지, 마…… 빠야, 살려, 줘어……."

당연하다는 듯── 아니, 그냥 당연하게 소라의 품 안에서.

보아하니 꿈속에서도 치유될 수 없는 상처와 싸우는 모양이다.

……이렇게 잔혹할 수가. 이런 폭력이 용납될 수 있단 말인가.

시로의 머리를 쓰다듬고, 너 진짜 일 좀 하라고 테토에게 클레임을 걸어야 하나 생각하던 소라에게──

"아니? 면목 없사옵니다, 마스터. 소인이 깨운 것이옵니까?"

──흐음.

"내가 보기에, 목욕 마치고 곯아떨어진 시로를 안고 침실까지 오기는 했지만 나도 힘이 다해 침대에 쓰러졌으며 꿈틀거리는 근육에 가위 눌려 헛소리를 하는 바람에 깨어났던── 그런 참이었다만?"

"설명적인 어조 황송하옵니다, 마스터."

"아니, 너 말이야. 영감은 알겠지만── 지브릴 너는 여기서 뭐해?"

멍하니, 정령의 불빛과 가슴께의 주사위 두 개가 내는 광채를 희미하게 받으며.

마찬가지로 당연하다는 듯, 지브릴이 의자에 앉아 책을 쓰고 있었다.

이노는 소라에게 '묻기' 위해 왔다지만, 그렇다면 과연 지브릴은——?

"아니옵니다…… 마스터께서 이불을 덮지 않고 주무시기에 감기에 걸리면 큰일이어서——."

소라의 질문에, 지브릴은 그저 온화한 웃음으로 대답했다.

"두 분께서 주무시는 것을 기회 삼아 알몸으로 곁에 누워 함께 자며 온기를——."

"빌어먹으으을! 어째서—— 어째서 나는 태평하게 자고만 있었지——?!"

시로가 자고 있고, 또한 어둠 속이라면——!

이렇고 저렇고 한 감촉을, 이렇~게 합법적으로 탐닉할 수 있었는데——!

어찌하여 나는 이렇게 중요한 순간에——

그렇게 혼자 머리를 쥐어뜯고 참회에 떠는 소라에게——

"……두 분 마스터의 존안을 뵙고자 왔사옵니다…… 그뿐이었나이다."

희미한 불빛만이 비추는—— 문자 그대로 그늘이 진 미소로.

조용히 말하는 지브릴에게, 위화감을 느끼고 돌아본 소라의 시선. 그러나.

지브릴은 책——일기가 아닐까——을 쓰던 손길을 멈추지 않은 채.

그저—— 여느 때처럼 맥락 없는, 갑작스러운 물음으로 대답했다.

"마스터께서는 '환생' 을…… 어떻게 생각하시는지요?"

"……? 어떻게고 자시고, 이 세계(이쪽)에는 윤회전생이 있는 거야……? 이젠 정말 없는 게 없는 것 같구만."

——환생, 윤회전생.

원래 세계에서도 믿는 사람이 많았던, 그러나 증명된 적은 없는 개념이다.

그런 이세계(디스보드)의 상식을 어떻게 생각하느냐고 물어도——

"아, 아니오. 없사오나."

——뭐랄까, 헛스윙을 한 기분에 눈을 흘겨뜨고 보는 소라.

그러나 지브릴은 여전히 손을 멈추지 않으며 담담하게——

"……『그릇』을 잃은 『영혼』은 정령회랑에 녹아들어, 의미를 소실하옵니다."

담담히 이 세계의——『죽음』에 대해 말한다.

"……부서진 『그릇』에 『물』이 담길 수 없듯, 그릇(몸)을 잃은 물(영혼)은 대지에 스며들고 대기에 녹아들어, 이윽고 별로 돌아가는 것…… 이 세계에 윤회전생은 없사옵니다—— 하오나."

그리고 지브릴은 손을 멈추었다. 조용한 표정을 소라에게 돌리고, 말을 잇는다.

——그것은 한없이 무(無)에 가까운 가능성이지만.

——원숭이가 무한히 타이핑을 반복하면 소설을 쓸 수 있다

는 폭론임에도.

“‘완전히 똑같은 영혼’을 가진 자가, 다시 태어나는 것은——이론상 가능하옵니다.”

——언제였던가. 상식이라고 단정되었던 『영혼』의 실존.

소라는 그때, ‘유전자(DNA)와 같은 것’이라고 어렴풋하게 이해했으나——

“……요컨대 그거야? 같은 유전자를 가진 사람(클론)이 우연히 태어나는 건 있을 수 있다는, 그런 말?”

유전자 이상의 정보까지 가졌을 영혼이란 것이 완전히 같은 상태로 태어난다면.

오케이. 어떤 의미에서는 환생이라 말하지 못할 것도 없겠다.

“……마스터, 이것은 가정이오나—— ‘시로 님께서 누군가의 환생’이라고 한다면 어떻게 생각——.”

“어떻게도 생각하지 않고, 관계도 없고, 흥미도 없어.”

조용히 묻는 지브릴. 그러나—— 소라는 즉시 대답했다.

“시로는 시로일 뿐. 과거의 누구도 아니고, 설령 미래의 누군가라도, 그건 시로가 아니야.”

1억 번 양보해서, 그렇게 환생(클론)이 태어났다 해도.

그것은—— 시로의 모습을 한 ‘모르는 누군가’일 뿐이다.

“……그러면 또 다시 가정이오나…… 시로 님께, 무슨 일이 생겨——.”

……상상을 초월하는 가정이었다.

내가 우는 모습을 보고 싶은 거면 그렇게 말해.

내심 불평하는 소라에게.

"완전히 똑같은 영혼의 '환생(클론)'이, 마스터를 의지한다면, 어떻게 생각하시겠습니까?"

——어디까지가 자신인가, 무엇으로 타인이라 하는가.

그런 철학적인 물음—— 그러나 고상한 뇌를 가지지 못한 소라는.

"HAHAHA, 그야 전제부터 성립되지 않는걸."

"……어째서이옵니까?"

" '다른 사람이니까' 다! 내가 어떻게 생각하든—— 우선 나를 의지하지 않을 테고 따르지도 않을 테니까!"

——자신을 따라주고, 함께 걸어가주는 시로(여동생)—— 글쎄, 어떨까.

그런 존재는, 완전히 똑같은 유전자가 자연발생할 확률보다도—— 훨씬 낮지 않을까?

그렇게 말하며 소라는 눈꼬리에 눈물을 빛냈다—— 하지만 수긍할 수 있는 대답은 아니었다.

지브릴은 묵묵히 고개를 숙이고—— 그때, 부스스.

"……빠야…… 그거, 아니야……."

"——동생아, 언제부터 일어나 있었냐."

"……『알몸으로 곁에 누워』란…… 워드…… 나온, 순간부터……."

번뜩, 어스름 속에 붉게 떠오른 눈동자에 위압당해 파다닥 물러나는 소라를 대신해.

지브릴과 마주 앉은 시로는, 조그맣게── 여느 때처럼 속삭이는 목소리로 말했다.

"……시로, 지브릴, 이…… 뭘, 묻고 싶은지…… 몰라……."

그것은 소라도, 아니, 지브릴 자신조차 모르는 것 같았다.

그러나 시로는──남의 감정에 둔하다는 자각 때문에──그렇기에, 라고.

무엇을 원하는지── 알 바 아니라고, 단적으로 말했다.

"……환생, 같은 거…… 시로, 인정 안 해……."

확률도 가정도 엿이나 먹으라고, 속삭이는 목소리로── 그러나 반론은 인정하지 않는 어조로.

"……시로의, '환생(클론)', 이라면…… 또, 빠야의, 곁에, 가."

────.

"……몇 번, 다시 태어나도…… 몇 번이라도, 빠야, 찾아내서…… 곁에, 가."

이쪽을 보고 그렇게 말하는 붉은 눈동자에, 소라는 자문했다.

"……그건…… 빠야, 도…… 분명…… 거부하지 않을 거야……."

이 하얀 머리, 이 담담한 목소리, 이 붉은 눈동자로, 자신을 올려다보는 모습을.

──다른 사람이라고. 시로가 아닌 것이라고── 내쳐버릴 수 있을까.

"……그래도, 시로, 모습…… 시로, 목소리…… 시로, 차림, 으로……"

——그렇다면 이야기는 간단하다. 시로는 마치 어린아이가 삐져 떼를 쓰듯.

"……빠야가, 머리 쓰다듬어주고, 행복하게, 웃는…… 시로, 아닌 누군가……."

——젖은 눈으로, 단언한다.

"……………………그런, 거…… 절대로, 인정 못해……."

침묵 속에서, 그렇구나, 단순한 이야기였구나, 하고 소라는 쓴웃음을 지었다.

반대로 생각하면 된다. ——자신의 모습으로, 자신이 아닌 누군가가 시로를 쓰다듬는 것을.

그것을 소라가——시로가——타인이, 어떻게 생각할지, 그런 건 아무래도 상관없다.

자신이 어떻게 생각할지—— 그것만으로도 정리가 되는 이야기였다.

————이번에는 수긍이 가는 대답이었으려나?

지브릴은 눈을 내리깔고, 다시 손을 놀리던 책을 덮더니 일어나서——

"휴식하시는 도중에 결례가 많았나이다. 저는 이만 물러갈 터이니 편안히 쉬시기를."

"……근데 말야, 결국 너 뭐 하러 온 거였냐고. 대답도 안 했는데."

가슴께의 주사위 두 개를 기쁜 얼굴로 매만지고 떠나가려는 그녀의 등에, 소라는 눈을 흘기며 물었다—— 그러나.

"두 분 마스터의 존안을 뵙고자 왔나이다…… 정말로, 그뿐이었사옵니다♪"

지브릴은 "그 이상의 수확도 있었사오나"라고, 그저 너스레를 떨듯 웃더니.

"마지막으로…… 『보고』와 『확인』을—— 한 가지씩."

우선 보고부터, 라는 말과 함께 지브릴은 어딘가 복잡한 웃음으로.

"이곳에 온 것이 정답이었나이다. ——더할 나위 없이 행복한 시간이었사옵니다."

이어서 확인을, 이라고 말하면서 의미심장한 웃음을 지우지 않은 채, 그저 결연히——

"……이 게임———— 소인이 승리하여도 괜찮겠지요?"

이 게임, 플레이어끼리 배신하고 기만하는 이 게임은.

저마다 이면에 어떤 의도를 품었다 하더라도 단 한 가지만은 흔들림이 없다.

——『이길 수 있는(골인할 수 있는)』 사람은 오직 하나——.

소라는 자신들이 승리하도록—— 누구나 그렇게 잔꾀를 부렸다고 말했다.

그렇다면 자신도(지브릴)—— 두 마스터의 허가를 얻어, 그렇게 했으리라고 확인하는 눈에——

“당연하지. 하지만 마찬가지로 당연한 건데—— 이기게 해줄 생각은 없어.”

“……지브릴, 진짜…… 벌…… 줄, 거야…….”

도전적으로 대답하는 두 사람에게 지브릴은 깊이 고개를 숙이더니——

“……황송하오나 이번만은 삼가 승리하겠사옵니다. 무슨 수를 써서라도.”

그렇게 말한 지브릴은 발을 돌리고 날개를 쳐, 창문을 통해 밤하늘로 날아올랐다.

나타났을 때와 마찬가지로 갑작스럽게 사라진, 그녀의 마지막 자리를 바라보며, 시로가 문득.

“……빠야, 지브릴, 한테…… 줬던, 주사위……는?”

“어? 에이, 지브릴의 주사위는 두 개였는걸? 돌려받았——.”

——다고 말하려던 소라는 문득 깨닫고, 말을 끊었다.

그 기억은?——없다, 고.

소라와 시로의 가슴께에는 아홉 개씩—— 다른 방에서 자고 있을 스테프가 하나라면——

“~~~지브리~~~일!! 아주 요란하게 선전포고를 해놓고는 이 무슨 쪼잔한 반칙이야?!”

——마법으로 주사위 수를 위장해, 주사위 8개를 고스란히 '빌렸다가 먹고 튄' 자를 규탄하는 외침. 그러나.

“……빠야…… 초 바보…… 초 얼간이…….”

애초에 바보스러운 이유── 시로에게서 도망치기 위한 양도였으니.

전면적으로 소라가 잘못했다고 말하는 목소리.

아군도 반론의 여지도 없어.

소라는 그저, 무릎을 끌어안고 울었다──…….

Howdunit

제3장 오유도법(誤誘導法)

——204번째 칸—— 다섯 번째 주사위 굴림, 남은 주사위는 ——3개.

하츠세 이노는 30세 직전까지 젊어진 자신의 손을 내려다보았다.

마침 안성맞춤으로 붉은 달빛이 비추는 풍경—— 그 그리움에 쓴웃음을 지었다.

그렇다…… 그녀와 처음 만났던 것도 딱 이런 계절의, 이런 밤이었다.

아직은 동부연합이라는 이름조차 없었던 섬들에 휘몰아쳤던 —— 그 폭풍(그녀)과…….

■ ■ ■

“달이 참 좋제, ‘하츠세’ …… 이리 기분 좋은 밤인데, 내하고 놀아보지 않을란?”

——반세기도 더 지난 옛날, 붉은 달이 비추는 밤 아래.

조그만—— 그러나 달빛보다 더욱 폭력적으로 밤을 붉게 물들이는 강대한 두 꼬리를 가진 붉은색 여우는.

동양을 유린하는 『폭풍(소녀)』은 방울 같은 목소리로 부족명(성)을 부르며 이노의 앞에 섰다.

당시 섬 하나의 족장일 뿐이었던 그의 귀에도 이 폭풍(그녀)의 소문은 들려왔다.

박해받던 금색여우(부족)의 마지막 한 사람――『혈괴』 개체인 소녀.

자신을 박해하던 칸나가리(섬)에서, 밑바닥부터 기어 올라와, 마침내는 제압해버린 그녀는――

압도적인 오감, 사고속도, 권모술수를 동원해, 칸나가리를 뛰쳐나와, 워비스트가 사는 모든 섬 모든 부족에 이빨을 들이댔다. 바다를 끊고, 교역(파이프라인)을 끊고, 내부를 무너뜨려 자멸로 이끌어 게임에 응할 수밖에 없게 만들고―― 은혜도 양보도 없이 무릎 꿇리고 지배하는, 동양을 집어삼킨 '폭풍'이 되었다는 소문――.

그 폭풍을 앞에 두고 이노에게 게임을 거부할 권리 따위는 없었으므로.

"……작금의 상황을 근심하는 뜻은 같다고 생각하였습니다만…… 터무니없는 착각이었군요."

그저 한숨을 한 번 쉬고, 한 발을 내디뎠다.

――이노는 당초 폭풍(소문)에 기대했다. 희망했다. 갈망했다.

워비스트끼리 서로 반목하는 불모의 늪지에 마침내 종지부를 찍을 자가 나타났다고.

――그러나.

밟아 내디딘 대지가 부서져 솟아오르고, 밤을 물들인 붉은색이 둘로 늘어났다.

피를 비등시켜, 섭리의 족쇄를 물어뜯어 부순 붉은 짐승들——대치하던 두 마리 중 하나가 말했다.

"——『혈괴(힘)』가 자신의 전매특허라도 된다고 생각하지는 않으셨겠지요—— 하물며."

이 정도 힘으로 워비스트를 무릎 꿇리고 지배하고 따르게 해—— 그 후에는.

" '더 강한 자' 에게 종족이 송두리째 멸망당하도록 가만히 두고 볼 수는 없습니다——!!"

——누구도 노린 것은 아닌, 구역질 나는 '결과론' 에 지나지 않는다…… 그러나.

인정하기 힘든 일이지만, 부족끼리 갈라져 내부 싸움에 날을 지새우는 것도——『정석』인 것이다.

힘으로 워비스트를 통일하고—— 섣불리 한 사람의『전권대리자』를 만들어버리면.

——더 큰 힘을 앞에 두었을 때, 한 수에 워비스트 전체가 짓밟힌다.

이 비참한『정석』을.

다른 종족이 워비스트의 일부를 게임으로 지배하고 종속시키는『참상(정석)』을.

다른 부족이니까, 강 건너 불구경이라고, 기뻐하기까지 하는『저열함(정석)』을.

종족을 통일하여 『정석』을 뒤집는 데에, 힘으로는 부족하다 ―― 그 이상이 필요한 것이다.

기대하고 희망하고 갈망했으며, 또한 실망한 『폭풍』에게 내뱉고 싶었거늘――

"크하하하, 말은 잘 한데이. 부족이 어쩌저쩌 카면서 얼굴 반반한 지지바들 거느리고 빠쳐서 모반했던 하반신 놈팽이가!!"

……폭풍이, 웃었다.

"――――――――허어, 무슨 말씀이신지요?"

"됐다, 됐다…… '하고픈 여자랑 몬한다' 캐서 부족에게 대들고, 깔쌈한 애들만으로 하렘 만들고, 원하는 건 부족차별 폐지―― 산뜻하데이. 아주 순수한 동기 아이가?"

――흐음. 전부 꿰뚫어보고 있었군.

"그러면 솔직하게 말하지―― 내 여자한테 손댔다간 목을 물어뜯어버리겠다, 이 망할 애송아."

점잖은 척하는 것도 포기했는데.

깔깔깔, 아름다운 폭풍은 요염하게 웃더니 털썩 책상다리를 하고 앉았다.

"아나, 내한테 이기바라. 그라믄 느그 여자들, 섬째로 두 번 다시 손 안 댄다."

그 대신――

폭풍(소녀)은 말했다.

"지믄 내 부하 돼라. 물론 거부권은 없응께. 미안타♪"

——그리고, 이노는 자신의 얄팍함을 부끄러워했다.

혈괴(힘)에 의한 폭력적 오감, 사고속도—— 그 정도 힘으로.

이만한 섬들을 집어삼킬 만한 『모략(폭풍)』이 생겨날 리가…… 없었다고.

혈괴 개체간의 게임에서, 갓난아기를 어르듯 자신을 꺾어버린 폭풍(소녀)——.

“워비스트가 드잡이질하고 싸우는 편이 득이라 카는 이딴 『정석』—— 그것부터 부술 거다.”

부하가 된 이노에게 『무녀』라 자칭하며 혈괴를 푼 붉은 소녀는——

“한번 제압한(뜯어냈던) 모든 걸—— 담번엔 자치를 미끼로 반환해주고 ‘부족연합’ 을 만들 거다.”

——어떤 보물조차도 빛이 바랠 그 금색여우 소녀는.

이노가 기대하고, 희망하고, 갈망했던—— 미래를, 입에 담았다.

“워비스트의 통합정부—— 『동부연합』의 수립…… 이게 첫 『정석파괴』데이.”

모든 것을 집어삼키는 폭풍의 선견지명에 신음하면서——

“……하지만 그것은 『정석파괴의 파괴』를 초래할 것입니다.”

워비스트 통일(정석 파괴) 앞에 기다리는 것은,

다른 종족의 치명적인 한 수(정석 파괴의 파괴)——라 말하는 이노에게.

"그것도 다시 파괴할 기다—— 다른 종족에 대항할 방법이라면 이미 다 생각해놨데이."

워비스트의 병합, 통일, 다른 종족과의 대항까지지도—— '일단은' 이라 단언하고.

"몇 번이고 파괴한 영원 너머에, 내가 찾는 『정석』이 있을 기다."

멀고 먼, 아득한 저편을 바라보는 눈으로——

"——아무도 남한테 지배당하는 피스가 없는, 아무의 희생도 필요 없는 『정석』이."

다 꾸지 못한 꿈의—— 더 먼 끝마저도 바라보는 자에게.

하츠세 이노는 무릎을 꿇고, 남은 생애를 바치겠노라고 엄숙히 맹세했다.

"법과 제도를 정비할 때 중혼 가능을 약속해주시겠다면 전심전력을 다 바쳐 도와드리겠나이다."

"크하하하! 역시 부족도 입장도 안 돌아보고 예쁜 얼라들만 꼬셨던 남자데이!"

진지한 얼굴로 무릎을 꿇은 이노에게 깔깔 웃으며 무녀는 농담처럼 말했다.

"안심했데이. 예쁜 얼라들 말고도 덮치는 절조 없는 넘이었으면 내 정조도 걱정했어야 캤는데."

"실례이오나—— 지금의 발언은 철회해주셨으면 하옵니다."

"……호오?"

"아름다우신 분께서 자신을 비하하면 안 됩니다."

"……………………………………느그 진짜 인기 많겠데이."

"자랑이오나, 예. 또한 입장은 확실히 염두에 두었다는 것 또한 자랑이오니 정정해주시면."

너무나도 높은 경지를 내다보는── 달도 부끄러워 그림자를 드리울 존귀한 소녀에게.

그녀가 내다보는 영원의 끝에 몸을 바치겠노라고 결의한 이노는, 웃으며 말했다.

"무녀(당신)님께 어울리는 남자가 될 때까지, 유혹은 삼가겠습니다."

──그날로부터 몇 세기처럼 여겨지는 격동의 기억(반세기)이 시작되었다.

무녀의 선언대로 네 자릿수에 이르는 섬들, 거의 같은 수의 부족을 상대하고, 협의하고, 교섭이라는 명목의 방대한 난제──법, 경제, 집행권 분립 등──그 조정안(게임)을 짜느라 날을 지냈다.

이와 함께 식자들을 모아 잠정 정부를 두고 국가연구 계획을 세웠다.

다른 종족에 대항할 방법── 정령, 마법이 간섭할 여지가 없는 게임을 연구했으며.

무녀는 지금의 『미야시로』, 칸나가리의 신사에서 흘러나오는 '힘' 에 주목했다.

지금 생각해보면…… 그것이야말로 '올드데우스의 힘' 이었으리라.

그러나 무녀는 그것을 '단순한 동력'으로 이용해, 암호로 가동하는 장치를 연구했다.

힘의 정체가 무엇이든 쉽게 다른 종족에게 간섭당한다면 무의미하다고.

이리하여 '힘'의 수용과 단절(ON/OFF)로 움직이는 자동반(自動盤)(프로그램)——첫 전자 게임이 개발되었다.

알고리듬 변환에 따라 영상과 음성의 표현이 가능해진 것은 그로부터 20년 후.

그리고 그날로부터 벌써 60년 가까운 세월이 흘렀을 무렵——————…………

"……여기까지 반세기 이상…… 아니, 하츠세 이노——."

——반세기 전까지 누가 상상이나 했으리오.

형형히 눈부시게 발전한 도시.

완성된 워비스트의 통일국가——『동부연합』의 수도, 칸나가리.

미야시로의 정원에서, 난간에 걸터앉은 금색여우는—— 술잔을 기울이며 문득 중얼거렸다.

"……내 말이다—— 멀 잘못했던 걸까……."

——이노는 그 말의 의미를 알 수 없었다.

워비스트가 서로 다투는 『정석』은 완전히 깨졌다.

다른 종족에게 대항할 방법(게임)도, 완전몰입형(풀다이브)으로 발전하면서 엘프까지 물리치기에 이르렀다.

"주제넘은 말씀이오나 무녀님께서는 워비스트 중 누구도 이루지 못했던 『정석파괴』를 이루——."

"그렇게 반세기도 넘게—— 내는, 아직도 이런 정석에 있데이……."

이노의 말을 가로막고, 자학적으로 웃으며 무녀는 눈으로 말했다.

정석을 영원히 깨고 또 깬, 그 끝을 추구해, 한눈도 팔지 않고 달려왔다.

……올바른 일만 해서는 정치는 돌아가지 않는다.

부족차별을 완화하기 위해 다른 종족을 업신여기는 정책을 취했다.

대(大)를 위해 소(小)를 버리는 일은 수없이 있었으며, 간접적으로 빼앗은 목숨도 얼마나 될지 모른다.

——200년의 수명을 십여 년만 남겨놓고 깎아가며 이루었던 그것에—— 이제 와서.

"……이 너머에, 내가 추구했던 『희생 없는』 정석은, 없는 기라……."

그것은 그저, 희생을 바꾸고 있을 뿐이라는 사실을 깨닫고.

"내는 잘못한 거다……. 첫 한 수—— 그 속임수부터 잘못했던 기라."

——이노는 역시 의미를 알 수 없었다.

"캐도 말이다, 어찌해야 좋았는지…… 내는 모른데이……."

빛으로 엮은 폰── 워비스트의 피스를 만지작거리며 무녀는 자조하듯 웃었다.

"그러니까── 내 꿈은, 여기가 『끝』인 거다."

그날의 꿈을 꿀 자격은, 자신에게는 더 이상 없다고, 피스를 튕기는 무녀.

그러나 반세기 이상 그녀의 곁에 있었던 사내는──

"……마음에도 없는 말씀을 하시는군요. 그러한 표정으로는 설득력이 없습니다."

"……그렇제. 그럼── 생떼답게 말을 골라바야겠데이."

──입가를 깨물며 억지로 웃음을 짓는 그 얼굴은.

전혀, 조금도, 아무것도 수긍할 수 없다고 하는 그 얼굴은.

체념한 것이 아님을 말해주는── 게이머의 얼굴은.

"어찌 해야 좋았는지── 해답으로 발견할 때까지 승부는 미뤄두겠데이, 면 어떻겠노."

──처음으로 보인 그 미소는, 울고 있지 않았다.

떨리지 않았다. 여느 때처럼, 초연하고 의연했다.

──그렇다, 이노는…….

──그렇게 생각하기로 했다…………….

■ ■ ■

"……오셨습니까……."

인기척에, 이노는 과거를 보던 눈을 감고.

천천히—— 현재를 보는 눈을 떴다.

——204번째 칸.

이노가 조용히 서서 상념에 잠긴 그곳은, 소라 일행과 목욕을 함께 했던 칸으로부터—— 52칸.

소라가 목욕탕에서 중얼거렸던 '다음 목적지 칸'에서, 이노는 조용히 기다리던 사람들을 맞이했다.

"——어라? 이건…… 오래 기다렸나? 라고 물어봐야 하는 상황이야, 영감?"

"으으…… 두 번, 다시…… 보고, 싶지 않았던…… 영감……."

"이젠싫어요이게임에『기권』은없는건가요죽으면편해지나요?!"

표표히, 진저리를 치며, 소란을 떨며 나타난 세 사람에게 이노는 슬쩍 웃음을 흘렸다.

"예, 정말 오래 기다렸습니다…… 상당히 늦으셨군요."

"다들 댁 같은 줄 알아……? 520킬로미터라고. 할리도 연료가 떨어지지, 평범하게 생각해서……."

이럴 줄 알았으면『연료 치트』도 달아놓을 걸 그랬다고 투덜거리며.

——오는 길에 무슨 일이 있었는지, 밀짚모자를 쓰고 죽창을 들고 숨을 헐떡거리는 소라와.

마찬가지로 죽창을 이노에게 들이대고—— 악몽에 겁을 먹은 듯 몸을 떠는 시로와.

그저 땅에 엎드린 채 떼를 쓰는, 누더기를 두른 스테프—— 세 사람에게.

——과제 문언이 낭독되었다.

——**【세계를 위해 물건을 찢어발긴다.】**

그렇다—— 이노 자신의 과제에, 쓴웃음을 흘리며 소라는 말했다.

"……흐음, 그런고로 우리 세 사람이 '적당한 물건을 찢어발기면' 당신은 주사위를 세 개 빼앗기고 깔끔하게 0개가 되어 '게임 오버' —— 배웅해줄 사람을 기다리셨나, 영감?"

"——네에……?!"

204번째 칸—— 소라 일행이 멈출 칸을 통과하며 과제를 보았던 이노가.

이곳에 '매복' 한 의도를 알고 놀라는 스테프를 내버려둔 채, 어이없는 얼굴로 묻는 소라.

그러나—— 어이없어하는 것도 당연하다고, 이노는 자조의 웃음을 지었다.

지정된 시간(언제)이 없다. 그뿐 아니라 『무엇』조차 구체적으로 언급되지 않은 것이다.

이노가 썼던 다른 【과제】와 마찬가지로 얼빠진, 바보 같은 과제였다.

——무녀가 죽고, 범인은 소라라고 생각해 이성을 잃었다고는 하나 변명의 여지가 없다.

따라서, 변명할 수 없으므로.

"부끄럽기 그지없습니다. 냉정하게, 적확하고 확실하게 소라 공을 죽이고자 숙고하였어야 했습니다."

"그 부분을 반성하면 어떡해! 살해선언관두란말야나울어버린다?!"

공갈을 치는 이노에게, 소라는 눈물을 머금은 눈으로 울부짖었다.

——그렇다, 누가, 무엇을, 까지도 지정하지 않은【과제】.

————그러나 달성은 가능하기에 무효는 아닌【과제】.

——————원래 같으면, 전혀 의미가 없는【과제】.

"소라 공…… 아니, 시로 공께 여쭙는 편이 나을까요?"

스윽…… 무게중심을 낮추고, 송곳니를, 발톱을 드러내며.

"——【과제】의 규칙, 시로 공은 한 구절 한 글자 똑똑히 기억하시겠지요——?"

누구의 눈에도 명확한—— 임전태세로, 그렇게 말하는 이노에게.

질문을 받은 시로는 의아함에 눈썹을 모으고—— 하지만 그것도 한순간.

"——————흑?!"

눈을 크게 뜨며, 하얀 얼굴에서 더욱 핏기가 빠져나가 가방을 열었다.

07: 【과제】는 칸에 멈춘 주사위 보유자에게 어떠한 지시도 강요할 수 있다.

——이 게임의 【과제】에는 강제력이 있다.

그러나 그것은 『십조맹약』을—— 명확하게 위반하는 것이다.

행동의 강제 따위, 자유의사(권리)의 침해 이외의 그 무엇도 아니다.

그래도 강제력이 작용한다는 것은—— 전원이 동의했기 때문이다.

그렇기에 간접적으로라도—— 서로 목숨을 빼앗을 수 있다.

그렇기에 시간 지정이 있다면——『즉시 자해한다』고 적어놓으면—— 죽는다.

당신을 죽여도 되느냐고 묻고, 좋다고 대답했다—— 동의가 있었다. 그렇다면——

“이제는 이해하셨군요. 얼간이 같은 과제도…… 제가 이곳에 있을 경우——.”

——순간, 땅이 흔들리고, 대기가 터져나갔다.

폭풍에 휩쓸린 흙먼지에 소라 일행의 시야가 차단되고——

다시 열렸을 때 그곳에는——

"—— '제가 소라 공(물건)을 찢어발기는' 것도, 가능하겠지요……."

붉은 짐승—— 피안개를 두르고 이를 드러낸, 살육 그 자체의 모습이 있었다.

한순간 먼저 알아차리고 가방을 뒤지는 시로에게, 이노는 비웃으며—— 선언했다.

"——핸디캡을 드리겠습니다."

지금 당장 다른 『물건(무언가)』을 찢어발겨—— 다시 말해 『과제달성』을 하면.

이노의 살상행위는 막을 수 있다고.

——그러나.

"소라 공께서, 여러분이…… 『물건(무언가)』을 찢어발기는 것과——."

"제가 다섯을 세고 『소라 공』을 찢어발기는 것과—— 어느 쪽이 빠를까요?"

————하나.

"어~ 저기요~…… 저게 무슨, 말인가요?"

"……얼, 른…… 무언가 찢어발기지, 않으면…… 빠야가 죽어……!"

그 말에, 멍청히 있던 스테프도 상황만은 파악했는지.

시로와 마찬가지로 가방을 뒤지고—— 그러나 비명처럼 의문을 외쳤다.

"——저기, 왜—— 어째서 이노 씨가 소라를 죽이는 건데요?!"

"왜긴, 처음부터 『죽어라』라는 과제를 써놓고, 좀 너무한다

싶을 정도로 살기등등했잖아 저 인간……. 사랑받을 만한 기억도 없지만 그렇게까지 미움 받을 일을 했던가?"

"하고 하고 또 했죠?! 그리고 그럴 때가 아니예요! 왜냐면──."

"──왜냐면? 왜냐면 뭐?"

────둘.

"영감의 입장에서는 우리가 과제를 달성하면 죽는 건 자기인걸? 피차일반이지."

"근데 왜 그렇게 침착한 거예요오!!"

여관에서 슬쩍해온 식량을 꺼내 필사적으로 찢으려 하는 두 사람을 내버려둔 채.

혼자 담담하게, 소라만은 그저 지친 듯 한숨과 함께 이노를 바라보았다.

"……소용없는 짓이거든. 게다가 어차피 이미 늦었어."

────셋.

──『혈괴』로 섭리를 뒤집어버리는 이노에게 다섯을 헤아리는 동안은 몇 시간처럼 여겨졌다.

가방을 뒤지는 시로와 스테프가 멈춘 것처럼 보이기까지 하는 가운데.

이노는 그저 냉정하게 자신을 쳐다보는 사내의 시선에──기억을, 그 다음 장면을 보고 있었다…….

■ ■ ■

——그것은 바로 어제 있었던 일 같았다.

오셴드—— 세이렌, 담피르가 꾸민 함정에서 생환한 이노에게.

미야시로의 정원에서 난간에 걸터앉은 금색여우는 그날처럼 술을 마시며—— 말했다.

"하츠세 이노. 사실은 내, 느그를 버려야 한다고 판단했다."

——알고 있었다.

반세기 이상의 시간을 공유했던 무녀를 이노는 잘 안다.

워비스트를 위해서라면…… 대를 위해서라면 망설임 없이 소를 버릴 분이다.

외경심조차 품게 되는 판단력, 실행력으로 동부연합을 구축했던—— 그러나 무정해질 수만은 없는 분이다.

고민과 고뇌 속에 결단을 거듭하고, 그래도 꺾이지 않은 채, 의지하지 않은 채 먼 곳을 내다보며—— 그러나.

그날—— 무언가를 잘못했다고, '억지'를 부렸다.

다 꾸지 못한 꿈을, 다 꾸었다고 말했던, 그날부터——

"내도 버릴라캤던 느그를, 버리지 않고 자신을 관철한 남자를 —— 믿어볼 마음은 있나?"

그런 물음에, 이노는 생각했다——『말할 필요도 없다』——고.

그 남자[소라]를, 이노는 이해할 수 없지만, 단언할 수 있는 것이 있다.

적어도── 결코 믿어서는 안 될 자라고── 그러나.

"당신이, 다시 한 번 꿈을 꿀 수 있다면."

이노는 고개를 조아리고 그렇게…… 대답했다.

──그날, 원통한 눈물을 삼키면서도 꺾이기를 거부했던 날로부터.

승부는 미뤄두었다──고 말하며, 꿈에서 눈을 돌려오기만 했던── 딱딱한 웃음이.

──그곳에 없었으니까.

처음 만났던 날의, 끝없는 끝을 내다보던 보물조차 빛이 바랠 웃음이 그곳에 있었으니까.

해답을 발견하기까지 승부를 미뤄두었던 그녀는── 찾았던 것이리라.

그들에게── 소라와 시로에게…… 다시 한 번 꿈을 꿀 만한, 해답(무언가)을.

반세기 넘는 세월을 함께했던 무녀를, 이노는 잘 알고 있었다.

──알고 있었다……고, 생각했다…………

■ ■ ■

────다섯.

"──그러면 여러분…… 작별입니다."

여전히 필사적으로 짐을 찢어발기려 하는 일동에게── 작별을 고하고.

비명을 지르고자 입을 연 시로, 스테프를 무시한 채── 이노의 발이.

"……근데 영감 말야…… 미안하지만 소──────."

땅을 박찬── 순간.

소라의 목소리는 끊어지고, 공간은 일그러지고, 시간은 터져나갔다.

억지로, 폭력적으로, 세상의 섭리를 무릎 꿇린 그 『힘(혈괴)』은.

100미터를 0미터로, 0초를 100초로 뒤바꾸며 내달렸다.

소라와 시로와 스테프, 삼인삼색의 표정으로 정지해버린 세계 속에.

이노만이── 혈괴 개체만이 허락된 틈새를 날아올랐다.

한 걸음, 내디디고.

한 걸음, 파고들어.

한 수, 손을 뻗는다.

단지 그것만으로도 이마니티인 소라의 몸 따위 물거품으로 바꿀 힘은.

대기조차 알아차리지 못할, 무음을 찢어발기고 짓쳐드는 발톱은──

"──────용없어…… 게임 장르는 잘 골라잡으라고."

──그렇게 말한 소라의 코끝에서, 멈추었다.

관성(섭리)도 혈괴(부조리)도 제압하는 가차 없는 『맹약(힘)』에, 우뚝――.

몇 순간 늦게―― 시간이, 흘러야 한다는 사실을 깨달은 것처럼.

이노의 거동이 낳아야 할 모든 것―― 폭음과 폭풍, 충격파가 휘몰아치는 가운데――

"날 상대로 '말장난 싸움(블러프)' 이라니―― 댁한테는 짐이 너무 무겁지."

――갈라지고 떨리는 목소리. 그러나 한껏 허세를 부리며 웃는 소라에게.

이노는 슬쩍 웃어 대답하며, 손을 내리고―― 혈괴를 풀었다.

"'지정이 없다' = '무슨 짓을 해도 된다' ―― 그딴 논리는 안 통해."

……그렇다. 목숨을 뺏고 빼앗기는 데 대한 동의가 강제력이 되는 【과제(규칙)】―― 그러나.

"이건 단순히―― 테이블 위에 올려놓은 게 하나도 없을 뿐……이잖아?"

"……흐음, 이미 들켰군요. 악마와 지혜 대결이라니 과분한 도전이었으려나요?"

얼어붙은 시로와 스테프를 내버려둔 채 느긋하게 식량(풀)을 찢어발기는 소라에게, 이노는 쓴웃음을 지었다.

――이노는 이 과제를 사용해 소라를 죽일 수 없었다.

이노 자신이 그 사실을 파악했다면——

그 행동의 진의는——

"…………아……."

그것을 뒤늦게 깨달은 시로는, '손 안에 있는 것' 에—— 살짝 신음하고.

"——어, 그, 그럼 이노 씨, 소라를 죽일 생각, 없었던…… 거예요?"

"스테파니 공…… 저를 그런 사람으로 생각하지 마십시오."

깨닫지 못한 약 1명에게 이노는 힘차게 대답했다.

"——이 하츠세 이노, 언제 어떤 순간에도 소라 공을 죽일 기개가 있사옵니다!!"

"야, 영감!! 블러프란 거 알았어도 쬐끔 지렸던 내 팬티에게 사과해!!"

"어…… 네? 어? 하지만——."

죽일 수 없다는 사실을 알았다면 왜 블러프를?

그렇게 고개를 갸웃하며 묻는 스테프의 시선에, 이노는 멋진 웃음으로——본심 반, 거짓말 반으로.

"죽이지 못한다면—— '시비' 정도는 걸어도 벌 받을 일은 없겠지요?"

——에헷낼름…….

근육질 몸에는 너무 어울리지 않는 의성어 의태어로 대답했다.

"……영감. '그 속성' 은 댁한테는 필요 없잖아……."

"네, 네에……?"

힘이 빠져 기절하기 직전인 스테프—— 그러나 소라의 으르렁거리는 목소리가 그녀의 의식을 붙들어놓았다.

"우리가 셋 다 과제를 달성하면 댁은 주사위를 다 잃지—— 그러니까."

그리고 스테프와, 그녀의 '손에 있는 것' 을 흘끔 보며 소라는 말했다.

"……적어도 한 사람은 그걸 거부하리라 보고 밥상을 차려놨단 말씀."

"…………아!!!"

——그렇다. 시로와 마찬가지로.

'찢어발긴 식량(풀)' 이 손에 있고—— 그 대신.

——가슴께에 하나 늘어난 주사위를 보며, 스테프는 숨을 멈추었다.

"다시 말해 당신의 목적은 우리에게 주사위를 맡기고 앞으로 보내는 것——."

여전히 느긋하게, 식량(풀)을 찢어대는 소라는, 비아냥거리듯——

"츤데레 마초라니, 누구 좋으라고 만든 속성이람……. 수요도 없고 징그럽기만 하니까 관두라고."

………….

……………………후우.

이노는 진심으로 진저리가 난다는 듯, 그저 자학적으로 중얼거렸다.

“하나에서 열까지 다 내다보셨군요—— 그런 점이 정말 아니꼽단 말이다, 망할 원숭이.”

——반세기 이상의 세월을 함께 했던 무녀.

그러나 이노는—— 그녀에 대해 무엇 하나 알지 못했다.

‘소녀(그녀)’ 가 무엇을 내다보고.

‘무녀(그녀)’ 가 무엇을 번민하고.

‘그날의 얼굴(그녀)’ 이 무엇을 잘못했다고 탄식하며 꿈을 버렸는지도—— 무엇 하나.

그 뒤에 있는 올드데우스의 존재조차, 이노는 알 수도 느낄 수도 없었다.

——반면 모든 것을 내다본 것 같은 이 사내와 그의 여동생은 알고 있었다.

반세기는 고사하고…… 처음 만나기 전부터—— 이노보다도, 훨씬.

무녀가 무엇을 내다보고, 무엇을 잘못했으며, 무엇에 눈물을 흘렸는가—— 그리고.

——무엇이, 다시 한 번—— 꿈을 내다보며, 웃음을 짓게 했는지를…….

단순한 시비—— 반은 진심이었다. 어른스럽지 못한 질투가 이노의 등을 떠밀었다.

그리고 이번에는 어린아이 같은 오기가 이노의 입을 열게 했다.

——그렇군. 정말로 나는 무녀에 대해 전혀 몰랐어.

하지만 아는 것도 있다고, 주장하듯.

"잔꾀를 부리려면 치명적으로 부린다. 어떻게 굴러가도 자신들이 승리하도록. 그렇게 말씀하셨지요?"

소라라면 그렇게 하리라.

——누구든 그렇게 하리라.

——이노도 그렇게 했으리라. 그렇다면——

"……무녀님도 그렇게 하셨을 것이 분명……하겠지요."

——정답.

그렇게 말하듯 소라는 씁쓸히 웃으며, 마지막으로 손에 든 풀을 찢어버렸다.

스테프만이 곤혹스럽게 신음하는 가운데, 이노는 생각해보면 당연하다고 웃었다.

——무녀의 목숨이 『스타트 칩』인 게임이 모두의 동의로 시작됐다면,

동의했던 '모두' 중에는—— 당연히 무녀도 포함되어 있어야 하는 것이다…….

그러고도 무녀가 『소라를 믿어보겠느냐』고 물었다면, 그 의도는——

“……무녀님은 믿으셨던 것이겠지요. 소라 공과 시로 공이라면 반드시, 누구보다도 잘——.”

——소라가 찢어발긴 물(풀)건을 마지막으로—— 세 사람이 과제를 달성했다고 간주되고.

이노는 남은 세 개의 주사위를 잃어 빛의 소용돌이에 빨려 들어가는 가운데, 말했다.

“——더럽고, 끔찍하고, 비뚤어지기 그지없고 망가질 대로 망가져 인격은 파탄 난—— 정신적으로도 안면적으로도 유감천만한 자라고밖에는 여겨지지 않는 방법으로—— 모두를 배신하고 속여서 이기리라 믿으셨던 것이겠지요.”

“하나…… 아니, 일곱 개 정도 사족이 들어갔어, 영감.”

“…………빠야…… 시, 시로…… 안면, 유감천만한…… 애야……?”

“아아아시로! 아니거든오빠얘기하는거거든이자식?!”

——한 묶음으로 취급당했지만 안면 이외에는 반론하지 않는 시로를 추스르는 소라에게.

이노는 쓴웃음을 지으며, 사라져가는 가운데…… 자신 나름대로의 대답을.

“그리고 그렇기에—— 여러분을 함정에 빠뜨리기로 했을 터, 그렇지요?”

모두의 동의 없이는 성립하지 않는, 플레이어끼리 서로 배신(살인)하는 게임.

무녀의 목숨을 대가로 시작한 게임, 이노가 동의할 리 없는 게임을 동의한 이유——

"소라 공께서, 자신들이 이기도록 잔꾀를 부렸고…… 승리하면——."

깨닫는 데에 한참 시간이 걸린 이유를—— 굳이 도발적으로, 말했다.

"그거야말로 무녀님의 승리가 된다고, 제가 확신했기 때문…… 그뿐일 것입니다."

——하나, 둘, 나이가 깎여나가 몸이 퇴행해간다.

몇 번이나 체험했던 그것은, 이번에는 제한 없이 0세—— 소멸에 이르렀다.

——주사위가 0이 되면 어떻게 될까.

그『해답』에 모두가 처음으로 직면했다.

그중에서도 입을 가리고 공포, 동정, 혼란에 빠진 표정으로 눈물을 흘리는 스테프에게.

"——승리해라. 무녀님께서 목숨과 맞바꾸어 바랐던 결말 이외에는—— 난 인정하지 않겠다."

이노는—— 자아도취하지 말라고 내뱉듯, 명령했다.

무녀님의 승리를 위해 네놈들의 승리를 거들겠다고, 여기서 갈 뿐이라고.

그렇게 소라와 시로를 향해 선고하는 이노.

——그러나.

"댁이 말할 것도 없어. 잘 가, 영감—— 아니, 도련님인가?"

"……아스탈라 비스타, 베이베(또 만나자, 꼬마야)~…… 아니꼽긴, 하지만…… 굿바이……."

——이노 자신이 바랐다고는 해도.

스스로 죽음에 몰아넣은 자에게, 헤실헤실, 낯빛 하나 바꾸지 않고 대꾸하는 두 사람에게.

스테프는 공포마저 느끼고 이를 따닥따닥 떨었다. 그리고 이노는——

"마지막이니…… 한 가지만, 대답해주실 수 있겠습니까?"

"……마지막이라…… 그렇다면 질문에 따라 다르겠지만?"

——이제는 몇 초 후면 소멸할 이노는 그저 천천히, 물었다.

"……왜, 저에게는—— 불가능했던 것이었을까요……."

죽어가는 지금도 여전히 알 수 없는, 무녀가 내다보았던 것.

"……무녀님께 해답(웃음)을 드리는 것이…… 어째서 당신들이었을까요……."

자신이 아니라, 그들에게서 내다보고, 웃음을 되찾았던 것.

타인의 죽음을 앞두고 눈썹 하나 꿈틀하지 않을 수 있는 괴물(두 사람)에게 대체 무엇을.

그렇게 질투도 후회도 깡그리 내팽개치고, 구걸하듯 해답을 원하는 이노에게——

"……영감 말야. 게임에 이기기 위한 기본이자 오의는 말이지——."

소라와 시로는 그저 무어라 형언할 수 없는―― 복잡한 표정으로 대답했다.

"상대가 하고 싶은 일은 하나도 해주지 않고, 당하기 싫은 일은 철저하게 해주는 거야."

"……성격, 삐딱해야…… 먹고, 살……수…… 있어~……."

그러니까――

복잡한 웃음을 더욱 깊이 지으며.

"당신, 인격은 일류지만―― 게이머로서는 삼류만도 못해."

――최후의 최후까지, 성격 한 번 끝내주는구나.

"……그 배려, 고맙게 받아들이도록 하지요……."

――원하는 것은 해주지 않고, 당하기 싫은 것은 해준다.

게이머로서 『어디까지나 대답해줄 마음은 없다』고 말한 두 사람은.

"저 세상에서 무녀님과 함께, 무녀님의 함정에 빠지신 두 분의 울상을 감상하겠습니다."

이제는 한 바퀴 돌아 숫제 시원하기까지 한 웃음으로――

"배려? 뭔 소리래. 근데 나도―― 마지막 어쩌고에 한마디 해도 될까?"

――그렇게 사라져가는 의식 속에서, 이노는 똑똑히 보았다.

최고로 멋진. 여느 때와 같은. 그가 잘 알던.

누구나 창졸간에 주먹을 날려주고 싶어지는―― 그렇다.

"이 게임은 주사위── 나이를 빼앗는 게임인데 말야."

──기억 속에 있는 것과 똑같은 웃음으로, 소라가 말하는 모습을──

"……왜 기억은 줄어들지 않을까?"

──.

────.

"그럼 안녕~. '원하시는 저 세상' 인지 뭔지에 갔던 감상──."

"……나중, 에…… 들려, 줘……♪"

■ ■ ■

──빛에 휩싸여, 하염없이 퇴행한다.

질량존재시간── 육체연령이 주사위로 분할된 이 게임에서.

주사위 개수『0』이 정의하는 것은── 존재했던 사실의 부정이었다.

소년에, 유아에, 태아에, 세포에 이르고── 그리고.

──『하츠세 이노』라 불렸던 자가 서 있어야 할 땅에는.

그저 '그런 자는 존재하지 않았다' 는 공허만이 남았다──.

"그거…… 살짝 트라우마가 남을 영상이었지……."

"시로…… 싫어…… 생각, 났어…… 또 꿈, 꾸겠어……."

언젠가 둘이서 보았던 생명의 탄생틱한 다큐멘터리 프로를 떠올리고.

소라와 시로는 눈앞에서 펼쳐졌던 스펙터클에 해쓱해진 얼굴로 생각했다.

——교양 프로라고 해서 '태아의 성장을 되감아 보여주기'는 좀 어떨까 싶다고…….

"…………여러분…… 어떻게…… 태연할 수 있는 거예요."

그렇게 쥐어짜낸 것은 오열을 흘리고 있던 스테프였다.

"정말로 머리가 어떻게 된 거 아니에요?! 이노 씨를 죽여놓고서——?!"

"에~ 진짜 살해 위협에 시달렸던 소라 씨에 대해서도 가끔씩이라도 좋으니 생각해주셨으면~."

——유도되었다고는 하지만 그 일말을 짊어졌던—— 죄책감에 사로잡힌 스테프.

그러나 표표히, 너스레를 떨며 대답하는 소라에게 공포마저 느끼고 뒷걸음질을 쳤다.

그야말로, 그렇다, 살인귀를 보는 듯한 표정으로—— 그러나.

"……남은 칸 147, 한번 굴림에 소비되는 주사위는 6개…… 주사위 난수 해석, 앞으로 두 굴림……♪"

"우여곡절은 있었지만 무사히 이노 탈락, 주사위에 여유는 없지만 뭐 예정대로네♪"

그러나 소라와 시로는, 그저 주사위를 만지작거리며 상황을 정리했다.

이노와, 추가로 한 사람이 냉큼 퇴장해줘야 한다는—— 예정도 달성.

이제야 겨우 승리의 조건이 갖추어졌다——고, 두 사람은 희미하게 웃었다.

냉정함을 되찾았던 이노는 제법 깊은 곳까지 읽어냈다.

——잔꾀를 부릴 거라면 치명적으로. 소라도, 그 누구도——무녀도 그렇게 한다.

그러니—— 한 걸음만 더 내디뎠다면 알 수 있었을 텐데——.

"——각설하고! 그러면~ 또 주사위를 모아서 『동행』을 해보실까?"

"……와~…… ."

……이동 수단에 대해서는 생각하지 않고자 노력하며 주먹을 치켜드는 소라와 시로에게.

"거절하겠어요."

——거부가 날아들었다.

"사람을 죽여놓고도 웃을 수 있는 분들과 동행하라니, 사양하겠어요!!!"

…….

…………어——…… 음?

"……빠야, 제대로…… 설명해주는, 편이……."

"어—— 어라? 설마——."

시로의 말에, 겨우 그녀가 자신에게 보내는 시선의 의미를 깨달았는지——

"야 너, 진짜 몰랐던 거야?! 플래그가 너무 많이 꽂혀서 지면이 안 보이는데도?! 비디오게임 같으면 『뻔한 복선을 언제까지 질질 끌래?』하고 시나리오에 클레임을 날릴 상황인데?!"

"……빠야…… 냉큼, 하고…… 가자……."

그렇게 여동생에게 클레임을 받아, 소라가 스테프에 귀띔해 준 말에——

——아아, 하늘이여 땅이여 들으라, 고 하는 듯한 절규가 터졌다.

"당신들은 이노 씨 말대로 세상을 위해 한번 죽어버려야 해요우와아아앙!!!"

■ ■ ■

——동부연합 수도 칸나가리.

그곳의 한 지역에, 진해탐제부(鎭海探題府)라는 기관이 있다.

고대의 대전 당시, 바다에서 오는 재앙에 대응하고자 설립되었던 『군사기관』이다.

전쟁은 끝나고, 소재지도 조직도 시스템마저도 크게 바뀐 현재—— 그러나.

여전히 그 이름과 사명만은 변하질 않고 있다.

다시 말해—— 바다에서 오는 누군가에 대응하는 『외교기관』으로서——.

——각설하고. 현재, 그곳에는 유령이 나온다는 소문이 돌았다.

정말 바보스러운 이야기다.

이 세계에 '유령은 존재하지 않는다' —— 자명한 사실이다.

생명은 모두 『그릇』을 『영혼』으로 채우고 있으며, 모종의 이유로—— 파손(부상)이나 손괴(병)나 수명에 따라 그릇이 영혼을 담아둘 수 없게 되는 상태를 곧——『죽음』이라 부른다.

그릇 없는 영혼이 형태를 유지하다니, 그런 일은 신의 영역에 속한 마법의 소행이나 다름없으며.

죽은 자의 미련 같은 '소위 유령' 은 예외 없는 착각이었다.

그러나 현재, 이곳 탐제부에서는 그 소문이 지극히 진지하게 나돌았다.

말인즉슨—— 아무도 없는 방에서 『분노오오오오』라는 신음 소리를 들었다고도.

말인즉슨—— 불끈불끈하는 근육의 덩어리가 벽을 뚫고나오는 참으로 망측한 광경을 보았다고도.

말인즉슨—— 뿌옇고 희미하게 빛나는 그것은 참으로도 무서운…… 형광 마초였다고도 한다.

——아니, 그것들은 더 이상 소문이 아니었다.

그것은 지금 분명히 한 여직원의 눈앞에 있었다.

아무도 없는 응접실, 바닥에 쪼그리고 앉아 신음하며 의미도 알 수 없는 으르렁거리는 소리를 내는 살덩어리.

반투명하게 담담히 빛나는, 험상궂은 근육의 덩어리── 오오오…… 그야말로 형광 마초!

여직원이 눈물을 그렁거리며 떨리는 입술을 벌리고──

"……하──."

용감하게도 입에 담은 말, 그것은── 아아, 이건──

"하츠세 외교장관님…… 이세, 요?"

"분노오오오오오오오우워어어어어아아아악!!"

──이건 뭐랄까…… 하츠세 이노였다.

모두가 직시를 피했던, 참으로도 기분 나쁘고 기괴한── 형광 마초.

그 정체를 간파한 여성 직원은 조심스레, 거듭 물었다.

"하, 하츠세 외교장관님, 의 영체? 시, 실례지만 도도도, 돌아가신 건, 아니죠?"

"흐극, 흐그흐흐…… 예, 예…… 다행인지 불행인지 그러한 모양이로군요!!!"

──그렇다. '희망했던 저 세상' 으로 간── 아니, 돌아온 하츠세 이노는.

죽음을 받아들여, 닭살 돋는 대사를 늘어놓았던 하츠세 이노는.

미야시로에서 눈을 떠, 소라와 시로가 기대했던 것과 같은 꼬락서니── 다시 말해.

"——살아있잖아인마아아아아아아아아아아아아아아아아아아!!"

그렇게 외치며, 땅에 엎드려 머리를 싸쥐고 데굴데굴 굴러다녔다.

아니—— 정확하게는, 아마도 살아있는 것은 아니다.

그렇다기보다 상식적으로는 딱 잘라 말해 죽은 이노—— 그러나 규칙을 떠올려보자.

01: 7명에게는 자신의 『질량존재시간』을 배율분할한 열 개의 『주사위』가 주어진다.

질량존재시간—— 그렇다. 질량이, 존재했던, 시간이다.

——여기에 질량이 없는 『영혼』은 포함되지 않는다.

15: 모든 플레이어의 주사위 상실 혹은 사망을 『속행불능』으로 간주해 게임을 종료한다.

16: 해당 올드데우스는 『속행불능』 시 선두를 제외한 참가자 전원의 모든 것을 징수할 권리를 가진다.

——주사위 상실…… 0이 된다—— 혹은 사망을.

냉정하게 생각해보면 알아차릴 수 있으리라. 『주사위 0개』와 『사망』이 같은 뜻이라면.

혹은, 이라고 구분해놓을 필요 따위 없다는 사실을.

아니 그보다, 애초에——!!

"——규칙 어디에도 '주사위 상실로 사망' 이라는 말은 없잖아아아아악!! 주사위가 없어지면 죽는다고 했던 건—— 그 대머리 원숭이잖아아아아아!!"

오케이. 『질량존재시간』—— 육체연령의 주사위를 잃었다.

그 결과 『몸』—— 『그릇』이 소멸해 『영혼』뿐인 모습은 투명해졌다.

상식적으로는 딱 잘라 말해 『죽음』이지만, 그것은 '규칙' 이라는 비상식 속에서는——

——『게임 종료』 때야 비로소 목숨이 징수되는 것이다.

그리고 이노는 사라져갈 때 소라와 시로가 보인 표정과 말을 떠올렸다.

참으로 무어라 형언할 수 없는—— 복잡한 표정…… 그렇다, 그것은.

웃음을 꾹 참고 있었던—— 뜨뜻한 눈이었음을 새삼스레 이해하고.

——『나이(목숨)를 빼앗는 게임인데 말야. 왜 기억은 줄어들지 않을까?』

주사위의 거래는—— 『그릇』만의 거래였기 때문이다.

놈들은 알고 있었다. 이 게임은, 주사위를 잃는다 해도——

——당장은 죽지 않는다고 하는, 규칙의 야바위를——!

그러나—— 그렇다면.

"무녀님도 돌아가신 게 아니었던 거냐아아으으으으아악?!"

——울부짖어도, 이 지경에 이르면 구제할 길 없는 얼간이다.

죽을 때라고 생각해 닭살이 돋다 못해 닭이 될 것 같은 대사를 남발하고 싶어지는 심정도, 아아…… 지금이라면 이해할 수 있다.

그 망할 원숭이—— 아니, 다정한 사내는, 부드럽게 에둘러서 대답해주었던 것이다.

누구의 희생도 필요치 않는 『정석』을 추구했던—— 다른 사람도 아닌 무녀, 그분이.

자기 자신을 희생할 것 같느냐? 라고 생각하지 못했던 어리석은 자(자신)에게, 자상하게 말해준 것이다.

——『거봐, 너 얼간이 맞잖아』……라고.

영체를 유용하게 써먹어 지면을 뚫고 땅속에서 무릎을 끌어안았던 이노—— 그러나 문득.

——그래, 나는 멍청이다, 얼간이다, 그렇게 통렬하게 실감하던 와중에.

하지만—— 이 상황은 뭐냐——고, 고개를 들고 생각했다.

올드데우스가 만든, 하늘에 떠 있는 터무니없이 거대한—— 스고로쿠 보드.

철저하게 착각을 유도하도록 설명되었던 규칙.

주사위를 빼앗고, 빼앗기는 것만으로는 살인이 성립하지 않는 게임.

주사위가 0이 되어도 게임 종료 시점까지는 목숨이 징수되지 않으며.

이 유령 짝퉁(상황)은 올드데우스가 영혼을 유지시키고 있기 때문이리라.

————어째서?

00a: 게임 보드는 현실의 모조판이지만, 그곳에서 일어나는 현상은 죽음을 포함해 모두 현실이다.

이 규칙에 허위가 없다면, 주사위 상실 이외의 죽음은 즉시 죽음일 것이다.

사망 지시 과제 혹은 자멸에서 오는 죽음은 『즉사』이며, 주사위 상실은 『탈락』일 뿐.

올드데우스가 그런 규칙을 설정할 이유가, 의도가, 있었을까?

애초에——『주사위 상실로 즉시 사망』이라면 올드데우스에게 어떤 불리함이 있지?

백 번 양보해서 무언가 있다 해도, 영혼을 어딘가에 가둬놓으면 그만 아닐까?

주사위를 빼앗겨 『탈락』했을 경우에만 영체로 돌아다닐 수 있다는—— 기묘한 상태(규칙)는.

——이쪽의 의도가 아닐까?

소라와 시로도, 무녀님도, 패배할 생각이나 죽을 생각이 전혀 없었다면——

그야말로 소라와 시로가 획책하고, 또한 무녀님이 앞지르려 했던 것.

——『승리로 가는 포석』이라고밖에 생각할 수 없다——!!

……그렇겠지………… 분명, 아마도…… 어쩌면?

자신의 바보스러움에 약간 우울해진 이노는 이젠 아무런 확신도 가질 수 없는 가운데,

흐늘흐늘, 치욕에 신음하며…… 이곳 진해탐제부로 발을 옮겼다.

그리한 까닭에 불행히도 영혼(이노)을 감지할 수 있는 오감을 가진 워비스트(직원)들을 소란스럽게 만들었으나——

"……후우, 실례. 놀라게 해드린 모양이군요……."

"놀란 정도가 아니라…… 퇴직 및 부서이동 신청이 쇄도해서—— 아, 아뇨! 하츠세 외교장관님이야말로 무……사——? ~~~~잘 모르겠습니다만 아무튼 다행입니다!!"

……불가해(不可解)란 문자 그대로 이해가 불가능하다는 뜻이다.

이해를 고집해서는 오히려 오해에 이르는—— 그런 불가해에 직면했을 때.

——『아무렴 어때』라는, 최강의 마법을 시전할 수 있는 자는 강하다.

'뭐가 뭔진 잘 모르겠지만 아무튼 뭐 어때' 라고 모든 것을 받아들인 강한 여직원(존재)에게——

"——귀관의 소속과 관등성명은?"

"아, 예! 진해탐제부 카구라 해(海) 소속 일등사무관, 카나에 치토세라고 합니다!"

——흠.

이노는 눈을 가늘게 뜨고 고개를 끄덕였다.

높은 계급에 어울리지 않는 젊은 그 모습은 유능함과——아름다움을 겸비했다. 유령(자신)을 앞에 두고도 적확하게 상황을 판단하는 냉정함과 통찰력, 말을 걸 수 있는 담력과 판단력도 있다. 덤으로——이것이야말로 중요하지만——키가 작은 다람쥐족 아가씨치고는 가슴도 풍만하여, 그야말로 출렁출렁이라, 구체적으로는 참으로 '먹기 좋을 때' 여서——

"……상황이 정리되고 제 비서실에서 일할 마음이 있습니까?"

이노는 진흙탕 같은 공사혼동(헤드헌팅)을 진지한 얼굴로 실행했다.

"——에?! 아, 예! 부디——가 아니고, 그, 그 전에!"

상식을 초월한 벼락출세에 카나에 치토세는 한순간 얼굴을 빛냈다가—— 이내 고개를 가로젓더니.

"대응할 수 있는 분이 부재했던 안건이 있사온데, 하츠세 외교장관님께서 괜찮으시다면—— 보고를 드리겠습니다!"

——흐음, 역시 냉철하면서 상황판단력도 적절하군. ——마음에 들었다.

고개를 가로저을 때 한순간 팔을—— 풍만한 가슴까지 흔드는 버릇이 무엇보다 마음에 들었다.

개인 비서로 결정. 관계 각처에 미리 밑밥을 깔아두어야겠군.

"현재 탐저부는 제2종 경계태세를 발령 중입니다. 오늘 1002시를 기해 카구라 해 서쪽에서——."

"……엘븐가르드의 선단이 전개 중……이란 말이지요?"

"——아, 알고 계셨습니까?!"

경악에 떠는 목소리에 이노는——비서 건은 잠시 보류해야겠다고——고개를 끄덕였다.

알고 있었다——아니, 보고 있었던 것이다.

『그릇』에서 해방된 이노는 『혈괴』를 사용했을 때를 방불케 하는 오감으로—— 잘못하면 수평선 너머까지도 '시인' 할 수 있다는 착각이 들 정도로 바람을, 파도를 가르고 다가오는 존재가 똑똑히 보였다.

북쪽에서 남쪽에 걸쳐, 서쪽 바다를 대선단이 가득 메우고 있었다.

——선적 따위 확인할 필요도 없다. 해상에 흐드러지게 피어난 꽃과도 같은 형태.

추진의 '원리' 조차 알 수 없는 저런 배를 만들 수 있는 나라 따위 단 하나뿐—— 그리고 다가오는 '의도' 또한.

"……해양봉쇄——인지요……?"

"라고 생각됩니다만 성명은 없고…… 저 해역은 연방의 영해도 아니온지라 대응이……."

그렇다. 협정으로 정해진, 어느 바다에도 속하지 않는 『공해(公海)』였다.

그러나 저렇게 많은 선단을 동부연합과 엘븐가르드를 잇는 무역의 요충지에 늘어놓아 물리적으로 봉쇄하는 의도 따위——한없이 검은색에 가까운 회색의 '경제공격' 말고는 그 무엇도 아니다.

그러나 그런 일은 아무래도 상관없다—— 어째서 지금인지, 가 중요하다.

지금의 동부연합—— 에르키아 연방에 단일국가(엘븐가르드)의 해양봉쇄 따위 무의미하다.

해양(동부연합)자원, 대륙(에르키아)자원, 해저(오센드)자원—— 비축도 윤택하므로 경제에 영향이 미치는 것은 몇 년이나 지난 다음이다.

따라서 경제 공격—— '게임에 응할 수밖에 없는 상황의 구축' 에는 미치지 못한다.

이 상황은 오히려 잘된 것이다. 동부연합의 필승은 흔들리지 않는다—— 그렇다면.

——탈락하면 유령 짝퉁이 된다는 이 상황(규칙).

소라——혹은 무녀님의 의도했던 의미는——?

이노는 생각했다——그때.

응접실의 공기가 소리도 기척도 없이, 흔들렸다.

다음 순간 장막을 찢고 떨어지듯 나타난 두 소녀가—— 저마다 소리를 냈다.

"……어머~? 유령을 보다니 인생, 무슨 일이 있을지 알 수 없네요~♪"

"——엑?! 피, 피이?! 누, 누구한테 말한 거야?! 그, 그그, 그런 식으로 겁주는 짓은 안 하겠다고 어렸을 때 약속했잖아?!"

복슬복슬한 금발에 풍만한 가슴을 가진 엘프가, 살짝 눈을 동그랗게 뜨며 생글생글.

대조적으로—— 흑발에 눈물을 유발하는 가슴의 이마니티가 약간 울상을 지으며 실내를 둘러보았다.

——필 닐바렌.

——그리고 크라미 첼.

대면은 처음이었지만 이노는 본 적도, 들은 적도 있었다.

『　　』과 공모해 동부연합의 게임을 엘븐가르드에 일부러 다르게 전달한——『내통자(스파이)』다.

"물론이지요~ 오늘은 일하러 왔으니 어린아이 같은 짓은 적당히 하고말고요~♪"

그렇게 말하며 필이 살짝 손가락을 울리고, 이노는 정령의 기척——마법의 간섭을 감지했다.

영체(이노)를 인식하지 못하는 이마니티(크라미)를 위해 모종의 마법을 걸었는지——

"——히, 히잉!! 안 보이는 게 낫겠어! 뭐야 저 징그러운 건!!!"

——형광 마초, 아니—— 번쩍거리는 '발광 마초'의 탄생에.

"우와~ 『십조맹약』이란 거 참 느슨하네요~…… 존재의 폭력은 용납되나 봐요~."

“괘괘, 괜찮습니다, 하츠세 님! 저, 저는 늠름하신 몸이라고 생각합니다—— 비, 빛만 안 난다면요!”

————이놈이고 저놈이고 참으로 무례했다.

부당한 모욕에 끓어오르는 근육을 워워 잠재우고, 이노는 말했다.

“기다리고 있었습니다——라고 말씀드려야 할까요?”

탈락으로 유령 짝퉁이 된 이 상황(규칙)의 의도는, 이것이었다——!

게임이 진행되는 도중에도 『탈락』한 누군가가—— 이 두 사람을 만날 수 있는 상황을 만드는 것——

그 진의까지는 역시 이노도 알 수 없었다. 그러나——!!

“——피이, 한 번만 더 확인할게. 귀신, 아니……지?”

“네~. 귀신도 다리가 돋아나 도망칠 만한 모습이지만~ 예정대로랍니다~.”

예정대로—— 이노의 추측을 긍정하는 말에, 앞으로 나선 크라미는.

“어흠. 그러면…… 동부연합 외교장관, 하츠세 이노 씨, 맞으신가요?”

“그러는 당신은 크라미 첼 공이지요? 말씀은 들었습니다.”

“그러면 이야기가 빠르겠군요. 이 게임은 도중 참가—— ‘난입’ 은 받고 있겠지요?”

——게임 보드 밖에서의 간섭이 『승리』의 포석이었다——!

라고.

'원군 도착' 에 미소를 짓는 이노에게, 크라미 또한 미소로 대답했다.

"그렇군요. 그러면── 게임을 시작할까요?"

──그러나 이어진 말에.

"동부연합의 모든 영토, 그 위에 존재하는 인적자원, 물적자원 일체── 그 모든 것을 요구하겠어요."

…….

…………..

"──지금, 뭐라고…… 말씀하셨는지요?"

이노는 간신히 말하고, 크라미는.

"알아듣기 어려웠나요?"

살짝 웃더니── 알기 쉽게…… 고쳐 말해주었다.

"──선전 포고야. 동부연합에 있는 모든 것을 내놓으라고. 알아듣겠어?"

제4장 기묘한 맛(Whydunit)

……말라붙은 황야에도 바람은 분다.

메마른 바람이 날린 모래가 조그만 그림자를 쓰다듬는다.

그림자는 미동도 하지 않고, 시체처럼 땅에 힘없이 팔다리를 늘어뜨리고 있었다.

——꿈틀.

살짝 진동하는 지면에 시체——가 아니라, 그림자는 흔들렸다.

땅을 흔드는 미미한 소리에, 그림자는 생각했다——『사냥감』이라고.

목소리도, 호흡도 없이, 그림자는 또 다른 그림자와 미리 짰던 것처럼, 움직였다.

진흙이 흐르듯, 땅을 기어나가듯. 소리 없이 기어가는 두 그림자——

그러나 『사냥감』은 약자답게 민감하게 반응해, 몸을 돌렸다.

초식동물(약자)답게 현명한 선택, 다시 말해——『도주』였다.

오케이. 정체를 알지 못하는 존재에 도전하느니 도망쳐야 한다는 생각은—— 현명하다.

그러나── 그 현명함이야말로 자신을 죽이는 길임을──『사냥감』은 아직 알지 못한다.

──『도주』가 아니라『도전』을 선택했다면.

정체 모를 존재에 굳이 도전하는 어리석음이 있다면, 쉽게 살아남을 수 있었다.

그 현명한 선택(도주)이야말로 네놈이 결국 강자밖에 안 된다는 증거.

그림자들── 더욱 약한 존재, 압도적 약자는 그야말로 생각도 하지 않는다.

압도적 약자는── 도망치지 않는다. 도망칠 다리(힘)조차 가지지 못했기에.

지략 책략을 열 겹 스무 겹으로 펼쳐, 서툴고 어리석게『도전』하는 것이다. 그리고──

──『사냥감』의 비명이 메마른 대기에 울려 퍼진 것과 동시에.

진흙이기를 그만두고, 두 다리로 달려나간 그림자는 웃었다── 강자(짐승)여, 너는 현명하구나.

그렇기에 네가 자신의 의지대로 선택하고 걸어가는 길 따위── 쉽게 읽을 수 있었노라.

그 현명한 발걸음 너머에 단 하나── '함정' 을 둔 것만으로도, 너는.

──자신의 발로 기꺼이 파멸에 빠져든 것이다──!!

그렇게, 나무로 만든 이빨(덫)에 발이 걸린 강자(사냥감)에게 이빨 없는 약자(존재)의 이빨이 짓쳐들고──

……말라붙은 황야에도 바람과 두 개의 포효는 울려 퍼졌다.

그것은 약육강식(섭리)에 도전해 오늘도 살아남을 권리를 쟁취한 삶의 주장이었다.

그것은 압도적 약자—— 약한 존재의 강함과 그 피를 과시하는, 영혼의 포효였다.

아아, 그것은 그야말로 생존을 위한 지식(힘)을 건 사나운 '원초적 인간' 의 모습이었다——!!

——그러나.

"……소, 소라~…… 시로~. 괘, 괜찮으세요~?"

같은 '현대 인간' 이었던, 문명(스테프)에게 이름을 불린 두 사람에게.

"————커흥?"

"…………우끼?"

고개를 갸웃하며, 해체한 새끼사슴(사냥감)—— 싱싱하기 그지없는 살점을 내미는 두 사람에게.

"마, 마음은 기쁘지만요…… 우선 인류의 언어를 떠올려 주시면 안 될까요…… 그리고 옷도."

스테프는 한 걸음 물러나, 애원하듯 신음했다…….

————………….

——265번째 칸. 게임 개시로부터—— 27일 경과.

에르키아령 최동단, 이름도 없는 건조지대가 반영된 황야(칸)에서.

식량도 체력도 다 떨어진 채 도착한 세 사람을 이즈나의 귀여운 【과제】가 맞이했다.

——【생선 냄새 나는 개미가 딱 한 마리,

안 다치게 잡아보든가, 요.】

과제로 출현한 개미를 잡아보라고—— 일단 개미의 냄새 따위 알 리 만무한 소라 일행에게는 달성이 불가능하기에 식량도 없이 황야에서 72시간 봉쇄당해보라고—— 귀엽게 '죽어' 라고 선언을 받았다.

이리하여 소라는 태블릿 PC의—— 도움이 되는 날이여 오지 마라 기도했던 『생존술 서적(서바이벌 가이드)』을 손에 들고 사냥을 시작했다.

최소 사흘, 가능하다면 다음 이동에 쓸 식량까지도 확보하고자 시도해…… 모조리 실패했다.

……당연했다.

날초보(골방지기 게이머)가 벼락치기로 익힌 지식에 붙잡혀서야, 어찌 야생을 해먹겠는가.

그것도 주사위 열여섯 개——어떻게 분배해도 어른 한 사람 플러스 어린아이 군단에게.

그러나—— 실패와 피로와 공복이 밀려드는 가운데, 소라가 메마른 웃음으로 별 생각 없이.

——『쫓고 쫓기고…… 꼭 게임 같네.』라고 중얼거렸던 한마디 말에.

남매는 얼굴을 마주보고——『게임에서 계속 깨지고 있는데 뭘 웃고 있냐, 우리(너)는』——

그렇게 고개를 끄덕이더니, 기분 나쁠 정도로 예리한 안광을 발하며 기민하게 움직였다.

함정은 눈 깜짝할 사이에 진보되어—— 행동예측유도(전략)가 가미되고, 마침내 『옷 스치는 소리가 방해된다』며 가방을 찢은 가죽으로 최소한의 부위만을 가린 채, 창을 한 손에 들고—— 야생화되는 데에는 이틀도 걸리지 않았다——

——————…………….

"이, 일단 당장 필요한 식량은 얻었잖아요?! 슬슬 돌아오시면 안 될까요?!"

문명의 부름에—— 소라는 공허한 눈으로 고기를 해체하던 손을 멈추고.

"——————아, 글쿠나. 이제—— '게임 클리어' 구나."

그렇게 '최면해제(워드)'를 입에 담은 순간——

"——우오오오오오오동생아?! 애젊——다 못해 어린 소녀가 이 무슨 차림이니?!"

"……에? ……아……어머, 아냐—— 이, 이건…… 빠, 빠야가…… 만든, 옷……."

——에덴의 과일을 먹은 모 두 사람처럼.

갑자기 수치심을 자각하고 문명으로 회귀한 두 사람은 나란히 자신의 차림에 비명을 질렀다.

올 누드—— 일보 직전, 생색 수준으로 몸을 가린 전(前) 야생아 두 사람에게.

"……불은 피워놨어요. 얼른 옷 갈——아니, 몸부터 씻어야

겠네요."

스테프가 물에 적신 천을 던져주어 지저분한 것을 닦아낸 소라는── 또 한 가지를 깨달았다.

에덴의 과일, 지혜의 나무열매는── 『밥』을 가리키는 것이었다고.

의(衣)와 식(食)이 풍족해야 예절을 아는 법이라던가. 참으로 심오한 이야기가 아닌가.

냉큼 '의' 도 충족시켜 예절을 알아야겠다고, 소라와 시로는 나란히 옷에 손을 뻗었다──.

■ ■ ■

"저기…… 두 분 덕에 식사가 가능했던 건 정말 고맙게 생각하지만요……."

그렇게, 모닥불의 불씨를 살피며 스테프는 조용히 탄식했다.

시로가 고안하고 소라가 지면에 구멍을 파 만든 원시적인 훈제기에서 새나오는 연기에 눈이 매웠다.

원래 같으면 식사당번은 스테프가 담당했겠지만 이제는 완전히 주가를 빼앗겨버렸다.

사냥한 사냥감은 소라가 숙련된 손길로 재빨리 칼질을 해 적절하게 해체했으며.

그중에서 보존에 적합한 부위를 선별해 시로가 다시 익숙한 손길로 훈제기에 올렸다──.

"……인간으로서의 존엄이라든가 자존심이라든가, 그런 건 없나요?"

——전갈 꼬치구이를 손에 들고 스테프는 자신도 모르게 중얼거렸다.

이즈나가 해치웠던 사냥감(몬스터)을 앞에 두고 인간적으로 어쩌고 떠들었던 사람은 어디로 갔는지.

먹을 수 있는 것이라면 뭐든 먹겠다고 말한 소라는—— 훗, 웃으며 거창하게.

"흙탕물을 핥고 모래를 먹고!! 옛날에 했던 말 따위 얼마든지 취소하면서 부끄러움에 찌들어 자존심을 버리고!! 그래도 양보할 수 없는 것을 관철하며 살아남는—— 그것이 유일한 자존심, 인간이 지켜야 할 존엄이다!!"

——'자존심을 버리는 자존심'을 설파하고.

"그것 말고는, 팔 수 있다면 팔면 그만이고 먹을 수 있다면 먹으면 그만—— 거추장스럽다면 버려도 돼."

…….

…………휘잉………….

전갈을 뜯어먹으며 내뱉는 소라에게 한순간의 침묵—— 그리고.

"……빠야, 초 멋있어…… 백수, 인데……."

"……한순간 감명 받았지만, 그거 구제할 길 없는 외도의 발언이죠……?"

시로의 존경 어린 눈빛과 스테프의 싸늘한 눈빛을 받았다.

——멋있게, 그저 필요하다면 그 어떤 수치도 불사하리라, 그렇게 선언한 소라에게—— 문득.

"…… '구제할 길 없는 외도' 란 말에 생각났는데요…… 소라."

"그 전제가 필요한 겁니까요, 라고 소라는 소라는 꿋꿋하게 흘려넘기며 대답했답니다—— 뭐지?"

짐짓 우는 시늉을 하는 소라를 내버려둔 채 스테프는 꼬치를 불안스레 바라보며——

"……이노 씨는, 정말 안 죽은 거지요?"

——『상호 배신은 있어도 상호 살인은 없다』——고.

소라가 의미심장하게 했던 말의 근거에 스테프도 한번은 안도하고 가슴을 쓸어내렸으나——

"응~? 어, 안 죽었어. 아직까지는."

……그렇다. 어디까지나 '아직' —— 그 말에 스테프는 한층 어두운 표정을 지었다.

그러나 소라와 시로는 태연히, 훈제를 만드는 손을 멈추지 않으며 헤실헤실 말을 이었다.

"너무 마음에 두지 말래도……. 우리가 부린 잔꾀가 빗나가면——."

"……어차피…… 전부, 죽으, 니까……."

"……그랬, 지요. 골인하지 않으면 선두 말고는 전부 죽는 거였지요."

16: 해당 올드데우스는 『속행불능』 시 선두를 제외한 참가자 전원의 모든 것을 징수할 권리를 가진다.

——아무도 골인하지 못하고 게임 속행불능이 되면 선두 말고는 어차피 죽는다.

그 규칙을 떠올렸는지, 무슨 일이 있어도 골인해야겠다고 결의를 새로이 다지는 모습으로.

크게 결심하고, 괴식 꼬치를 물어뜯는 스테프를 응원하듯 소라와 시로는 말했다——.

"그런 거지! 선두에 있는 올드데우스 말고는 다들 죽는 거니까 먹고 기운을 내야지!!"

"……편식, 할, 때가, 아냐……. ……먹어."

"어?"

"어?"

"……? 어……."

스테프는 얼어붙고, 소라는 고개를 갸웃하고, 시로는—— 분위기를 감안해 그냥 말해보았다.

"네, 네에에에에?! 에? 어째서 올드데우스 이외에는——!"

"어? 그치만 그 올드데우스가 처음에 그랬잖아. 종단에서 기다리겠노라, 키릿! 하고."

"……올드데우스, 도…… 참가자…… 선두에 있는, 거…… 항상, 올드데우스…… 오물오물."

——산들바람처럼 선선히.

전제가 뒤집혀 소리를 지르는 스테프에게, 정작 소라와 시로는 이상하다는 듯 고개를 갸웃하며 대답했다.

"누군가가 골인하지 않으면 선두도 뭣도 없이 『도전자(우리)』 모두가 나무아미타불. 그치만 그딴 건 아무래도 상관없어. 해야 할 일은 바뀌지 않고, 뻔한 일이고, 심지어 우리하곤 상관없는 규칙이야."

"어, 어째서요?! 이 규칙이 있으니까 다들 앞을 다퉈서——."

"한 사람만 죽지 않는다, 그딴 규칙은——『(우리)』가 절대로 동의하지 않기 때문이지."

"……………….!"

——한순간 진지한 얼굴로 실눈을 뜨고 단언한 소라를 보고, 스테프는 흠칫 숨을 들이켰다.

"한 사람이라도 골인하면 모두 죽지 않는다—— 이쪽이라면 모두가 동의했을 거야…… 동의해야만 해."

그렇다. 동의한 것은 확실히—— '이쪽' 이다. 왜냐하면——

"모두 배신해야 이길 수 있다고 그랬지? 할 필요도 없고 승산도 없는 게임에서 골인하지 않고 이기도록 잔꾀를 부린 플럼~군도. 이노가 말했듯 우리의 승리를 훔치는 잔꾀——인데, 한 번 목숨을 붙들린 무녀님도—— 나머지 모두도, 그 점에 동의하지 않고선 배신할 수가 없잖아♪"

"………….."

그렇게 태평하게 말하며 웃는 소라에게, 스테프는 말없이 의미를 모르겠다고 호소했으나.

"——뭐, 이것만 알아두면 돼."

이해 따위 바라지도 않는다는 듯 소라는 표표하게—— 요약했다.

"이놈이고 저놈이고 그놈이고 언놈이고 전~~부 자기가 이기도록 잔꾀를 부렸어——."

이 게임은, 누군가가 골인하면 아무도 죽지 않는다.

그러나 골인할 수 있는 것은 어디까지나 한 사람인 이상——그 멤버가.

——『그러면 내가 이겨야지』라고 생각하지 않는 일이 과연 있을 수 있을까——.

"그러면 문제는—— '누구의 잔꾀(시나리오)대로 진행되고 있는가' 하는 점만 남았겠지?"

"……빠야…… 앞으로, 2시간……."

"우오~! 잠깐, 잠깐 기다려 아직 훈제 안 끝났는데! 시, 시로, 짐 부탁해!"

핸드폰을 손에 들고 72시간 봉쇄(이즈나의 과제)도 앞으로 2시간밖에 안 남았다고 말하는 시로.

소라는 황급히 훈제기의 불을 돋우던 손을 빨리 놀리면서 짐을 챙기도록 지시했다.

——과제 미달성으로 간주되어 세 사람에게서 하나씩 줄어들

주사위의 배분도 생각해야——

"——그, 그렇다면 올드데우스는요……?"

그렇게 황급히 움직이는 소라와 시로에게, 문득.

"다 같이 잔꾀를 부렸다면—— 올드데우스도 그랬다는 뜻 아닌가요?!"

——그렇다면 아무도 골인하지 못하게 할 수도 있는 것 아닌가요?

그렇게, 어울리지도 않게 눈치를 채고 비명을 지르는 스테프.

그러나 소라는 불길을 돋우는 손을 멈추지 않은 채—— 물었다.

"말야—— 애초에, 올드데우스란 건 뭘까?"

갑작스런 되물음에 스테프는 어리둥절했다. 소라는 천천히 시선을 들었다.

하늘에 뜬, 칸 형태로 나뉜 나선의 대지——장대하기 그지없는 게임 보드.

"……'자아를 얻은 개념' ……그, 자체……."

"아, 네…… 저도 그렇게 들었어요……. 전혀 의미는 모르겠지만요."

그렇다. 소라가 지금 읽은 지브릴의 책에는 분명 그렇게 적혀 있었다.

공교롭게도 소라 또한 스테프와 마찬가지로 전혀 의미를 알 수 없다고 머리를 감쌌다.

──『또다시 모종의 이해를 거부하는 엉터리 중 하나』라고 대충 받아들였던 의문이었다.

초월적 강자는 무리를 짓지 않고, 전권대리도 두지 않는다…… 그렇기에 종의 피스도 빼앗을 길이 없다── 그렇다면.

──이 세계는, 플레이어는 신이고 나머지 전체는 모조리 피스에 불과하다고 생각하는 것도 무리는 아니다.

그러나── 그렇다면.

소라는 슬쩍 웃으며.

이 이상한 게임의 가장 큰 불가사의── 다시 말해.

"……그런 대단하신 올드데우스(존재)께서 왜 우리(피스) 따위랑 게임을 하고 있을까."

──어째서 게임이 성립되고 있는가──.

너무나도 근본적인 불가사의를 제시하는 바람에, 스테프는 굳어버렸다.

『십조맹약』 제3조── 게임은 상호가 대등하다고 판단한 것을 걸고 치른다.

이 게임은 누군가가 골인하면 아무도 죽지 않으며, 한편 올드데우스는 모든 것을 빼앗긴다.

하느님씩이나 되는 분께서, 피스(소라네) 따위가 뭐라고 자신의 모든 것과 '대등하다고 판단' 하셨을까?

"하물며 올드데우스(자신)가 패배할 가능성이 있다고…… 확실하게 파악했을 게임을── 말이지."

"……네, 네에?"

——올드데우스에게, 필승의 잔꾀 따위—— '없다'.

그렇게 암암리에 단언해버리니, 스테프는 물음표를 띄웠지만 소라는 그저—— 웃었다.

——애초에 배신(주사위)으로는 서로를 죽이지 못하고, 죽이려 해도(과제를 내도) 죽였다가는 손해를 보는 게임.

자신의 이익을 추구하기만 하면, 누군가 골인해 아무도 죽지 않고 승리할 가능성이 충분히 있는 게임.

심지어 규칙 대부분이 소라 일행의 의도로 만들어진—— 게임.

안 그래도 올드데우스가 응한 이유가 수수께끼인 게임——

그러나 여기에는.

올드데우스의 독단이 아니고서는 끼워 넣을 수 없는 규칙이 ——『세 가지』 있다.

그 세 가지가 올드데우스의 잔꾀—— 나아가서는 의도 그 자체라고 한다면——

"자아 여기서 문제! '선두만 살아남는다'는 규칙!!"

그중 하나를 소라는 쓸데없이 높은 텐션으로 외쳤다.

"모두의 동의는 있을 수 없으며, 선두는 항상 올드데우스라면 우리에게는 상관이 없는 규칙! 그러나 올드데우스 또한 이기든 지든 상관없는 이 규칙, 그렇다면! 누구와 상관이 있는 규칙일까요?!"

——그렇다. 아무도 골인하지 못할 경우 올드데우스 혼자만

의 승리.

그러나 누군가가 골인할 경우 골인한 자 혼자만의 승리라면.

이 규칙은, 아무에게도 의미가 없는 규칙이다…… 그렇다면 어째서 존재할까——?

"대~ 힌트! 게임을 시작했을 때 '올드데우스와 함께 사라졌던 사람' 입니다!!"

——벌써 한 달 정도 지난 일을 떠올리려 하는 스테프를 보며, 소라는 생각했다.

부디 안심하시길—— 스테프에게 대답 따위 기대하지 않기에——에에!

"…… '무녀님' ……의 몸…… 함께…… 사라졌, 어……."

"딩동댕동 댓츠 롸아~잇!! 정답자에게는 '안아주기' 를 선물로 드리겠습니다~!!"

즉답한 시로를, 마침내 완성된 훈제와 함께 안아들고 춤을 추며 외쳤다.

어쩐지 정답을 맞히지 못한 것이 억울한 눈치인 스테프는 내버려두고——

"그걸 말야, 사라진 게 아니라—— 올드데우스에게 끌려간 거라고 생각한다면——."

의미 없던 규칙에 의미가 생겨난다…… 그것은.

"올드데우스와 함께 선두 칸에 있는 무녀님만은 누가 이기더라도—— 그야말로 올드데우스(자기)가 지더라도 살아나는 거쥐이

── 올드데우스의 독단이 아니고서는 집어넣을 수 없는 규칙에 따라서, 말이야."

그렇다── 게임 전에 『징수』했던 무녀의 목숨을 자유로이 다룰 수 있는 자.

다시 말해 그 올드데우스가 아니고서는 집어넣을 수 없는 규칙── 그러나 그녀가 한 짓은.

──자신이 패하더라도 '무녀의 목숨만은 보호한다'는 사실.

그렇다면 남은 두 가지 잔꾀(규칙)도…… 그 의도를 생각하면──.

소라는 자신의 생각에 쓴웃음을 지었다.

시로를 내려놓고, 대신 다 꾸린 짐을 지고 일어나.

"……신이란 무엇일까. 원래 세계에서는 만난 적도 없고, 알아야 소문밖에 모르지만."

──그것은, 이를테면.

지혜의 열매 먹지 마 절대 먹지 마, 하고 밑밥 다 깔아놓은 주제에 먹었더니 성질 부리는 개그맨이라든가.

태양신 주제에 방구석 폐인 노릇하다가 축제가 벌어지니 고개를 내미는 관심종자라든가.

우주를 위해서라는 장엄한 변명으로 불륜을 되풀이하는 하반신 지상주의자라든가.

소문대로라면 이놈이고 저놈이고 참~ 진심으로 인간스럽다.

그것도 못난이에 가깝게 인간스러운 놈들밖에 없는 것 같다

—— 하지만.

“이쪽(디스보드)에 오고 나서, 실제로 신을 만나보니—— 다 비슷한 거더라고…….”

의외로 원래 세계(저쪽)도 딱히 잘못된 건 아니었다고 소라는 쓴웃음을 지었다.

“한 놈은 고작 체스에 졌다고 진심으로 빡쳐서 허락도 없이 사람 불러내는 아웃사이더고?”

“……시로…… ‘아싸 파워’ 에서…… 진, 거…… 테토가, 처음…….”

“당신들 슬슬 천벌 받을 거예요…… 유일신님을 대체 뭐라고——.”

——신이 대체 뭔데?

소라와 시로는 알 수 없었으며 솔직히—— 뭐든 상관없다고까지 생각한다.

그러나 규칙을 설명할 때—— 신이 한순간 자신들을 보던 눈길에, 두 사람은 생각했다.

승패 따위 전혀 관심이 없다는 듯—— 모든 것이 아무래도 상관없다는 듯.

그러나 본인만은 자각이 없는 듯, 무언가를 책망하는 듯하던 그 눈——

“——그리고. 하나는 모 여우에게 속아서 억지로 게임하고는 토라진 로리…….”

자아를 얻은 개념—— 그런 거창한 수식어와는 너무나도 거리가 멀었다.

소라네의 원래 세계에서 전해지듯—— 진심으로 인간틱한 하느님이.

——울고 있는 어린아이가.

무엇을 추구하고 무슨 잔꾀를 부렸을까—— 그런 건……

"……적어도 승패하곤 관계가 없는—— 그런 게 아닐까나."

나란히 걸으며, 하늘 끝을 올려다보는 소라와 시로는 생각했다.

분명 그것은 지독히도 단순하고 자포자기와도 같은 것—— 그러나, 그렇기에 치명적인.

"이기기는 쉽지만, 평범하게 이겼다간 패배나 다를 바 없는 잔꾀……."

"……예를, 들면…… 앙갚음, 이라든가…… 말이지……."

그렇게 중얼거리는 두 사람의 뒷모습에, 의문으로 눈살을 찡그리며 스테프는 따라갔다——…….

■ ■ ■

——결국 이것은 『빈집털이』다.

동부연합 진해탐제부 응접실, 하츠세 이노는 맞은편 소파에 우아하게 앉은 두 사람.

크라미와 필——원군이라고 기대했던 자들——을 그렇게 결론지었다.

이럴 때에, 이런 상황에——동부연합의 모든 것을 내놓으라고 말한 소녀는.

"어려운 이야기가 아니잖아? 간단해——."

——그렇게 말하며, 자신의 시나리오를 웃음과 함께 들려주었다.

"하츠세 이노 외교장관님은 우연히 무녀가 없을 동안 무의미하게 해양을 봉쇄하고 주(州) 하나를 건 '얼간이' 두 사람을 『봉』이라 판단해, 필승이었어야 할—— 엘븐가르드에 다르게 전달한 내용 그대로 게임에 응했고, 패배해 '왕 얼간이' 가 된다—— 그런 시나리오야."

——해양봉쇄며, 주 하나를 걸었다는 것 따위 모두——

"그럴듯하게 내기에 응해, 그럴듯하게 질 수 있다—— 당신의 전용 연출까지 완비되었잖아?"

"고맙다고 신발을 핥아도 좋답니다~. 물론 나중에 깨끗이 닦고 냄새도 빼주셔야 하지만요~♪"

——두 사람은 소라의 공모자—— 아군, 협력자가 아니었던가——?!

혼란이 가라앉질 않아 그저 의문만이 헛도는 이노의 머리에.

"네에~♪ 동부연합의 게임을~ 소라 씨의 바람대로 다르게 원로원에 전달시킨—— 아군과는 거리가 먼, 철저하게 이용당한 광대 필 닐바렌이랍니다~♡"

그 생각을 마법으로 읽었는지 필은 생글생글 웃으며 대답했다.

——아니, 읽을 수 있을 리가 없다. 이노는 마음속의 한기를 떨쳐냈다.

아무리 고도한 마법이라도 생각이나 기억의 열람 및 날조는 위해——『맹약』 위반이다.

그러나 정령의 기척—— 워비스트의 독심술(콜드리딩)과도 비슷한 마법의 기능을 이노는 알아차렸다.

실제로 이만큼 지근거리에 있으면서도 당사자인 두 사람에게서는——아무것도 읽을 수 없었던 것이다.

자신들의 호흡, 맥박, 체온…… 그 모든 것을 마법으로 교란시키는 것이다.

"분명 엘븐가르드에 동부연합의 게임 내용을 다르게 전달하기는 했어—— 하지만."

그렇게, 참도 거짓도, 어떤 것도 알 수 없는 가운데——

"——도전할 엘븐가르드가 우리여선 안 된다는 말은 못 들었거든."

——그 사내와 똑같은 웃음으로, 흑발 소녀가 말했다.

"이리하여 엘븐가르드의 그 누구도, 동부연합 게임의 정체나 우리의 암약을 모른 채, 동부연합은 에르키아 연방——『(그 두 사람)』 편에서 우리 쪽으로 돌아서고. 그리고 에르키아(그 두 사람) 연방을 집어삼킬 발판이 된다…… 어머? 저기 피이~ 지금이랑 별로 다를 바가 없지 않아?"

"오히려 우리의 연방에~ 엘븐가르드의 주 하나까지 추가되는 거지요~♪"

"너무 물러터진 요구였나……? 뭐, 딱히 상관은 없지."

——동부연합 따위 안중에도 없다고.

에르키아 연방 전체—— 공백(그 두 사람) 말고는 흥미가 없다고 말한 두 사람은——

"물론 이 시나리오가 마음에 들지 않는다면 다른 걸로 준비해 주겠어."

어둡게 웃는 크라미의 곁에서 필이 내민 손에—— 빛의 구체가 발생했다.

워비스트(이 노)는 이해도, 시인조차도 원래는 불가능한—— 다층 구조 마법술식.

그러나 굳이 시각화시킨 의도로 보아 그것이 어떠한 마법인지는 명백했다.

——대 동부연합용 마법—— '전자 게임용 대책술식'…….

"'이것'이 원로원(정부)에 새나가는—— 그런 불행한 시나리오 쪽이 취향일까?"

——그렇게 되면 적은 이들 둘이 아니라 엘븐가르드 그 자체로 바뀐다.

신사인 척하는 야만족이 워비스트의 모든 것을 빼앗고, 범하고, 지배하고자 메뚜기 떼처럼 달려들 것이다.

그것이 싫다면—— 지금 당장 게임을 해서, 그리고 패배하라고.

소라 일행과 무녀가 돌아올 때까지 기다려주지 않겠노라고 눈으로 말하는 소녀—— 아니, 마녀들에게, 이노는 내심 부르짖었다.

——어째서냐.

————어째서 지금인 것이냐——!!

"지금이니까 그렇죠 당연히~. 머리가 불쌍한 멍멍이네요~?"

"모르겠다면 가르쳐주겠지만. 난—— 소라의 기억을 가지고 있거든?"

무녀의 배후에 존재하는 올드데우스를 처음부터 알았던 소라.

그 올드데우스에게 도전할 기회를 줄곧 노렸던 소라.

그 모든 것을 똑같이 알았던 크라미는, 대 올드데우스 전이 시작되면——

"에르키아 연방 산하국의 전권대리자와 요인까지—— 텅 비게 된다는 것도 알았어."

——소라가 전부, 처음부터 사전에 계획을 짰다면.

그 모든 것을 사전에 읽고 모조리 이용할 수 있다는 것도 자명한 이치라는 소리다.

"……뭐, 당신이 있었던 건 예상 이상으로 잘 된 일이었지만 말야."

"전권대리자가 없는 동안~ 차석 차차석으로 내려간 누구여도 상관은 없었지만요~♪"

"모르는 놈을 상대하는 것보다는 훨씬 부담이 없잖아…… 그렇지?"

모두 간파하고 있다고, 지금은 하츠세 이노 『외교장관』에게 동부연합의 전권이 있다고 말한다.

——모든 것이 오로지 이 날, 이 타이밍, 이 순간을 위해——

"——안 늦게 오려고 정말 고생했는걸? ……그래도, 뭐♪"

"울상 짓는 소라 씨를 볼 수 있다면~ 값싼 수고였지요~♪"

오직 그것을 위해, 아직까지 아무에게도 들키지 않았고, 앞으로도 들키지 않으리라 단언하듯.

세계 최대의 국가 엘븐가르드—— 가장 마법에 탁월한 종족의 나라에서.

————영토를 통째로 빼앗은 두 마녀는—— 웃었다.

"우리 없이는~ 올드데우스하고의 게임…… 끝내게 두지 않을 거예요~♪"

"응—— 절대로 끝나게 해주지 않을 거야. 자아—— 게임을 시작할까?"

오싹해지는 웃음, 거짓도 참도 알 수 없는 자리. 그러나—— 희미한 위화감에.

올드데우스의 게임에서 있었던 실수를 되풀이하지 말라고, 이노는 자신을 채찍질해 냉정한 생각을 이어나갔다.

——『당신이 있었던 건 예상 이상으로 잘된 일』…… 예상 이상—— 예상 '밖' 이었던 것이다.

발언의 진위는 불명. 그러나 마녀의 계획에 '유령 짝퉁(규칙)'은 불필요했다—— 누구여도 상관이 없었던 것이다.

그렇다면 역시 소라 혹은 무녀의 의도——? 그러나 어떠한 의도란 말인가.

이 두 사람의 습격을 미리 읽고 이노에게 요격을 맡겼단 말인가?

——이길 수 있을까?——『아니다』.

완전몰입형 전자 게임(동부연합의 게임)은 원래 마법의 간섭이 불가능한 필승 게임이다.

——그러나 사전에 알아버린다면 대책을 세울 수 있으며, 그렇기에 기억을 지워왔다.

하물며 이 두 사람은 게임 내용을 알고, 대책술식까지 있다고 한다.

——블러프인가?——『아니다』.

마법교란 때문에 읽어낼 수는 없지만, 블러프라면 그녀들이 질 뿐이다——!

"이게 무슨, 일인가……! 대체 누가, 무엇을 위해 그린 시나리오란 말인가——!!"

의도치 않게 이노의 입에서 고뇌가 새나왔다—— 그 직후, 대답하는 목소리.

"아, 네에? 제가 저를 위해 쓴 시나리오인데요오…… 부르셨나요오?"

톤이 높은 소녀의—— 사람을 놀리는 고혹적인 목소리.

일제히 돌아본 시선 너머, 방 한가운데에는 언제부터인지 소녀가—— 아니.

소녀와 분간이 가지 않을 정도로 아름다운—— 그러나 어딘가 행복과는 인연이 먼 미소를 띤 얼굴의 '소년' ——

"프, 플럼 공……?!"

"네에, 존재감 없기로 정평이 난 담피르의 왕자님 플럼 스토커랍니다아."

그의 모습은 희미하게 비쳐 보였다. 이노와 마찬가지로 『탈락』해 죽음을 보류당한 몸일 것이다.

모종의 마법을 사용하는지 그 모습을 날카롭게 노려본 크라미는.

"——너, 언제——."

"……언제부터 거기 있었나요~……?"

그러나 여유를 무너뜨리지 않고—— 꿰뚫어보는 듯한 시선으로 물은 필이 말을 가로막았다.

"아하하아…… 아주 조금, 질문이 잘못됐네요오."

그 칼날과도 같은 살의를 지친 듯—— 어이없다는 듯 받아흘린다.

"언제부터 여기 있었느냐——가 올바른 질문이지요오♡ 그리고 정답은——."

플럼이 그렇게 정정한—— 순간이었다.

심해탐제부 응접실에 있던 일동은 그곳에서 32층 아래의——지하 깊이.

완전몰입형 전자 게임의 기체가 놓인, 광대한 지하공간에 있었다.

맥락도 없이, 느닷없이, 돌연히.

흐느적거리는 빛이 아지랑이처럼 흔들리고—— 그 직후, 경치가 바뀌더니, 이곳에 있었다.

『혈괴』 때와 같은 이노의 오감으로도 그 이외의 모든 것을——정령의 기척조차도 인식할 수 없었다.

그곳에는 테이블도 소파도 없었다. 모두 그저 똑같이 바닥에 앉아——

"처음부터였어요오. 두 분은 처음부터 응접실 같은 데를 들어온 적이 없거든요오. 아하하아."

혼자 허공에 뜬 플럼에게, 필은 눈을 동그랗게 뜨고 웃음을 지웠다.

——무슨 일이 일어났는지를 이노가 이해하는 데에는 그 이상의 근거가 필요하지 않았다.

엘프—— 그것도 엘븐가르드를 겨우 둘이서 무너뜨리려 하는 술자를 상대로.

플럼은 한 번도 들키지 않은 채, 의심조차 용납하지 않고——잘못된 장소로 유도했던 것이다.

타인의 지각과 인식을 날조——직접 '침해' 하는 일은 『맹약』

때문에 불가능하다.

그렇다면——

"환영과 친교의 상징——『공간위장(서프라이즈)』…… 즐거우셨나요오?"

"…………………………."

——엘프의 고위 술자가, 마법 승부에서 완전히 패배했다는 뜻이다.

그 사실에 찔러 죽일 듯한 시선을 보내며 침묵에 잠긴 필과 크라미에게——

"에~『피이, 이놈 누구야?!』, 『서열 12위 담피르예요~』, 『공백(그놈)의 동료가 됐던 녀석?! 왜 여기 있어? 올드데우스(저쪽) 게임에 있어야 하는 게』——아, 그거 제가 대답해드릴게요오."

"————?!"

필이 다중으로 은폐했을 마법을 별 어려움도 없이, 아무렇지도 않게 간파하고.

눈동자를, 날개를—— 피처럼 붉게 형형히 물들이고.

"하지만 그 전에 말이죠오?——담피르(저)를 상대로 『은폐마법(귓속말)』이라니, 분수를 아시라고오, 예의 바르기로 정평이 난 플럼은 정중하게 부탁드리겠어요오♪"

여전히 행복과는 인연이 먼 웃음으로 플럼은 그렇게 전제를 깔더니—— 다시.

"근데 말이죠오? 오히려 왜 제가 없을 줄 알았나 싶네요오."

——빛이 일렁이고, 다시 경치가 바뀌었다.

바람이 지평선까지 온 사방을 쓰다듬는 초원에, 단 한 그루뿐인 나무의 그늘에서.

우아하게 의자에 앉아 찻잔을 기울이는 플럼은, 미소를 지으며——

"왜냐면 탈락하면 유령이 된다는 규칙—— 분명 제가 넣었을 거거든요오."

"뭐야——?!"

"아~ 아뇨 뭐어…… 기억은 없지만요오……. 그래도 사실 이 규칙은——."

이번에는 이노가 비명을 억눌렀다.

그래도 플럼은 테이블에 두 손을 짚고 턱을 괸 채, 만면에 미소를 짓고—— 말했다.

"이 두 사람을 부른 저 말고 다른 사람에겐 아무 의미도 없잖아요오♡"

——.

————불렀……다고?

이번에는 이노만이 아니라 크라미도, 필조차도 말을 잃은 가운데.

"그치만 어떤 규칙이 됐든 제가 올드데우스랑 게임을 하다니, 전혀 의미가 없는걸요오……. 왜 그런 짓을 해야 하나요오? 올드데우스 같은 건 저한테는 아~~무래도 상관~ 없는걸요오♪"

플럼은 짐짓 샐쭉하게 입술을 내밀더니 다리를 파닥파닥하고—— 말을 이었다.

“그래도 꼭~ 참가해달라고 하며언—— 득을 보고 싶은 법 아니겠어요오♪ 그래서!”

춤을 추듯 의자에서 일어나—— 휘릭.

플럼이 몸을 돌린 것과 동시에 경치가 돌아갔다—— 이번에는 에르키아의 왕성 알현실로——.

“착하기로 정평이 난 플럼은 굳이 누구라고는 말하지 않겠지만요오! 쪼~끔 자신감이 과도한 기미가 있는 모 분께—— 스스로 파악했다고 믿게 만들고 올드데우스 게임의 정확한 날짜를 전달해서 말이죠오?”

얼굴을 실룩거리는 필을 내버려둔 채, 다시 한 번—— 휘릭.

플럼은 땅을 찰 때마다 경치를 이끌고 돌아—— 아반트헤임으로——.

“아, 먼 길 아등바등 어슬렁어슬렁, 발품을 팔아주신 두 분께~~으음~~예에~~암만 발버둥 쳐봤자 어차피『탈락』할게 뻔한 이노 님이! 매우 난감해하고 계실 그때——에!!”

오셴드 여왕의 방으로, 동부연합 미야시로 정원으로 끊임없이 경치가 바뀌는 가운데.

——우뚝.

그것이 자신이 생각할 수 있는 가장 멋진 포즈였는지.

“선드러지게 나타나서 얍얍 두 분을 격퇴한 저에게, 감사에 엉엉 우는 이노 님은 보답을 하겠다고 말씀하시지만 그러나아!! 겸허하기로 정평이 난 플럼은—— 이렇게 대답할 거예요오!”

턱에 손가락을 가져다대고, 먼 곳을 보듯, 빠릿하게 플럼은 말했다.

"……훗, 당연한 일을 했을 뿐이에요오. 게다가 보수는 이미 받았는걸요오, 라고!!"

——그것은 당신의 미소, 라고 말하려는 듯한 얼굴을 한 채.

"'착수금' 으로 1년에 50명의 흡혈용 워비스트(가축) 제공—— 그리고오."

——그러나 웃음보다도 절망의 얼굴을 소망하는 말을 늘어놓는다—— 그것은 곧.

"'성공 보수(메인디시)' 로 거기 있는 엘프의 신병을 인도받은 다음일 테니까요오…… 에헤헤에~♡"

——이상의 두 가지를 베팅 테이블에 추가하라고 암묵적으로 답하며.

"흡혈이 가능한 종족 중에서는 최상위인 엘프의 피를 마음대로 빨 수 있다면——."

세이렌의 여왕이 눈을 뜬 이상 담피르의 남성 번식은 이제 문제가 없다.

그렇다면 다음에 할 일은 무엇인가?

뻔한 것이 아니겠는가?

그렇게 말하듯.

"그딴 해산물(세이렌) 따위, 어떻게든 게임으로 함정에 빠뜨려 맹약의 사슬에서 담피르를 해방시킬 수 있거든요오♪"

……이 자식, 장난하는 건가?

그렇게 말문이 막힌 이노. 그러나 여전히 미소로 말을 이어나가는 플럼.

"——그런 시나리오를, 게임 개시 때 지워져나간 기억보다도 먼저 심어놓았던 저는요오, 그~딴 게임 아~~무래도 상관이 없었어요오…… 제가 동의하고 참가했던 이상——."

그렇다—— 장난이다. 이노는 그렇게 생각하며 이를 갈았다.

아주 진지하게, 어디까지나 진지하게—— 장난 같은 요구를 하는 것이다.

이 장난 같은 담피르는, 올드데우스의 게임조차도—— 그저 이용해서——

"저는 냉큼 주사위를 빼앗기면 그만—— 이건 절대로 양보할 수 없었거든요오♪"

——동부연합을 빼앗기고 싶지 않으면 인신공양을 하라고.

그런 장난 같은 요구를 받아들일 수밖에 없는—— 장난 같은 시나리오를 가지고 왔던 것이다——!!

"네 이놈——!! 올드데우스에게 패배하면 네놈도 죽는데, 이 상황을 모르겠다는 거냐?!"

격앙하여 울부짖는 목소리. 그러나 플럼은 연극적인 몸짓으로 고민하는 척하더니.

"음~…… 뭐, 평소부터 큰소리 쳐대는 소라 님네라든가, 누군가는 이기지 않겠어요오? 한 사람이라도 골인하면 저는 최대한 득을 보도록—— 그렇게 짜놓은 거거든요오. 게다가 보세요♪"

허공에 의자가 있는 것처럼 앉더니—— 스스럼없이.

“배율이 높은(승산이 희박한) 쪽에 거는 편이 재미있잖아요오♪”

이 시나리오를 썼다는 담피르는 제정신과는 거리가 먼 대사를 내뱉었다.

소라와 시로가 이긴다면 어부지리. 져서 죽는다면 함께이며, 그건 그거대로—— 라고.

“……피이, 솔직히 물을게. ‘저거’ 상대로—— 대책술식은 쓸 수 있어?”

이제는 숨겨도 소용없다고, 소리를 내 물어보는 크라미에게.

“크라미, 그거 알아요~? 모기는 들키지도 않게~ 마취를 하고 문답니다~.”

필은 햇살 같은 웃음으로——

“하지만~.”

그저 온화하게.

“들키며언 떼찌 때려서 죽이면 그만인~『오락용 버러지』일 뿐이랍니다~♪”

마름모가 뿌옇게 빛나는 눈으로, 눈앞의 담피르를 그야말로 때려죽일 듯이 보며 대답한다.

—— ‘문제는 없다’ 고—— 그러나.

“아하하아…… 그렇다면야 ‘사중술자(쿼드캐스터)인 척하는’ 눈물겨운 노력으로오——.”

그러나 노려보던 방향이 아니라 등 뒤에서 들려온 목소리에 필은 몸을 돌리고—— 눈을 크게 떴다.

『들켰다고 착각하게 만든 저느은, 그럼 오락거리도 못 되는 해충, 일까요오?♡』

거울에 비친 것처럼 마주보고 두 손가락을 얽으며 웃는 '두 명의 플럼' 과.

"헥사캐스터 따위가 제게 『술식 숫자 은폐』를 성공시킨다니, 꿈은 침대에서나 꾸는 거예요오."

——언제부터…… 어쩌면 '처음부터' 일까. 혹은 '아직도' 일까.

시간이 떨어져나가 과정을 생략한 것처럼 침대에 누운 필의.

경악에 크게 뜨인 눈을 들여다보며, 침대 옆에서 턱을 괴고 있는 '세 번째 플럼' 에게——

"담피르의 원래 힘—— 6천 년 만에 보여드리게 되네요오♪ 놀라셨나요오?"

"…………아~주 조금 성가신 모기가 들어왔구나~ 하고 인정은 해줄게요……."

그렇게 중얼거리며 필은.

스윽…….

가면이 떨어져나간 것처럼 미소를 지우더니 이불을 걷어차며 일어났다.

——마법도 정령도, 기척 감지가 한계인 워비스트에게는 무슨 일이 일어났는지 알 수 없었다.

그러나 어렴풋한 정령의 기척으로 대체적인 상황만은 추측할 수 있었다.

끊임없이, 복잡하게, 다중으로—— 강물의 노래와도 같이, 숫제 마음 편안할 정도의 기척으로 정령을 유동시키고 마법을 구사하는 필과는 달리—— 플럼에게는 그런 기척도 없었다.

마법의, 정령의—— 아니, 존재의 기척조차도 모두 은폐하는 것이다.

마법을 사용하는 기척을 감추는 마법의 기척을 감추는 마법의 기척을…… 이런 식으로 술식을 무한히 겹쳐도 완전해지지는 못하는 것이 은폐. 하지만 그렇다면, 다중술식조차 쓰지 못하는 담피르(플럼)는.

—— '단 하나의 술식' 으로 해내고 있다는 뜻이 된다.

"——영혼만 남는다는 이 규칙, 저 말곤 득보는 사람이 없다고 말했죠오?"

경악에 허덕이는 일동에게—— 플럼은 그 터무니없는 트릭을 해설하듯.

"듬직~하신 신이 '제 영혼을 보장해주시는' 동안은 흡혈 없이도—— 영혼의 감쇠를 신경 쓰지 않고 마법을 쓸 수 있답니다아…… 어쩐지 죄송하네요 저만 반칙해서어…… 에헤엣♪"

그렇게 혀를 내밀고, 웃으며, 마음에도 없는 사죄를 하고.

등 뒤로, 눈앞으로, 머리 위로, 공간을 무시하듯 좌표를 바꾸며 기어나가는 사악한 시선.

그러나 이노는—— 아니, 필도, 크라미도, 그 자리에 있던 모든 이가 생각했다.

'반칙' …… 그러나 그것은 흡혈의 제한으로 약체화되기 이전 ——『십조맹약』 이전의.

——지브릴조차 『대전 당시에는 나름 위협이 되었나이다』라고 말하게 만들었던.

————틀림없는, '담피르 본연의 힘' 이 분명하다고.

"……우~ 그렇게까지 놀라시면 그건 그거대로 좌절인데요오……."

그러나 여전히 행복과는 인연이 먼 얼굴은 투덜투덜 푸념을 흘려댔다.

"세이렌한테 사육당했지이, 소라 님네한테는 추월당했지이…… 완전히 피라미 이미지 정착됐으니까요오……. 그냥 땀 좋아하는 여장 변태 미소년이라고 여기는 것도 어쩔 수 없지만요오……."

"————자각은, 있었나……."

상황하고는 어울리지 않는다는 것도 잘 알지만 그렇게 말하지 않을 수 없었던 이노에게, 플럼은——.

……토옹. 다시 한 번 땅을 찼다—— 그것만으로도.

지하 홀에 무수한 경치가, 조각조각 누더기 같은 광경이 펼쳐졌다.

밤과 낮이 동거하는 미친 공간에서, 플럼은 보라색 눈동자에 핏빛을 요사스럽게 일렁이며 웃었다.

"아~주 성가신, 땀 좋아하는 여장 변태 미소년—— 밤의 제왕(노스페라투)이랍니다아♪"

밤을 엮은 옷차림과 날개가 일렁일 때마다 풀려나가고, 밤으로 환원되듯 공간을 검게 물들였다.

눈동자의 핏빛 무늬는 날개를, 팔을—— 그리고 허공을 타고 집어삼켜 불규칙하게 흔들리며 퍼져나갔다.

실내도, 실외도, 하늘도 바다도 땅도. 아침도 낮도 밤도—— '여기에 있노라고'.

——『이곳』이란 『어디』이며——『지금』이란 『언제』인지.

정의하는 것은 자신이라고—— 어쨌거나 변태는 확정인 듯한 담피르의 요염한 웃음은 말했다.

털끝만한 거짓도 허위도 없이—— 엘프(필)의 『대책술식』을 완전히 봉해버렸노라고.

——그러나 그 광경에 이노는 내심—— 웃었다.

플럼은 잘못(실수)을 저지르고 있다—— 힘을 지나치게 보였다.

실제로 크라미와 필이 나누는 시선은 말하고 있다—— '어떡할까?' 라고.

그녀들이 시작했던 게임은 패색이 농후하다면—— 할 이유가 없는 것이다.

크라미와 필이 물러난다면 그것으로 완전히 끝나버린다——!!

"아, 실례되는 생각을 하시는 것 같은데요오…… '아무도 못 도망치거든요' 오?"

그리고 그 생각을 파악한 것처럼 사악한 웃음은—— 퇴로를 차단했다.

“예정대로, 지금 당장 제 요구를 받아들여 게임을 시작하지 않으시며언, 두 분의『히든카드』…… 심부름 셔틀로도 정평이 난 플럼이 대신해서, 냉큼 ‘원로원에 밀고’ 할 거예요오♪”

“——————————!!”

빠드득 소리가 날 정도로 크라미와 필은 이를 갈았다.

……무슨 소리냐고, 혼자 의아해하는 이노에게 플럼은 어이없다는 얼굴로——

“두 분은『대책술식 폭로』같은 히든카드는 낼 수 없어요오…… 왜냐면——.”

——그런 짓을 했다가안.

조소를 더욱 깊이 새기며 플럼은 대답했다.

“에르키아 연방 차지는 불가능해지고오, 동부연합은 파멸이에요오. 동부연합의 게임 내용도,『대책술식』까지 숨겨놓고 원로원을 속이면서 움직인——두 분도 함께에♪ 그러니까아——.”

그리고 이어진 웃음에, 이번에야말로 이노는 핏기가 빠져나가는 것을 느꼈다.

“동부연합도 에르키아 연방도 알 바 아닌 제가 대신해서 내드릴게요오—— 자자! 제 발로 걸어들어와 주신 최고의 봉께서들! 악역인 척 굴던 주가를 빼앗아서 죄송하지만요오—— 할 거라면 철저하게 하는 거예요오—— 이를테면!!”

이런 식으로——

플럼은 소름이 끼치는 웃음으로.

"다른 시나리오는 없어요오. 파멸하기 싫으면 같이 놀아요~♡오~♪"

부드럽게, 생글생글, 그 자리에 있는 전원에게—— 파멸을 선고했다.

"……피이, 최악의 경우 『대책술식』을 쓸 수 없다면——."

"……알겠어요~. 이 기생충 친척 정도는 봉하고 말겠어요~."

"네에에 바로 그 정신이죠오!! 저를 상대로 하나라도 마법을 쓸 수 있으리라고 믿어보자고요오!! '쓸 수 있다는 꿈' 에서 깨어났을 때가 저도 으스댄 보람이 있으니까요오♪"

——그것이 블러프가 아님을 보여주기에 충분한 광경 속에.

크라미는 혀를 찼고, 필은 무표정했으며, 이노는—— 생각했다.

——그렇군. 플럼의 시나리오라면 동부연합을 빼앗기는 것만은 회피할 수 있다.

엘븐가르드의 일부까지 얻는—— 그 대가는 소소한 '인신공양' 이다.

미미한 희생으로 얻기에는 충분한 이익, 이라고 할 수 있을까?

그러나 본래 담피르의—— 괴물의 힘을 직접 보고…… 이노는 확신했다.

그 '미미한 희생' 너머에 있는 것은, 세이렌과의 공생이라는 사슬에서 해방된 담피르.

번영하면—— 아마도 엘븐가르드조차 손을 댈 도리가 없는 종족이—— 해방된다.

시간은 걸릴지도 모른다. 그러나 언젠가는 '막대한 희생'을 낳을 것이 분명하다.

플럼의 시나리오를 거부하고 지금 파멸할 것인가.

플럼의 시나리오를 채택해, 솜으로 목을 조르듯이 파멸할 것인가.

아니면 크라미와 필에게 가담해, 일부러 패배하고 동부연합을 넘겨줄 것인가.

——그러나 그 어느 것도.

누구를 언제 몇 명 희생시킬 것인가에 불과하잖는가——!!

——아아…… 무녀님.

누군가가 골인하면 아무도 죽지 않고 끝나리라 생각했던 올드데우스의 게임.

그러나 자신은 어리석어 게임 내에서, 크라미나 필이나 플럼은 현명했기에 밖에서.

결국은 그저 서로를 죽이려 하게 된 이 상황을.

무녀님은—— 그 남매는, 과연, 읽어냈단 말입니까……?

그렇다면 그 시나리오는.

아무도 희생을 치르지 않는다는 시나리오는, 과연 어디에——.

Practical End

거의 같은 시각.

소라는 반쯤 멍하니, 얼어붙은 듯한 머리로 생각하고 있었다.

——이건 대체 누가 쓴 시나리오일까? 하고.

——몇 분 전.

다섯 번째 주사위 굴림, 296번째 칸에서 주사위 세 개씩만 남은 소라, 시로, 스테프.

어린아이의 발로, 죽어가는 몰골을 하며 도착한 세 사람을 맞아준 것은——

"도착하시기를 고대하였나이다, 마이 마스터, 마이 로드, 저의 주여……."

띠를 잡고 공손히 고개를 숙이는——주사위 5개의 지브릴이었다.

"주사위 쌔벼가고, 스토킹까지 해 놓고서 기다렸다? 앞질러 왔다고 해!"

그러나 그렇게 빈정거리며 대꾸한 소라의—— 아니, 시로도 스테프도, 표정은 딱딱했다.

팻말── 【과제】에 새겨진 문언에 눈을 돌린다.

오는 길에 몇 번이나 보았던 【과제】── 한 글자 한 마디도 다르지 않은 그 문언이.

가능한 한 걸리지 않았으면 했던 【과제】가, 이번 칸에서 낭독되어 울려 퍼졌다──

──【과제 대상자 이외의 사람이 제시한 게임에,
두 사람 이상이 즉시 맹약에 맹세코 응해 승리하라】

가장 경계했던, 이 게임의 최고 난이도 【과제】가.

반드시 『동행』하여 두 사람 이상이어야 과제 대상이 되는──

소라와 시로 이외에는 무효인 【과제】이며.

더군다나 대상자 이외── 제3자(지브릴)가 없을 때에도 전제가 성립되지 않아 역시 무효인 【과제】였다.

그렇다면 지브릴은 다른 주사위를 빼앗을 기회를 모두 버린 채, 자신의 【과제】에 소라와 시로가 멈춘다는, 단 한 번도 없을지 모르는 집중공략의 가능성에 걸고 추적했던 것이다.

울려 퍼진 【과제】의 내용── 지브릴의 지정에 맞춰 경치가 바뀌어간다.

공간은 펼쳐지고, 지형은 꿈틀거리고 하늘은 흘러가고, 칸 위의 세계가 모조리 바뀌어간다.

"——자, 시로. 각오는 했겠지……?"

"……응…… 이미…… 했, 어……."

"정말인 거네요…… 지브릴 씨랑 게임이라니…… 악몽이에요……."

소라는 뺨에 땀을 흘리며 쓴웃음을 짓고, 시로는 입술을 핥고, 스테프는 그저 하늘만을 우러러보았다.

지브릴이 이렇게까지 나선 이상 단순한 퀴즈일 리가 없다.

——자신(지브릴)에게 유리한 곳에서, 힌트는 없이, 보조도 없이.

————소라와 시로(마스터)에게, '전력으로 도전할 터이니 이겨보십시오'——라고 하는 것이다.

"……마스터, 아시는지요……."

——문득.

"과거 올드데우스를 꺾고 『신살(神殺)』을 이루었던 것은, 신들 자신을 제외하고는—— 단 두 종족."

각오를 다지고 노려본 곳에서 지브릴은, 드문, 드문.

"저희 플뤼겔과—— 그리고 플뤼겔(저희)의 주를 쳤던 엑스마키나뿐이옵니다."

담담히 중얼거리고, 공허하게 먼 곳을 바라보는 호박색 눈에.

소라와 시로가 서로 맞잡은 손에 힘이 깃들고—— 식은땀이 배나왔다.

아직도 계속 만들어지고 바뀌어가는 풍경, 감회 없이 바라보는 그 모습에서는, 형언하기 힘든—— 위화감(불안).

"……그로부터 6,200여 년—— 세계는 바뀌었나이다."
여전히 공허하게 이어지는 지브릴의 말에, 소라는 눈썹을 모으며 의미를 헤아렸다.
——『대전』으로, 『종전』으로, 『십조맹약』—— 그리고 『디스보드』로.
무력과 폭력(전쟁)을 대신해, 이력과 지력(게임)로 모든 것을 결판내도록 바뀐 세계.
"그리고 지금, 마스터는 사상 세 번째의 신살을 이루려 하시옵니다."
"……."
"누군가가 신을 능가할 때마다 세계가 바뀐다면—— 분명 다시 한 번 바뀌겠지요."
——뭐, 야…… 이건.
지독하게 불길한 예감이 들어, 소라와 시로가 맞잡은 손이 떨리기 시작했다.
"……하오나 소인에게는, 그것을 지켜보고——."
무언가 말하려다 끊으며 지브릴은 고개를 가로저었다.
"……서두가 길어졌사옵니다. 마스터, '소인의 제시(게임)'를——전하겠나이다."
그 모든 것에 응해, 승리하라는, 강제력(과제)을 띠고.
거부권이 존재하지 않는 게임, **동의할 수밖에 없는** 그 모든 것을, 지브릴은.

경치가 모두 바뀌어——천지붕괴와도 같은 광경 속에——선언했다.

"게임은 『대전』을 재현한—— '전략 시뮬레이션 게임' 이옵니다."

올드데우스의 힘으로 구축된—— 세계의 종말을 등 뒤에 두고, 말을 잇는다.

"세 분께서는 이마니티로서—— 소인은 플뤼겔로서—— 시작하겠나이다."

…………야. 야, 인마.

"저기, 최고난이도란 건 각오했지만, 암만 그래도 너무 악랄하게 불가능 게임 아냐?"

"…………지브릴…… 적당히, 좀…… 해……."

모 문명에서 『고대』 유닛만 가지고 『현대』 유닛이랑 싸워 이기라고?

해본 적은 있는 제약 플레이였지만—— 플뤼겔이 상대라면 『미래(비욘드 어스)』 유닛이라도 증발해버릴 것이다.

참으로 대단한 무리난제를 들이댄다고, 소라는 어이가 없어 쓴웃음을 지었다.

"피차 승리 조건은 동일—— 상대의 『수도함락』이옵니다. 또한 이때——."

그러나 이어진 한마디에 소라의 얼굴에서 웃음이 사라졌다.

"수도함락과 동시에 목숨을 포기하고 그 자리에서———— 자살(사망)하는 것으로 하겠나이다."

————.

"………………야, 지브, 릴…… 너, 대체 무슨 소릴——."

"피차 『기권』은 자유. 하오나 『기권』은—— 『패배』로 간주하겠나이다."

공기를 찾듯 허덕이는 소라 일행. 그러나 지브릴은 이를 무시하고 담담히.

"패배한 측은 모든 주사위를 상대에게 『양도』, 또한 마스터께는 추가로——."

그리고 칼날처럼 날카로운 시선으로 말을 잇는다.

"소인에게 이 올드데우스 게임의 승리법을—— 빠짐없이 남김없이 모두 가르쳐주셔야 하옵니다."

————.

"아울러 개시에 앞서 소인의 주사위를 열 개로 되돌리겠습니다…… 다섯 개를 양도하실 것도 요구드리옵니다."

————………….

그리하여 주사위를 양도당하고, 하늘이 불타고, 땅이 죽음에 물든 광경.

아반트헤임에서 싸울 때 한번 보기는 했던, 죽음에 스러져가는 별의 모습을 앞에 두고.

소라는 반쯤 넋이 나간 채, 얼어붙을 것 같은 얼굴로 생각했다.

——이건 대체 누가 쓴 시나리오일까? 하고.

지브릴이 【과제】를 이용해 자신들에게 도전할 것이라는 점은 —— 예상했다.

그러나—— 이건 대체 뭐냐.

예상하고 말고의 문제도 아니야——!

"……자, 마스터. 말씀드릴 필요도 없이 이곳은 『대전』—— 의심할 여지도 없는 소인의 독무대."

망가진 세계를 등에 지고 날개를 펼친 지브릴은 말했다.

아아, 그야말로—— 사상 유례를 찾아볼 수 없는 불가능 게임이다. 소라는 내심 부르짖었다.

승리 조건은 상대의 수도 함락이고—— 함락당하면 『자살』이라고?

어느 쪽이 이겨도, 자신들이 죽거나 지브릴이 죽거나 할뿐 아니냐고!!

하물며 『기권』은 『포기』 취급이라고……?

지브릴이 『우리』에게 패배를 강요하고 있어?

——이기면 죽겠다고?

————자기 자신을 방패로 『협박』까지 해서————!!!?!

"지브릴, 장난치는 거냐…… 이게 대체 무슨 짓이야———!!!"

8년 동안 곁을 떠나지 않았던 시로조차 그렇게 소리를 지르는 소라의 표정은—— 본 적이 없었다.

의미를 알 수 없다고, 소라는 여전히 내심 외쳐댔다.

이렇게까지 용의주도하게 준비해서, 한다는 짓이 『이기고 싶으면 죽여라』라고——?!

"외람된 말씀이오나 마스터, 이번만큼은 소인이 승리하겠노라 아뢰옵니다."

그러나 격앙한 소라와는 달리 지브릴은 호박에 십자를 깃들인 눈동자로——

"——무슨 수를 써서라도, 라고 말씀드렸사옵니다. ……이번만큼은, 승리하겠사옵니다……."

무기질적인, 무감정한—— 눈동자로 선언해, 소라는 할 말을 잃었다.

그리고.

후…….

두 눈을 감고. 지브릴은 "그것이 이루어지지 못한다면." ……그렇게 조용히 중얼거리더니——

"두 번째의 신살, 『대전』이라는 이름의 이 게임에서——."

——모르겠어.

"마스터라면 어떻게 활약하고, 살아남아, 소인의 추측대로라면—— 어떻게 신을 칠지."

——모르겠어. 모르겠어, 모르겠다고 지브릴!!

뭐냐고, 대체 뭘 잘못했던 거야——?!

"다시 한 번 세계가 바뀌기 전에, 삼가 받들어 지켜보고자 하옵니다…… 그러면 맹세를……."

대체 뭘―― 내가 뭘 잘못한 거야――――?!

내심으로는 그렇게 소리쳤지만, 그러나 【과제】의 강제력이 거부를 허락하지 않아, 입을 움직인다.

소라와, 시로와, 스테프. 그리고 지브릴 네 사람이 손을 들고, 입을 움직인다.

――안 돼, 지브릴.

그 규칙으로는 『기권』조차 불가능하다고.

그 조건, 그 규칙으로는, 기권조차――

――어쨌거나 최소 한 사람은 죽는다고――――!!

그러나 소라의 입은 그 외침을 허락하지 않고, 네 사람은 입을 모아, 그저―― 한 마디를 자아냈다.

――――【맹약에 맹세코(아센테)】――――라고…….

■ ■ ■

마찬가지로―― 거의 같은 시각.

이 세계의 끝인 거대한 체스 피스의 꼭대기―― 유일신의 옥좌에서.

세계의 모든 것―― 동부연합도, 천공의 게임 보드도, 모든 것을 내다보던 세계의 재창조자(테토)는.

백지 책과 깃털 펜을 손에 들고, 각각 맞선 자들을 바라보며 생각했다.

——모든 게임에는『정석』이 있다.

그것은 사양과 규칙 위에서 논리적으로 최적화된『최선의 한 수』이며.

또한—— 모조리, 빠짐없이, 파괴될 운명에 있는 것이다.

——그렇다면 그 끝은?

끝없는 끝을 바라는 자들에게. 해답이…… 이것이라고.

그 게임의 참가자 전원이 직면한 상황을 허공에 투영하며.

마주 선 두 사람—— 아니, 한 신이 한 사람에게 제시하고 있었다…….

——308번째 칸, 골까지 앞으로 43칸.

"……어떻게 되고 있는 거냐……, 요……?"

있을 수 없는, 불가해를 앞에 두고 얼어붙은 채, 주사위 두 개를 손에 들고 이즈나는 중얼거렸다.

301번째 칸을 밟은 시점부터 이제까지, 줄곧 같은 문언의 팻말만을 보았다.

이제까지 한 번도 본 기억이 없는, 한 글자 한 단어도 틀림이 없는【과제】의 연속.

무순으로 배치되었어야 할【과제】가, 이렇게나 편향되어 이어졌다는 불가해.

하물며 원래 같으면 명백하게 '무효' 여야 할【과제】인.

하물며 이런 형태로 '유효' 를 만드는 자도 없어야 할.

마침내 그【과제】(불가해)에 걸린 이즈나는, 그저 무수한 불가해를 눈앞에 보고 있었다.

——이것은 대체 누가 쓴 【과제】일까? 하고.

——이것은 대체 누가 쓴 시나리오일까? 하고.

시선 너머, 하츠세 이즈나의 눈앞에 떠 있는 것.

허공에 떠 있는 키 크기 정도의 먹통에 앉아, 만물에 흥미가 없다는 듯 턱을 괸—— 올드데우스와.

그리고 그녀가 스크린처럼 허공에 투영한 여러 개의 다른 광경이었다.

그것은 지금 막 누군가의 희생 말고는 다른 결과가 없는 게임에 임하는 두 사람과 두 사람.

그것은 지금 막 누군가의 죽음 말고는 다른 결과가 없는 게임을 시작하는 한 사람과 세 사람.

그리고 그것은 【과제】가 적힌 팻말을 앞에 둔 한 사람과 한 신이었다.

그러나 그런 이즈나에게 관심도 없다는 양, 그녀는 사무적인 목소리로 고했다.

【숙주가 보았던 환상—— 그 끝이 이것이니라.】

그녀는 많은 말을 하지 않는다.

그저 멀리 저편, 모든 것을 내다보는 전능자(테토)만이 그 목소리 없는 목소리를 듣는다.

무녀가 꿈꾸었던, 희생 없는 『정석』은—— 처음부터 모순이었다고.

【누구나 이기를 추구하여 최선의 수를 두는 한—— 그러한 정석은 태어날 수 없다.】

원래 같으면 쉬울 게임, 아무도 죽지 않아도 되는 게임.

그러나 그것이 이르는 끝은, 투영된 영상—— 규칙과 관계도 없이 서로를 죽이는 광경.

죄수의 딜레마는 그(소라)가 말했던 정도로 단순한 것이 아니어서 —— 깨뜨리는 것 따위 불가능하다고.

누구나 패자보다는 승자가 되기를 원한다면 도달할 필연을 기호화한 그것이 나타내는 바는.

——『승부』를 행해.

——『승』과 『패』를 가른 시점에서, 희생은 불가피하다는 자명함—— 하물며.

【신을 기만하여 그 『신수』를 그대들에게 팔았던 숙주(무녀)가 희생을 거부함은 지리멸렬.】

그렇기에. 라고 그녀는 가정한다.

세계는 아무것도 바뀌지 않았으며, 미래영겁 바뀔 일도 없으리라고.

서로 빼앗고 서로 죽이는, 구실과 수단의 이름 따위는 얼마든지 바꾸면 그만이라고.

【각설하고, 숙주가 꾀했던 이번 유희, 승리는 쉽다. 과제를 다

하여 모든 것을 얻으라.】

【단, 맹약에 맹세한 바에 따라 그대들의 기억으로부터 빼앗은 『물음』을――】

멍하니 선 이즈나를 신경 쓰는 기색조차 없이.

하물며 그 해답을 기대하는 기색조차 없이.

【그대들이 이번 유희로서 증명하겠노라 허언했던 『물음』을―― 이곳에서 다시 묻노라.】

――세계는 바뀌지 않았다고 생각하는 자가 있다.

그것은 반은 옳다. 반은 틀렸다.

천지를 수천 번 다시 창조한들 세계를 이루는 의지가 바뀌지 않는다면 같은 결과.

그것을 아는 자는―― 이를테면 그 옛날.

대전보다도 더욱 옛날, 인간이 천지창조라 부르던 시대에.

의지도 의식도 없이, 유형무형유명무명유기무기의 만물이 창조의 순간―― 막연하게.

부조리를, 부당함을, 모든 것에 품은 마음을, 만물을 대신해 입에 담고자 만들어낸 개념.

이 세계, 이 별에서, 처음으로―― 『왜』라고 물었던 소녀(신)는.

무한한 시간의 흐름에서, 무한한 물음을 거듭했고, 그러나 대답하는 이는 없어, 그저 고독에 떠돌며.

모든 것에 배신당해, 무녀에게도 속아만 왔던, 너무나도 덧없는 소녀(신)는――

【믿는다 함은 무엇이냐.】

——『왜』, 무녀는 자신을 배신했느냐고, 너무나도 공허한 눈동자로 물었다.

그 『신수』이기에.

'호의(狐疑)(의심)의 신' 이라는 그 개념의 현현이기에, 모든 것을, 자신조차도 믿지 않는 신은.

『수니아스타』조차 그녀를 모르는——없는 것은 전지해도 알 도리가 없는——이름 없는 신은.

——무녀가 자신을 희생해 선택하려 했듯.

그 『신수』를 방패삼아, 패배하면 죽는 게임을 강제하였듯.

그것이, 무녀가, 소라 일행이 정의하는 『믿는다는 것』이라면.

속이고 속고, 배신하고 배신당하는 것이 무녀가 말하는——『신뢰』라면.

모든 것을 체념하고, 어떤 것에도, 이제는 잃는다는 가망조차 사라진 것처럼, 그저…….

배신당한 아이가 어른을 책망하는 듯한 빛만을 미미하게 띄운 채——

——【올드데우스가 쥔 일곱 영혼 중, 손에서 놓을(죽일) 자를 하나 선택해, 골인 칸으로 전이하라.】

그렇게 적힌 【과제】 칸 위에서, 그녀는 이즈나에게 해답을 종용했다.

누군가의 희생이 없고서는 아무것도 끝날 수 없는 상황에서
—— 과연.

신(자신) 이외에, 앞으로 한 명.

누구를 희생해 이 『승부』를 가를 것인지, 선택하라고——.

후기

1년 하고도 3개월 만의 신간입니다. 카미야 유우입니다.

매우 오래 기다리게 했을 뿐만 아니라 한번은 대폭 간행 연기까지.

이 자리를 빌려 독자 여러분 및 여러 관계자 분들께 깊은 사죄 말씀 드립니다.

………….

……………………….

…………………………….

"……어라? 개그 마무리는 어디 갔어요?"

아, 제3대 담당 I 씨 안녕하세요. 이번엔 그런 거 없는데요?

"에이~ 또 농담하신다—— 카미야 씨, 머리라도 부딪치신 거 아니에요?! (진지)"

아뇨, 그래도 이만큼 기다리게 했는데 아무리 그래도 그건 좀…… 안 그래요?

늦기만 한 거라면 모를까 연기까지 해버렸으니까요, 네.

“뭐, 뭐어 마감파괴야 항상 있는 일이셨지만 이번에는 참 상당히……. 어쩌다 이렇게 됐나요?”

……그건, 말이죠.

심연의 바닥보다도 더욱 깊은 사정이 있었답니다.

——프리드리히 니체…… 아시는지요.

“뜬금없……는 건 어제오늘 이야기가 아니었죠. 네.”

니체 가라사대, 신——독단론적절대선악(이데올로기)이라는 약자의 환상은 죽었다는군요.

그럼에도 아직까지 실존주의에 입각한 사상——타인의 평가, 인간관계의 알력 등——에 겁을 먹어 대중사상이라는 편견에 영합——다원화되고 유명무실해진 환상을 추종——하여 수동적으로, 획일적으로 행동이념을 결정하는 확고한 자아를 가지지 못한 존재들을 『축군(畜群)』이라 매도하고, 이와 함께 인간은 ‘신’ 에 의존하지 않고 일어서는——확립된 의지, 타인에게 겁을 먹어 흔들리지 않고 절대적 ‘자신의 가치관’ 을 토대로 걷는.

다시 말해——『초인(오버맨)』이어야 한다, 는군요.

……아, 아마도.

“…………아마도.”

소, 솔직히 자신은 없습니다.

중2병이 도져 읽어보기는 했지만 사실 머리의 완성도가 치명적으로 부족해서!

그, 그러나 이 해석에 따라 제6권 간행 후의 상황을 정리해보도록 하지요——.

——TV 애니메이션은 여러분 덕에 호평으로 막을 내렸고!

이에 따라! 6권 이후의 기대치는 폭등!

그렇다면 독자 여러분은 분명 이렇게 생각하시겠지요!

——『7권은 분명 더더 재미있을 게 틀림없어』라고!!

벗뜨 그러나, 부디 기억을 헤집어 다시 떠올려 보시기 바랍니다.

이 게임 완전 재미있어~! 라고 추천을 받았던 게임이.

정말로 완전 재미있었던 기억이 한 번이라도 있으셨나요?!

잘해야 『뭐 이정도면』 아니었나요?!

이리하여 독자 여러분의 기대치가 마하의 벽을 넘어 반 알렌대까지도 돌파해 나아가는 그 중압을!

니체가 매도했던 『축군』인 저는 그 평가(기대)를 콩알만 한 간덩이로 겁을 먹으며 받아들이고!

범부(축군)답게 평범하게 흔들리고 흔들리고 평범하게 짓이겨져! 평범~하게 고뇌에 시달리고!

그리고 혼절하는 가운데 이렇게, 사색했던 것이었습니다——

——한쪽은 나와 비교도 안 될 정도로 히트작을 냈고.

독자의 기대나 평가, 중압 따위 산들바람처럼 신경도 안 쓰고.

작품을 흐트러짐 없이, 끊임없이 발표하시는 분들은.

——아아…… 그렇습니다, 『그들』이야말로!

그야말로 니체가 칭송하고 차라투스트라가 예언했던 천둥과도 같은 존재!

대중에 흔들리지 않는 확고한 자아가 의지를 가지고 걷는 분들!

다시 말해 『오버맨』── 그 분들이 아니겠습니──!!

──라고 생각했는데요, 『오버맨(그분들)』이 아닌 축군(저)의 원고는.

그야 늦어져도 어쩔 수 없는 일이 아니겠습니?

아니, 오히려 늦어지지 않는 것이 이상한 일 아니겠습니?

──라고 생각하는 바이오나 어떠신지요?! 우~~흠?!

"…………."

………….

"──요약하면요?"

멋대로(셀프) 허들을 높이고 멋대로(셀프) 짓눌려 멋대로(셀프) 슬럼프에 빠져버렸습니다죄송합니다아아!!!

"……피고, 조속히 8권 원고 입고 형에 처한다. 그리고 이번처럼 셀프 전체 리테이크 금지."

으흑…… 으흑…… 과, 관대한 처분에 감사드립니다.

그, 그래도 그 전에 말이죠, 그──.

앞으로 6페이지를 후기로 메워야 하는데…….

"누구 탓일까요……."

네? 그건 MF(그쪽)에서 지면 사정 때문에 깎을 수 없다고——

"——네~에? (미소)"

어정쩡한 페이지 수로 만든 제 탓이네요죄송합니다아!!

그, 그래도…… 저기 그게, 쓸 만한 건수가, 없거든요.

"……1년 이상—— 아니, 뭐, 애니 관련 오리지널 작업 같은 일도 전부 빼고 계산해도 반년 이상은 있었잖아요……. 그동안 아무 일도 없었어요?"

네? 아뇨, 그야 뭐, 여러 가지 있었죠.

그러니까 **쓸 만한 건수**가 없다고요.

예를 들면——

——급격한 경기침체로 부모님이 경영하는 사업이 브라질과 함께 기울어서 도우미로 세계 반대쪽까지 불려나가 거들어드렸던 일이라든가. 일본에 돌아오자마자 여동생이 결혼하게 되어서 브라질로 곧장 돌아오라는 말을 들은 일이라든가. 그래도 아내의 경사와 맞물려 그건 무리라고 대답했더니 신혼여행 비용을 전부 대라는 하트마크 붙은 말을 들은 일——

——이라든가, 이런 거 듣고 싶나요? (눈을 까뒤집음)

"밝은 이야기 하죠!! 어~…… 맞아! 스핀오프 얘기라든가?!"

오, 그거 좋죠! 밝은 얘기네요! 노골적으로 밝게 선전할까요?!

……어흠.

노 게임 노 라이프 스핀오프 작품!

이즈나 시점으로 엮어나가는 디스보드 세계── **"노 게임 노 라이프, 요!"**

월간 코믹 얼라이브에서! 7월호부터 연재 중이옵니다!

작년 여름 저자의 간곡한 희망과 지명으로 움직이기 시작한 기획인데요── 어…….

──백문이 불여일견이랬습니다.

아주 조금만, 보시죠!

…왕도…
그것은
최, 강…
전통복 소녀가
서양식 옷을
입으면
파괴력이
커지는군…
이즈나는
자, 잘
모르겠다,
요.
어쨌든
졌으니까
맹약은
절대준수다,
요.
그러니까.
꽃잡
뭐…뭔가,
봉사하게 하라,
요…!
분부를
받들겠나이다!
네에이—
……

…소라
…시로
…이즈나랑 승부 하는 거 싫으냐, 요?
언제든 놀아준다고 했잖냐…요…
물끄럼…
이즈나땅도 참~!
누가 승부하지 않겠대~
이즈나, 땅…!
쓰담
쓰담
뭉실
뭉실
손 바 닥 뒤 집 기 ——!
뭐,
신다니
이네요
하아
스테프는 상관, 없어.
이즈나땅… 이즈나땅…!
하흐…
은근슬쩍 본심 드러내지 마세요!

——암튼 뭐, 이런 느낌으로 슬근슬근 살랑살랑 절찬리에 연재 중입니다!!

소재나 스토리 본편은 유이자키 씨가 쓰고 계시지만요.

플롯 회의, 설정 감수 등등, 제가 직접 참가하는 부분도 있습니다.

복잡한 논리 배틀 같은 건 빼고, 이즈나의 눈에 비치는 순수한 세계와—— '귀여움' 을 응축한 이야기이니 부디부디 읽어봐 주시면 고맙겠습니다—— 유이자키 씨가 그리는 이즈나는 귀엽다고요! (기백)

"참고로 이걸 선전했을 때 독자 분들이 틀림없이 날릴 태클은 제가 대변하겠습니다."

앗예…… 네, 당연하지요. 네.

"——본편 코미컬라이즈는 어떻게 됐을까요……."

이, 이 후기를 다 쓰면 즉시 콘티에 착수하겠습니다!

저도 히이라기 마시로도 애니 이후에는 제작체계가 무너져버려 회복하지 못하고 있었지만요.

이것저것 늦은 만큼 만회하고자 서둘러 가고 있사오니 잘 부탁드립니다!

"그럼 물론 8권 원고도 금방 입고되겠네요? (미소)"

네! 그야— 물론!

콘티 다 짜면, 그야말로 노도와 같은 기세로 쓰고말고요!!

"……네?"

……네?

"아뇨, 이럴 때는 카미야 씨가 안 들리는 척하면서 사라지는 게 패턴인데……."

——1년 하고도 3개월 간행을 비워놓고 그런 짓을 했다간 농담으로 안 끝나죠.

저 보기 드물게 진지하게 반성하고 있다고요…… 다음 권은 그렇게 오래 기다리게 해드리지 않을 거예요.

"——아."

내용 때문에라도, 빨리 안 내면 안 되고 말이죠.

"카미야 씨, 잠깐 기다리세요, 그거——!!"

괜찮다니깐요, 8권 원고는 어느 정도 써놨고요!

에이~ 크리스마스까지는 돌아온다니까요!! 맡겨만 주세요!

"그거 플래그예요!! 1년은 고사하고 4년의(제1차 세계대전) 진흙탕 수렁 플래그예요!!"

——자, 그러면.

이번 권이 1년 기다리신 보람이 있었기를 바라며.

깔고 깔고 또 깔았던 복선을 노도와 같이 회수하게 될——8권에서.

다시 뵙기를 절절히 기도하며, 이만!

그렇기에—— 그렇다, 그날의 약속대로,
이번에야말로, 누구의 희생도 필요치 않은——
그런 게임을, 자아—— 이제부터 시작해보자★
이리하여 모든 것은 ‘한 바퀴’ 돌아 ‘반전’ 한다——
그들이 바라고, 일찍이 이르지 못했던 『정석』의 끝으로.
「십조맹약」의 ‘십’이 제시하는 그 너머로——!!
『노 게임 · 노 라이프 8』
이번엔 빨리 낼게요…….

지기싫어**지기**싫어**지기**싫어——!
포기하시옵소서, 마스터! **한 번만**, **이번만**, **승리**를 양보하시옵소서.
——그것이 이루어질 수 없다면, 부디 **단숨에**—— 부디……!!

아직도 **모르**겠나요오?
이로써 **올드데우스**가 땅에 떨어지는——
『**도전하는 쪽**(Player)』으로 전락하는 거예요오.

——지금부터 패배한다, 시로.

『공백』의 첫——
패배다.

……**소라**와 **시로**는 약하다, 요.
'**그 두 사람**, 은 너무 강해서——
절대로 해선 안 될 거짓말,
해버린 거다, 요…….

——『**수니아스타**』든, **누구**든, **대답**할지어다……
신(나)이란 무엇이건대—— 무엇을 위해, 대체——

●올드데우스 디자인 러프
(먹칠 부분은 스포일러 대책)

신 모드. 카리스마 맥스 상태. 스탠딩 샷에 있는 두루마리를 전개하면 이렇게 된다.
앉아있는 구체는 먹통, 사실은 오히려 이쪽이 본체라는 이미지.
두루마리는 무한의 의문과 가설을 적어놓고는 부정하는 무한갈등의 상징 같은 것.

처음 제대로 등장시킨 올드데우스이므로
어느 종족하고도 닮지 않은 것을 중시해봤습니다.
다만 『신수』를 무녀에게 의존하고 있으므로
워비스트가 아닌데도 여우 가면을 착용했다거나,
전통복 차림은 그 흔적……이라는 느낌으로 설정.

●연령 변동 연습 & 디자인
주사위 6개
(6.6세)
시로는 연령에 변화를 주기 어려워요……;
애초에 11세라 해도 발육이 나쁜 편이라,
주사위 1~2개 정도의 변동은
외견으로는 드러나지 않을지도…….
7세 정도라면 복근도 발달하지 않고
뼈도 성장기에 들어가지 않았기 때문에
꽤 극단적인 오징어배면서 뼈가 드러나지 않아
동그스름한── 이런 느낌이 아닐까 망상.
극중에서는 머리 길이로 구분하는 편이
훨씬 간편할 것 같네요…….

주사위 26개
(46.8세)
일단은, 뭐, 주인공이니까요,
어느 정도는 멋있게 그려야겠지요…….
소라의 경우 나이를 먹어도 기본적으로
선은 가느다란 그대로, 일본인이니 다소
동안으로 놔두는 것을 의식했습니다.
다만 "이 자식 분명 백수겠구나" 하는 느낌을
내도록 노력해봤습니다만── 어떨는지요.
극중에서 그릴 기회는 별로 없으니
그렇게까지 신경을 안 써도 되겠지만요……;

※뻥입니다

편집이 페이지를 채우라고 강요ㅎ【검열】

한쪽은, 엘프——
마법을 구사하는 순서에 불과한 『술식편찬』을
'예술'의 영역으로까지 드높여 마법체계를
두 번 뒤집었던 천재적 술식편찬자——

신쿠 닐바렌

『노 게임 · 노 라이프 · 외전』
—프랙티컬 워게임—

교전수칙(규칙)은 단 하나—— 「무엇이든 가능(발리투두)」——!!
자아—— 전쟁(게임)을 시작하자——!!

워비스트 소녀
이즈나가 보내드리는,
‘안다,’는 즐거움으로
넘쳐나는 깜찍한 일상!
월간
코믹 얼라이브에서
연재중!!

자, 게임을 시작하자——, 요?!
노 게임
NO GAME NO LIFE, YO!
노 라이프 요!
유이자키 카즈야
원작, 캐릭터 원안: 카미야 유우

역자 후기

주사위 1개를 굴려 나올 숫자의 기대치는 3.5라고 대답한 당신은 속고 있습니다.

운명의 신에게…….

안녕하세요, 역자입니다.

스포일러가 광활한 천공의 맵을 방불케 하며 늘어선 역자후기이므로, 버텨낼 체력이 없는 이마니티(독자) 분들은 1페이지로 돌아가 주시기 바랍니다.

그런고로 1년만의 노 게임 노 라이프 7권 되겠습니다. 그동안 트위터와 메일을 통해 '노게노라 7권 언제 나와요?' 라고 꾸준히 질문해 주셨던 분들도 이제는 이해하셨겠지요. 제가 늦은 게 아니라 일본에서도 발매가 안 되고 있었다는 걸. (먼산)

사실 발매가 됐든 안 됐든 저에게는 문의하셔봤자 의미가 없어요. 저도 출판사에서 발표하기 전까지는 대답을 드릴 수가 없는 입장인지라. 그냥 홈페이지를 주시하시다가 도저히 참을 수 없으면 출판사로 전화를…… 아, 이거 어디선가 따가운 눈총이 날아오는 것 같으니 그만두겠습니다.

아무튼 7권입니다. 애니메이션 1기(2기를 꼭 내주십사 하는 간절한 바람을 담아 굳이 이렇게 부릅니다) 엔딩과도 멋지게 엮였던 장절한 6권을 거쳐, 드디어 올드데우스와의 게임이 시작되었습니다.

처음 노겜노랍을 읽으면서 익시드의 순위란 것을 접하고 이렇게 생각했던 사람은 저만이 아니었을 겁니다.

“아~ 인류가 16위니까 하나하나 깨고 올라가서 1위까지 이기면 테토랑 붙겠네?”

그런데 웬걸요. 2권에서 냅다 6위님(플뤼겔)을 격파하더니 순서를 마구 왔다 갔다 하면서, 이제는 마침내 ‘끝판왕 바로 직전’ 과도 붙게 되었습니다. 게다가 엘프와 담피르까지 생각지도 못한 측면공격을 가했으니 우리들의 『　　』이라면 이것도 모두 예상하고 이미 ‘싸우기 전에 승리’ 해서 한 방에 1위, 7위, 12위까지 모두 접수해버리는 것이 아닐까! 뭐 그런 파죽지세 질풍노도의 전개를 감히 기대해보는 것이었습니다.

……방법은 감도 잡히지 않지만요. 사실 7권 마지막 장면만 해도 “아~ 공백 죽겠네?” 하는 생각에 묵념을 올리고 싶어지는데 말이죠.

아무튼 그래서 광활한 맵 위에서 온 정신력과 체력을 쥐어짜내고 있을『　　』을 걱정하며, 노겜노랍 최초의 to be continued로 끝나버린 7권의 번역을 마치고 역자 또한 여러분과 같이 신음했던 것이었더랬습니다…….

뜬금없지만 광활한 맵 이야기에 생각이 났는데, 잠깐 옛날에 게임 회사를 다니던 기억을 돌이켜보면 말이죠.

정말 있어요. 맵이 크고 멋있으면 그게 '재미' 있다고 생각하는 개발자가. 특히 윗분들. 심지어 이 논리를 뒤집어서 '재미있어야 하니 맵을 크고 멋있게 만들어야 한다' 고 생각하는 사람도 한둘이 아니에요…….

그런 게임을 접한 분들이 있을 겁니다. 광활하고 아름다워서 누가 봐도 개발비가 많이 들어갔을 것 같은 맵을 열심히 뛰어다니는데 눈은 즐겁지만 그게 전부이고, 넓다 보니 동선도 안 좋고 이동만 오래 걸리고, 심지어 밀도가 낮아서 중간에는 경치 구경 말고는 할 일 없이 달리기만 하는 공간이 있고, 저기 박혀 있는 저 의미심장하도록 크고 아름다운 석상에는 대체 무슨 의미가 있을까 궁금했지만 결국 아무 것도 아니었고…….

그런 맵의 한가운데에서 개발자(올드데우스)를 향해 외친 소라의 통렬한 한 마디에는 속이 후련해지기도 했지만, 그런 곳에서 고생을 한다고 생각하니 전직 게임 제작자로서는 미안하고 슬프네요. 심지어 로딩 없는 심리스 맵이 아니라 10킬로미터마다 몇 분의 로딩을 거쳐야 하는 망게임 사양이라니.

아, 말이 나온 김에 네오지오 CD 이야기도 좀 해볼까요. 학생 시절, 저는 네오지오 CD를 가진 친구를 통해 본문에서도 나왔던 악몽 같은 로딩을 몸소 체험했습니다. 그것은 잊을 수 없는 밤. 부모님이 여행을 떠나 집을 비우신 날, 친구들을 대거 초청해 밤샘 게임 파티를 벌였을 때였습니다. 각자 소유한 게임기를 싸들고 와서 온갖 플랫폼의 다양한 게임을 플레이하자는 계획이었죠.

당시 유행하던 2D 격투 게임에 푹 빠졌던 저희는 그 중에서도 L이라는 친구의 네오지오 CD에 가장 많은 기대를 걸었습니다. "오락실 것과 똑같은 그 게임을 집에서 할 수 있어! 별별 게임기가 다 있지만 아마 밤새 네오 CD만 돌려도 되겠지!" 그렇게 생각하고요.

하지만 대전 한 번을 끝내고 캐릭터 선택화면으로 돌아갈 때마다, 그리고 선택을 끝내고 대전 스테이지를 로딩할 때마다 몇 분(과장이 아닙니다)을 기다려야 하는 그 압박과 소음을 이기지 못한 채, 결국 네오 CD는 1시간도 플레이하지 못하고 구석으로 밀려나야 했습니다. 그 사이에 대전한 횟수가 고작 6, 7회였다면, 무슨 슈퍼컴퓨터냐 싶은 성능을 가진 요즘 게임기에 익숙한 분들은 과연 믿을 수 있을까요…….

……역자후기가 삼천포를 향해 전속력으로 달려가고 있는 것 같습니다만 무슨 말을 하고 싶은가 하면, 소라 일행은 인간의 미력한 몸으로 그 광대한 맵, 방대한 로딩과 싸워가며 달려가고 있으니 우리 모두 따뜻하게 8권을 기다려주면 어떨까…… 하는 그런 이야기였습니다. 네. 절대 옆길로 샌 거 아니에요. 사실 노겜노랍은 작가후기가 워낙 길어서 제가 늘 하는 것 이상으로 역자후기를 주절주절 써도 별로 그렇게 티가 나지 않고 말이죠!

……그렇다곤 해도 마감을 오버해놓고 역자 후기도 미뤄놨다가 쓰는 바람에 편집자님을 기다리게 만드는 주제에 더 이상 별

받을 짓을 할 수는 없으니 슬슬 접어보……기 전에 영업을 좀 뛰어보려고 합니다. 이번 7권에 나온 주사위 멋있지 않나요? 가지고 싶지 않나요? 누구 만들어줄 사람 없을까요? 독자 여러분의 반응이 좋으면 혹시나 일본이라든가 영상출판미디어에서 만들어줄 수도 있지 않을까요? ——라고 생각하신 분은 영상출판미디어에 뜨거운 전화를! 『노겜노랍 8권 한국어판 초회한정 '올드데우스의 보드게임' 주사위 10개들이 세트』를 발매해 주십사 강력하게 주장하는 겁니다!!

……오늘따라 편집부의 원성을 살 소리를 많이 한 것 같으니 정말로 이만 들어가보도록 하겠습니다.

그럼 저는 다음 권에서 뵙겠습니다.

2015년 9월

김완

노 게임 · 노 라이프 7
게이머 남매들이 세계를 뒤집겠다는데요

2016년 04월 08일 제1판 인쇄
2020년 10월 30일 제10쇄 발행

지음 카미야 유우 | **일러스트** 카미야 유우

옮김 김완

발행 영상출판미디어(주)
등록번호 제 2002-000003호
주소 21311 인천광역시 부평구 평천로 132 (청천동)
전화 032-505-2973(代) | FAX 032-505-2982

ISBN 979-11-319-3650-4
ISBN 979-89-6730-597-0 (세트)

구매 시 파손된 도서는 구매처에서 교환하실 수 있습니다.
기타 불편사항, 문의사항이 있으신 독자님께서는 노블엔진 홈페이지
[http://novelengine.com] 에서 Q&A 게시판을 이용해 주시기 바랍니다.

노블엔진(NOVEL ENGINE)은 영상출판미디어(주)의 라이트노벨 및 관련서적 브랜드입니다.

NOVEL ENGINE

카미야 유우 작품리스트

노 게임 · 노 라이프 1
노 게임 · 노 라이프 2
노 게임 · 노 라이프 3
노 게임 · 노 라이프 4
노 게임 · 노 라이프 5
노 게임 · 노 라이프 6
노 게임 · 노 라이프 7

청춘의 상상, 시동을 걸어라!